リアルチートオンライン
Real Cheat Online
1
すてふ
Illustration
裕

若草翠
冬川葵

高橋伸二
藤堂総一郎

藤堂ファミリー
アーミーゴリラ
父
母・由紀子
妹・瑠璃

リアルチートオンライン

Real Cheat Online

1

すてふ
イラスト　裕

新紀元社

CONTENTS

一章　俺と親父がいろいろとアレな件について

（一）俺の親父が最悪な件について

六歳の誕生日に親父が嬉々として俺にくれた物は、ベンチメイド141SBKニムラバスというサバイバルナイフだった。わけのわからない俺に「男ならそれを使いこなせるようにならないとな」と言ったのは、高校生になったいまでも覚えている。

七歳の誕生日に親父が嬉々として俺にくれた物は、S&WM686という回転式拳銃、所謂リボルバーだった。子供ながらにさすがに偽物だよなと考えていた俺に「まずはシンプルな構造のそいつで慣らさないとな。そいつは弾詰まりが起こりにくい分、自動拳銃よりは安全だが、それでもメンテナンスは欠かすなよ」と言っていたが、あれはきっと俺の聞き間違いだろう。

八歳の誕生日に親父が嬉々として俺にくれた物は、軍隊式の格闘術だった。いや、それ物でもなんでもないからな。困惑していた俺に「お前ももう八歳か。あと十年もすればお前も十八歳だ」とわけのわからない足し算を言ってさらに困惑させたのは、いまでも忘れない。

九歳の誕生日に親父が俺に嬉々としてくれた物は、ベレッタM92という自動拳銃だった。このあたりからこいつ頭おかしいと思い始めていた俺に「お前もついにオートマチックを持つに相応しい男になったか。そいつは特に入念にメンテナンスが必要だからな」と言い、俺の仮説が正しかったことを立証させた。

十歳の誕生日に親父が嬉々として俺にくれた物は、大人ひとりが入れる程度のテントだった。初めてと言ってもいい、割とまともなプレゼントに感動する俺に「今月はこれで外で暮らしなさい。まだ狩猟は教えていないから、ごはんのときには家に上がっておいで」と優しい顔をしながら絶望の言葉を口にした親父の顔は、いまでも思い出すと無意識に拳を固めてしまう。

十一歳の誕生日に親父が嬉々として俺にくれた物は、海外旅行だった。今度こそこいつも人の子だったかと思い、ついつい涙腺が緩んだ俺に「じゃあ一カ月後に迎えに来るから元気で暮らせよ。あぁ、そのバッグにこれまでの誕生日プレゼントが入ってるから有効活用しなさい」と言ってジャングルの奥深くに俺を置き去りにしたことは、絶対に死ぬまで忘れない。

十二歳の誕生日に親父が嬉々として俺にくれた物は、M4A1カービンという自動小銃、所謂アサルトライフルだった。この頃からいろいろと麻痺していた俺に「ここまで来たか、さすが俺の息子だ」と言っていた気もするが、正直あまり覚えていない。思い出したいとも思わないが。

十三歳の誕生日に親父が嬉々として俺にくれた物は、デザートイーグルという自動拳銃の中でも抜群の威力を誇る拳銃だった。正直、対戦車ライフルかロケットランチャーぐらいぶっ飛んだものが来るかもしれないと構えていた俺に「そんな物騒な物を息子に渡すわけがないだろう」と言い、俺を――いろいろな意味で――驚愕させたのはハッキリと覚えている。

十四歳の誕生日に親父が嬉々として俺にくれた物は、親父との模擬戦だった。いやそれ前にも似たようなのしなかったっけと疑問を持った俺に「あれはただの格闘術だ。これから身に着けるのは生き残るためのあらゆる技術。油断をすると死ぬぞ」と言い、鬼気とした様子で迫ってくるあの光景は、いまでも脳裏に焼き付いている。

十五歳の誕生日に親父が嬉々として俺にくれた物は、ペットだった。もうだまされない、こいつは最初から落とすか、上げて落とすしかしない男だ。これにも絶対に裏があるぞと警戒していた俺だが「じゃあ、これから捕まえに行くぞ。ヒグマとツキノワグマどっちがいい？　父さんのおすすめは断然ヒグマだぞ」と言い、武器も携帯させずに山に放り込まれたときは、さすがに死ぬかと思った。結局なんやかんやあってプレゼントはペットではなく熊鍋になってしまったが、あのときの味は割とアリだった。

十六歳の誕生日に親父が嬉々として俺にくれた物は、たくさんのお友達だった。別にいやらしい意味ではない。文字通り、お友達だったのだ——親父の。自分でもなにを言っているのかわからなくなってくるが、その日親父は自分のお友達を我が家に招待し、プレゼントだよと言って俺にそのお友達と遊ぶことを命じた。その際俺に「彼らは父さんがA国の特殊部隊で隊長を務めていた頃の元同僚や部下だ。今日はお前の誕生日を祝うためにわざわざ来日してくれたんだ。存分に遊んでもらいなさい」ととんでもないことをカミングアウトしたのを俺は昨日のことのように思い出せる。元同僚の人も部下の人も親父ほどではないが、かなり強かった。数で来られたときには危うく負けそうになったしな。あのとき、親父の友人の放った「なあ、隊長。隊長は息子を世界最強の殺戮兵器にでもしたいのか？」という言葉は俺の心に深く深く、いまでも刺さっている。

そして今日、十七歳の誕生日。俺は一大決心をして親父に告げた。

「親父……誕生日プレゼントのことなんだけどさ」

「あぁ、今年もとびっきりの物を考えているぞ。渡したあとのお前の驚く顔が目に浮かぶようだよ」

いつもそのあとすぐに絶望の顔にもなってたんだけど、それは見逃していたのかな？　まぁいい、そのことを深く追及すると何度も抑え込んだ殺意が沸き上がってくる。それは一旦忘れよう。今日はあれを言うと決めたんだ。

俺は固い決意の炎を瞳に宿し、親の仇を見るような目で親父を見る。

「今年のプレゼントは、俺に選ばせてくれないかな」

親父はピタリと表情を強張らせ、しばしの間あたりを静寂が支配した。親父がなにも言いそうにないことを察した俺は、酷く怯えた感情を意識しながらもなんとか口を開く。

「俺……普通の十七歳として暮らしてみたいんだ。伸二の家でさ、ゲーム機ってのに触れたとき、こう……よくわからないけどなにかが弾けたような衝撃が来たんだよ」

これをなにも知らない人が見れば、親にゲーム機をねだるただの子供にしか見えないだろうが、こっちとしては世界征服寸前の魔王へ和平交渉に訪れている文官のような気分だ。

だがそれでも言うぞ、言ってやるぞ。瞳に宿る決意の炎にガソリンタンクを勢いよく投げ入れる。

「俺――ゲーム機が欲しいんだっふぁぼおおおおお」

ぶん殴られた。それはもう首から上がなくなったんじゃないかと思うほど。え、あるよね？　あ、よかった、付いてる。

しかし、やっぱりこうなったか。覚悟はしていたが、現実になるとそれなりにショックだな。てかガソリンタンクなんか入れたらそりゃ爆発するよな。これもリスク管理の甘さってところなのか。

だが俺はショックを感じつつも、言いたいことをハッキリと言ったことに対して一定の充足感にもとらわれていた。

「総一郎……」

はぁ、なに言われるかな。やっぱ怒られんのかな。思えば殺されかけたことは数えきれないほどあるけど、怒られたことはあまりなかったな。こりゃ紛争地帯に行ってこいとかエベレスト登ってこいぐらいのことは覚悟しないといけないかな。

「ゲーム機、買ってやってもいいぞ」

……いま、なんと言ったこいつは。聞き間違いか？　いや、もしかしてこいつは親父に変装したどこかの国のエージェントか？

そんな迷いを生じさせていると、反応しない俺を見て、親父はその顔を少しだけ曇らせる。

「どうした、いらんのか？」

「い、いる！　いるよ！」

あまりの予想外な返答に上手く反応できなかったが、すぐさま立ち上がり親父に熱い視線を送る。

「そう逸るな。だが勿論無条件で、とはいかんぞ？　俺の出す試練をお前が越えることができたら、という条件付きだ」

やはりそう来たか。だがその程度は俺にとってなんの脅しにもならない。密林のジャングルに放り込まれたり、素手でヒグマと戦わされたりしてきた俺だ。覚悟はできている。輝く炎を宿した瞳を再び親父にぶつける。

「ふむ、心の準備はいいようだな。よろしい、ならば試練を言い渡そう。その内容は……俺と本気の勝負をして、見事勝利を手にすることだ！」

はい死んだー。俺死んだよー。

俺は瞳の炎が一瞬で鎮火されたのを感じた。だがそれも仕方がないだろう。俺は十年以上もほぼ毎日このゴリラと戦ってきたのだ。誕生日を迎える度にその内容は変化していったが、極めつけは十四歳の誕生日以降から導入された本格的な模擬戦だ。このゴリラは信じられないことに世界中のさまざまな格闘術に精通しており、とある軍隊式の格闘術も修めていた。俺はこれまでそのすべての技を叩き込まれ、文字通りボコボコにされてきたのだ。

要するに、このゴリラに勝てるイメージがまるで湧かない。ただのゴリラならなんとかなるかもしれないが、目の前にいるのはあらゆる武器と格闘術を使いこなすアーミーゴリラだ。勝てるわけがない。確かにここ一年ほどは割といい勝負をしているとは思うが、それだって親父が手加減してくれているからだろう。

だがこのゴリラは、やる前に諦めるということだけは絶対に許さない。戦う前から諦めるという選択は認めてくれないだろう。

俺は絶望という名の戦いに身を投じる覚悟を、ゆっくりとだが固めようとしていた。

「もし俺に勝てたら、先月発売されたばかりのＶＲＭＭＯのゲームを買ってやろう。勝てたらな」

――よろしい、ならば戦争だ。

（二）俺の息子が最高な件について

俺が息子を一人前の男に鍛え上げると決めてから、もう随分と経つ。一時はＡ国の特殊部隊隊長として戦場を駆けずり回っていた俺が、いまは妻と子を持つどこにでもいるしがないサラリーマンても息子だ。

だ。まったく、これだから人生というものは面白い。そんな俺のいま一番の楽しみは、なんといっても息子だ。

最愛の息子――総一郎が六歳の誕生日を迎えたとき、俺はベンチメイド141SBKニムラバスというサバイバルナイフをプレゼントした。その際の総一郎の嬉しそうな顔を見て、やはりこいつも俺の息子なんだなとつい嬉しくなったのを覚えている。

総一郎が七歳の誕生日を迎えたとき、俺はS&WM686という回転式拳銃、所謂リボルバーをプレゼントした。俺の見立てでは、総一郎には天賦の才がある。きっとこいつを使いこなせる男になるだろう。日本でこいつを手に入れるのにはそれなりに苦労したが、我が子のあんな幸せそうに惚けた顔を見られたのだから安いものだ。

総一郎が八歳の誕生日を迎えたとき、俺は特殊部隊仕込みの格闘術をプレゼントした。正確にはこの日以降からしはじめた、だが細かいことは気にしない。俺の技術を超吸収スポンジの如く吸い込んでいく息子に、俺は持てる技術のすべてを叩き込むことを誓った。

総一郎が九歳の誕生日を迎えたとき、俺はベレッタM92という自動拳銃をプレゼントした。以前与えたリボルバーをマスターレベルで使いこなす姿を見ての判断だ。正直もっと早くに与えてもよかったのだが、やっぱりインパクトは大事だからな。誕生日というタイミングを首を長くして待っていたんだ。だがその甲斐はあった。あんなになにかを確信したかのような強い瞳を見ることができたんだからな。

総一郎が十歳の誕生日を迎えたとき、俺はテントをプレゼントした。そろそろ野営の技術を身に着けさせたいと思っていたので、このプレゼントはまさに完璧といえた。これを渡したときに、総一郎が拳を固めてやる気を見せていたのを見て、年甲斐もなく涙腺が緩んでしまった。

総一郎が十一歳の誕生日を迎えたとき、俺はジャングルでのサバイバルをプレゼントした。あいつの対人スキルはすでに俺が昔いた特殊部隊の平均レベルに達しているが、サバイバル技術はまだまだだ。それはあいつもよくわかっているのだろう。別れ際に向けてきた視線はこれまでに感じたことがないほど熱いものが込められていた。

総一郎が十二歳の誕生日を迎えたとき、俺はM４Ａ１カービンという自動小銃、所謂アサルトライフルをプレゼントした。これまでのリアクションとは違いあまり大きな反応はなかったが、それを静かに受け取る様子は、まさに戦場を駆け抜ける一流のソルジャーを彷彿とさせた。さすがは俺の息子だ。

総一郎が十三歳の誕生日を迎えたとき、俺はデザートイーグルという自動拳銃をプレゼントしたが、あのときの衝撃はいまでも覚えている。あの怪物銃を受け取ってなお、総一郎は対戦車ライフルやロケットランチャーを所望したのだ。我が息子ながら震えがくるほどの才能だ。あいつの腕ならそれらも問題なく使いこなすだろう。

だがさすがにそこまでいくと、最早、俺程度では総一郎の相手は厳しい。そういった物は、もっと立派な教官かあるいは部隊を相手に訓練を積まないとな。俺は総一郎に「そんな物騒な物を息子に渡すわけがないだろう……父さんじゃ力不足だしな」と言ったが、そのときの総一郎の意外そうな顔は、いまでもハッキリと思い出せる。最後のほうのセリフは恥ずかしさもあって小声になってしまったが、総一郎は優しい子だ。俺を気遣ってそこには触れないでいてくれたのだろう。

総一郎が十四歳の誕生日を迎えたとき、俺は本格的な模擬戦をプレゼントすることを心に決めた。

これまで踏ん切りがつかなかったのは、これを始めてしまえばあの子は二、三年で俺を追い抜いてしまうだろうという確信があったからだ。息子に負けるかもしれないということに多少プライドは揺らぐが、それでも自分のすべてを総一郎に叩き込む決意を固めた。男の子はいつか父親を踏み越えていくものだ。あの子はそれが少しほかの子よりも早いだけ。それだけなんだ。

総一郎が十五歳の誕生日を迎えたとき、俺はそろそろ自分だけでは総一郎の相手が厳しくなっていることに気付いた。悩み抜いた結果、総一郎に新しいパートナーを迎えてみないかと提案すると、総一郎はそれにすぐさま応じた。さすがは俺の息子だ。だが俺はその後の総一郎に度肝を抜かれた。日本にいる人間ではまるで相手にならないだろうと考えてわざわざ山奥のヒグマを探したが、まさかヒグマですら総一郎の相手にはならなかったとは。打ち倒したヒグマを引きずってきて「いろいろ試したけど懐かなかった。鍋にしよう」と言ったあのときの顔は最高にクールだった。

総一郎が十六歳の誕生日を迎えたとき、俺は覚悟を決めて昔の仲間に声をかけた。すでに俺は総一郎との模擬戦で全力を尽くしている。それでやっとこさ互角といったところだ。来年には確実に追い抜かれるだろう。そこで俺は、総一郎に数の力というものを教えることにしたのだ。強い奴は必ず数で攻められる。それは宿命だ。ならば俺は、父は鬼になろう。

だが俺にも少しの戸惑いがあった。それは昔の仲間がいまの俺を見てなにを思うだろうということだ。血腥(ちなまぐさ)い戦場から足を洗い、妻の国である日本に腰を落ち着けているいまの生活を見たら、昔の仲間は笑うだろうか……いや、馬鹿なことを考えた。彼らは最高の仲間であり最高の男たちだ。俺の幸せをきっと喜んでくれるに違いない。そう意を決して連絡した俺に、仲間たちは諸手を挙げて協力してくれた。やはり、俺の戦友は最高だ。そして、その戦友を瞬く間に蹴散らしていく俺の息子も最高だ。もう俺では届かない高みにこいつはいる。後半は仲間たちにこっそり総一郎の癖を漏らしたから苦戦していたが、それでも勝つとは。本当に頭が下がる。

そして総一郎が十七歳を迎える今日。俺はついに最後の誕生日プレゼントを贈ることを心に決めた。それは自由。最早俺に教えられることはなにもない。これ以上はこの子の才能を俺が邪魔してしまう。ならば、父はお前が世界で自由に飛べる羽を贈ろう。世界のどこに行ってなにをしようがお前の自由だ。できれば犯罪には手を染めてほしくはないが——そんな綺麗事が言えるような口は、俺にはなかったな。総一郎を人気のない外に呼び出し、それを告げようとした。だがそれよりも僅かに早く、総一郎が動く。

「親父……誕生日プレゼントのことなんだけどさ」

「あぁ、今年もとびっきりの物を考えているぞ。渡したあとのお前の驚く顔が目に浮かぶようだよ」

お前が出ていったあと、俺は滝のような涙を流すだろうがな。しかし今日はやけに気合の入った眼をしているな。もしや、なにを言おうとしているのか察しているのか？

「今年のプレゼントは、俺に選ばせてくれないかな」

まさか……本当に察しているのか⁉　だがそれならどうして自分から言おうとするんだ。駄目だ、混乱してまともに考えがつかん。

「俺……普通の十七歳として暮らしてみたいんだ。伸二の家でさ、ゲーム機ってのに触れたとき、こう……よくわからないけどなにかが弾けたような衝撃が来たんだよ」

ゲーム機？　弾けた？　なんのことを言っているんだ、この子は。ま、まさか……そういうことか、そういうことなのか息子よ。ならば……ならば父は――

「俺――ゲーム機が欲しいんだっふぁぼおおおお」

それ以上の言葉は不要と、息子に愛の鉄拳を振るう。きっと総一郎はこう言いたいのだ。俺はまだここにいたい。もっと父と母と一緒に暮らしたい、と。だからそんな子供のようなことを言っているに違いない。たいして欲しくもないだろうゲーム機に夢中になるフリをしてまで、ここにいたいなんて……なんて健気な子だ。なんて愛らしいことをするんだ。そんなことを言われたら、俺が息子離れできんじゃないか。

「総一郎……」

俺の言葉にまるで怯むことなく、総一郎はじっとこちらの目を見てくる。ならば父も応えよう、その心意気に。

「ゲーム機、買ってやってもいいぞ」

その言葉に総一郎はなかなか反応しようとしない。やはりたいして欲しくはないが、ここにいてもっと一緒に暮らしたいということなのか。父にはお前の心が手に取るように読めるぞ。

「どうした、いらんのか？」

「い、いる！　いるよ！」

そんなに慌てて反応しても、父にはバレバレだぞ息子よ。だがそれをこの場で言うのは野暮というものか。しかし、息子の言うことをただ受け入れるだけでは父のメンツも立たぬ。それにこの子も俺がこう言うのを待っているだろう。父として、息子の期待には応えんとな。

「そう逸るな。だが勿論無条件で、とはいかんぞ？　俺の出す試練をお前が越えることができたら、という条件付きだ」

ふむ、強く、そして優しい瞳だ。確固たる意志が感じられる。

「ふむ、心の準備はいいようだな。よろしい、ならば試練を言い渡そう。その内容は……俺と本気の勝負をして、見事勝利を手にすることだ！」

気のせいか？　総一郎の覇気が急に萎んだような気がしたが。いや、気のせいではないか。この子はわかっているのだな。最早俺では総一郎に敵わないということに。そして父が敗れたことにショックを受けるのではと気に病んでいるのだな。なんて優しい子なんだ。本当に涙が出る思いだ。

だが、このままでは始まらん。いちおう始めやすいように言葉だけでもかけておくか。

「もし俺に勝てたら、先月発売されたばかりのＶＲＭＭＯのゲームを買ってやろう。勝てたらな」

む、いい顔になったな。たいして欲しくもないだろうに無理をしおって。本当に可愛い——いかんな、集中せねば。相手はひとりで世界最強クラスの特殊部隊と同等以上の戦闘力を有する化け物だ。気合を入れねば俺でも一瞬。深呼吸だ、深呼吸……。

よし、落ち着いてきたぞ。では始めようか、親子のじゃれあいを！

(三)　俺の妹が天使な件について

耳を劈く甲高い音が、深く沈んでいた意識に割り込んでくる。

あぁ、また今日が始まるのか。普段ならば、そんな億劫な気持ちのもとに仕方がないなとベッドから身を起こしたことだろう。だがこの日は違う。今日という日を待ち望んでいた。今日からは俺も、普通の高校生のような趣味を持って生きることができるのだから。

素早く身を起こし、目覚まし時計を軽く叩いて部屋に静寂を取り戻す。それからさっさと顔を洗って歯磨きだ。普段はここまでやるのに軽く三十分は要するが、今日の俺はすこぶる軽快だ。十分で終わった。

母さんから朝食の声がかかるまでにはまだ少し時間がある。普段と順番は違うが、もう一度洗面台へと足を運び、櫛とドライヤーを手に寝癖を直すことにした。

鏡の前に立つと、自分の体が視界に入る。滅茶苦茶に鍛えられたお陰か余計な肉はまったくない。もとが細いせいか筋肉は——必要以上に——ついているのだが、服を着ていると、普通の高校生の体つきにしか見えない。勿論服を脱げばその違いは明らかだが、俺は人前で脱ぐような性癖は持ち合わせていない。それに体にはこれまでの修行で負った傷が至るところにある。こんなのを見られたら彼女どころか友達すら作ることはできないだろう。普通の高校生活を送るためにも、これは努めて隠さなければいけないことの筆頭だな。

体に刻まれた数々の涙の勲章を見ると、古いものはこれまでの厳しい修行を、真新しいものは昨日の模擬戦をふと思い出してしまう。昨日の模擬戦といえば……思っていたほど親父が——

「総一郎、もう起きていたのか」

思考を遮るように、ブロンドヘアのダンディズムマッチョ、通称アーミーゴリラが髭剃り片手にやってくる。

「おはよう、親父。昨日の傷はもういいのか？」

「あぁ……昨日の模擬戦は正真正銘本気でやったからちょっと堪(こた)えてはいるが、まぁ日常生活には支障はないさ。お前は——心配いらないようだな」

フッとなにか含みを持ったような軽い笑みを親父が浮かべる。まぁ確かにたいした怪我はしてないけど、仮にも息子に刃や銃を突き付けまくったんだから、少しぐらいは心配しても罰は当たらないんじゃないか？

「意外とね。昨日は親父も本調子じゃなかったみたいだから、次やったらわからないけどな」

「はっはっは、冗談まで言えるほど余裕が出てきたか。いやいや、いいことだ」

いや冗談でもなんでもなく本音なんだけど。親父の性格からして、あの状況で手を抜いていたとは思ってないが、それでも本調子ではなかったのだろう。しばらく本気での手合わせはしてなかったけど、もっと手応えがあったはずだ。だが親父はこの話は終わりだと早々に切り上げると、ウィンウィンと顎髭を剃りながら非常に軽いノリで、俺に大事なことを告げた。

「父さんは今日から仕事でまたしばらく日本を離れる。その間はお前がこの家を守るんだぞ。まぁいまのお前に勝てる奴が日本にいるとは思えんが」

いや、そんなことないからね。俺そこまで無敵超人じゃないから。確かに銃やナイフを携帯していればまず負けないとは思うけど、丸腰でプロの武闘家なんかと戦ったら多分負けるから。

「いや、俺より強い奴なんてたくさんいるだろ」

「ふむ、力を持ちつつも驕らぬその姿勢、どうやらもう教えることは本当にないようだな」

腕を組んで「ふむ」とか言ってひとりで納得すんなよ。まぁいい、そんなことよりも。

「あんまり家を、ってか母さんを放っておくと面倒なことになるから、早めに帰ってきてくれよ？」

「あぁ、由紀子が暴走する前には帰ってくるよ」

由紀子とはこのゴリラの妻、つまり俺の母親のことだ。この外国産ゴリラと違い、純国産の母はこの家での俺のよき理解者だ。だが、そんな母さんにも欠点はある。このゴリラのどこがそんなに好きなのか、母さんは時間さえあれば親父にベッタリだ。その愛は息子の俺から見ても過剰と思えるほどで、親父が一カ月ほど海外へ出張したときなんかは寂しさのあまり――

「あなた～、総ちゃん～、ごはんよー」

おっと、そんな時間か。しかしそうか、日本を離れるのか。これは母さんには注意しないとな。

「あなた～、総ちゃん～」

おっと。

「はーい、いま行くー」

寝癖をサッと直すと、そのまま朝食が用意された居間へ向かう。

「おはよう、総ちゃん」

櫛をスッと通したような真っ直ぐで長い黒髪の際立つ色白美人が、フライパン片手に声をかけてくる。自分の母親に対して甘いと言われるかもしれないが、贔屓目なしに見ても母さんは美人だと思う。十八歳で俺を産んだらしいからいまは三十五歳だが、町では母さんとすれ違うと大抵の男は振り返るし、スカウトの人から声をかけられたという話も未だに聞く。こんな美人がなぜあんなゴリラにとも思うが、さすがにそれは余計なお世話か。

それに俺の外見は――髪の色以外――母親に、身体能力は父親に似たらしいので、夫婦の愛の結晶としては非常に恵まれているともいえるだろう。

「おはよう、母さん」

母さんに挨拶を返すと、母さんの横で皿の準備をしている小さな女の子が次いで声をかけてきた。

「おはよう、お兄ちゃん」

この小さくて可愛らしい天使は最愛の妹、藤堂瑠璃（とうどうるり）。振り返った拍子に俺と同じサラサラなブロンドヘアが腰をなぞる。今年で小学三年生になった小柄な天使が、クリッとしたまん丸な瞳で俺を見つめる。マジ天使。最近はほとんど毎日誰かからラブレターをもらっているらしいが、俺は絶対に誰にも瑠璃を渡すつもりはないぞ。

「おはよう、瑠璃。今日もありがとう」

「えへへ、お兄ちゃんとお父さんに食べてもらいたくて、今日も頑張ったの」

なんなのこの生き物。可愛すぎだろ。しかしこの天使の愛情の矛先に俺以外が含まれているのはけしからんな。誰だ、そのお父さんというのは。そんな奴、絶対に認めないぞ。

「あら、瑠璃ちゃんばっかり」

拗ねたような口調でクネクネと体をくねらせる美魔女の視線が突き刺さる。ってか娘に対抗心燃やすなよ。まぁこれもこの人流のコミュニケーションか。本気で言ってるわけじゃない……よな？

「母さんもありがとう。いつも感謝しているよ」

「うふふ、どういたしまして。さぁお食事にしましょう」

皆揃ったねという空気を出していた母さんに俺が「あれ、親父は？」と疑問に思っていると、背後からヌッと親父が姿を現し、そのまま流れるような動きで椅子に腰かけた。

——うん、ビビッた。

ってかいま完全に気配を消してただろ。しかもすましてはいるが、どこかしてやったりなあの顔。

完全に俺で遊んでやがる。昨日のこともあり純粋な戦闘では幾分か自信がついてきたが、こと隠形に関してはまったく親父に勝てる気がしない。もし昨日の模擬戦が奇襲でもなんでもありの勝負だったら、負けていたのは確実に俺だろう。

「どうした、総一郎、食べプフッ——ないのか？」

この野郎……。

「食べるよ、いただきます」

食事を済ませた俺と妹は同じ時刻に家を出る。普段なら一緒に親父も出るのだが、今日から出張と言っていたからまだ家にいるようだ。それに昨夜は俺の我儘に付き合ったせいで母さんにあまり構ってあげられなかっただろうから、いま頃その反動が来ているんだろう。頑張れ、親父。

我が家は少し山に入った辺鄙(へんぴ)な場所にある。なぜそんな場所に建てたのかというと、まぁ……俺がこれまで親父から受けてきた地獄を考えれば想像に難くはないだろう。

だがそれには勿論弊害もある。学校のある区域まで俺の足だとすぐだが、瑠璃の足だと三十分ほどかかるのだ。そのため学校に行くときは必ず俺と、帰ってくるときは途中まで迎えに来た母さんと一緒にというのが我が家の鉄の掟だ。変質者に攫われでもしたら大変だからな。親馬鹿とも妹馬鹿とも思われるかもしれないが、けしてこれはオーバーな話ではない。

瑠璃が小学二年生のとき。その頃瑠璃はひとりで学校から帰っていたが、その途中で変質者から声をかけられ危うく誘拐されそうになったことがある。幸いにも不審に思った周囲の大人が警察にすぐ連絡してくれたことで瑠璃が危害を加えられることはなかったが、それ以降、我が家では瑠璃の送り迎えには最大限の警戒を払うことにしている。なおその変質者は警察にすぐ御用となったが、拘置所への護送中に謎の男ふたり組に襲撃され半殺しの目に遭ったとか遭ってないとか。まったく怖い世の中だ。

そんなわけで、いまも瑠璃と手を繋いで登校している。断っておくが手を繋いできたのは妹からだ。まぁ確かにガッシリと握り返したのは認めるし、鼻の下が伸びまくっているのも認めるが、俺が言いたいのは、これは俺からの一方的愛情ではないということだ。その証拠に、手を繋いでいる瑠璃の表情はとても幸せそうだ。通学路の途中でいつも会うおばさんたちも温かい目で見てくれる。

おっと、考えごとをしているうちにそのおばさんたちがいる場所まで来ていた。そして今日も当然のようにそこにいる。いつも思うのだが、必ず毎朝そこにいるあのおばさんたちは、なにか使命でもあるのだろうか。ゲームの村人Aのようだと言ったらキレられるだろうか。言わないけど。そしてそんなおばさんたちに会ったとき、毎日欠かさず挨拶をする俺の妹は天使だな。異論は認めない。

「オバちゃん、おはようございます」

「あら瑠璃ちゃん、おはよう。今日もお兄ちゃんの手を繋いであげてるのね。偉いわね～」

……解せぬ。

(四) 俺の友達が最高な件について

マイスイートエンジェル瑠璃を小学校に送り届け、ダッシュで高校へと向かう。瑠璃の学校が始まるよりも少し早くに送り届けているとはいえ、そこから高校に遅刻せずに行くとなると、さすがに全力で駆けなければ間に合わない。家では親父と死闘を繰り広げていた俺だが、家の外に出れば、基本は常識を持った一般人なのだ。遅刻なんてご法度だ。内申にも響くしな。そうして学校まで走っていると、その後ろから原付バイクのエンジン音とともに聞き慣れた声が耳に入ってきた。

「おーい、総〜。オハー」

「ん、おはよう、伸二」

横へ視線を移せば、予想した通りの顔が視界に入る。世の一般的な高校生をこれでもかというほど見事に体現した体つきと、丸みのある顔が――本人曰く――チャームポイントの友人、高橋伸二。

「しっかし学校前のこの地獄坂を原付の俺とたいして変わらないスピードで駆け上がるとか……お前ホントにリアルチートだな」

「そうか？　お前でも鍛えればできるよ」

「できるか！」

全力で否定された。何事も挑戦してみないとわからないものだと思うけどな。俺は親父から「できることとできないことは確かにある。だがまずはやってみろ。たとえできなくとも、やった人間はやらない人間より確実に伸びる」と昔から言い聞かされてきた。俺から見れば伸二は凄くいい奴だが、少し諦めが早いのが欠点だな。

「お前の後ろを見てみろよ。お前と坂道ダッシュの勝負をしようと、同時に坂を上り始めた陸上部の奴らが軒並み道端で死んでるじゃねえか」

後ろを振り返れば、確かに道路で転がっている生徒が数人いる。

「本当だ。あんなところで寝てると、通行の邪魔だな」

「そこじゃねえよ！」

もし伸二に才能があるとすればツッコミだろうな。俺が発言した直後の間、声量、顔の作り、角度、すべてにおいて完璧だ。今日は進路調査があるから、こいつの用紙をあとで俺が書いたものとすり替えておこう。第一志望は勿論お笑い芸人だ。こいつなら天下を取れるかも知れん。

「そういえば、昨日どうだった？　親父さんには言えたのか？」

伸二に聞かれたのは、親父に誕生日プレゼント、ゲーム機をねだった件だ。伸二は俺の特殊な境遇を詳しく知る数少ない友人でもある。伸二に「普通の高校生みたいにゲームしたい」と相談したところ「誕生日プレゼントにそれをねだってみたらどうだ」という妙案を授けてくれたのだ。

こんな神算鬼謀の男が俺の傍にいたのかと思うと、世界は広いと改めて感じる。やっぱりこいつの進路調査票にお笑い芸人と書いておくのはやめておこう。こいつの第一志望は軍師だ。日本には就職先がないだろうから、そこは力を貸してやろう。確か親父の話でクーデターが起こるかもしれないという国があったはずだ。問題はどっちに紹介するかだが、まぁそこは伸二に任せよう。

「あぁ、俺と勝負して勝てたらって条件を出されたけどな」

「マジか⁉　お前の親父さんって、ある特殊部隊の隊長だったんだろ？　じゃあもしかして……」

伸二の顔に一瞬暗い影が差す。伸二には親父がいかに化け物なのかをたまに話していたから、俺が親父に負けてゲーム機を買ってもらえなかったんじゃないかと察したのだろう。それで心配してあんな顔を……やっぱいい奴だな、伸二。お前の就職先、絶対に力になってやるからな。

「いや、なんとか勝てたよ。どうも本調子じゃなかったみたいでな。運も味方についてくれたよ」

「そうか、じゃあ！」

伸二は表情をパッと明るく切り替える。まったく最高の友人だぜ。絶対に就職させてやるからな。

「ああ、今日家に帰ったら、愛しのVR機が届くことになってる」

「やったな！　おめでとう。ようこそ、普通の世界へ」

「ありがとう。これもお前のお陰だよ。お前は普通に関しては世界一だな」

「それ褒めてねえだろ！」

そんなことはない。心から褒めているとも。俺の事情を知った奴はたいがいがそれ以降避けるが、こいつは事情を知っても傍にいてくれる親友だ。俺にとってお前は、特別な普通の友達だよ。

「いや、俺からすれば一番欲しいものだよ」

「そうか？　じゃあお前の超可愛い妹ちゃんとなら交換しても――」

――よし、戦争だ。

「伸二。進路調査票に行き先は棺桶と書いておけ。心配するな、綺麗に送ってやる」

「ウソウソ冗談だって！　冗談、ゴメンって！　マジでマジで‼」

俺の殺気を浴びて伸二が顔から大量の汗を流す。

世の中には言っていいことと悪いことがある。その選択を間違えれば、最悪訪れるのは死だ。発言には注意しろよ。俺はこんなことで大切な友人を失いたくはないぞ。

「そうか、これでリーチだからな」

「……なんのリーチなのか聞くのが怖いぜ」

そんな馬鹿話をしていると校門が目前に見えてきた。今日は伸二と話しながらでペースがゆっくりだったが、それでも時間はなんとかなったか。前より足が少し速くなったかな？

「じゃ、俺は駐輪場にバイク止めてくるからまたあとでな」

「おう」

伸二と別れ、そのまま真っ直ぐ教室へと向かう。途中、陸上部顧問の先生が熱心に入部を勧めてきたが、それをいつものように躱して教室へと走る。ゴメンよ、先生。先生の諦めない姿勢は好きだけど、これまでの俺には親父の地獄のメニューが、そして今日からは念願のゲームが待っているから部活はできないんだ。坂道で転がっている生徒たちと頑張ってくれ。

昼休みになると、いつも通り伸二が弁当片手に俺の席へとやってきた。

「総。授業中ずっと上の空だったけど、今日作るキャラの名前なににしようとか考えてただろ」

なぜバレたし。こいつエスパーだったのか。やめろよ、せっかくの普通設定が崩れるだろ。お前だけは普通でいてほしいんだよ。お前が最後の砦なんだよ。

「ナゼソレヲ……」

「いや、お前のこれまでを考えれば普通わかるよ」

そ、そうか普通わかるのか。ならプロの普通のこいつがわかっても当然か。それなら納得だ。むしろ必然だ。

「さすがだな、伸二」

「そうか？　まぁいいや。で、名前はなにに決めたんだ？」

「いろいろ考えたが、《ソウ》って名前でいこうと思う。これ以外の名前で呼ばれても反応できる自信がない」

これにはかなり悩んだが、この名前に決めた理由はもうひとつある。それはありのままの自分でやってみたかったから。別に自分の名前をつけていないとありのままじゃないとか偉そうな講釈を垂れるつもりはまったくないが、そうすることで俺は自分を偽らずにゲームの世界を楽しむことができると思ったんだ。まぁ要は気分の問題だ。俺がそう感じているから、それでいいんだ。

「いいんじゃねえか？　俺はそういうシンプルなの好きだぜ」

「サンキュ。でもそれ以外はまだほとんど決めてないんだ。先月サービスが開始されたＶＲＭＭＯ《イノセント・アース・オンライン》をやるってこと以外はな」

このゲームを選んだのには理由がある。イノセント・アース・オンライン——通称ＩＥＯは、世界中で人気を博している世界最大規模のＶＲゲーム。従来のゲームよりもよりリアルに世界を体感できるよう、さまざまなシステムが施されているらしく、インドア派だけでなくアウトドア派も客層として取り入れることに成功したゲームだ。うちの高校でも大人気で、クラスメイトの多くが休み時間に同じ話で盛り上がり、休日は皆でゲームの中の仮想世界を冒険している。

つまり、これが普通の高校生にとってのトレンドというやつなのだ。ならば乗らねばなるまい、このビッグウェーブに！

「そうか。じゃあ日標にする職業やスキル構成なんかもまだ考えてないんだな」

「ああ。そこら辺はやりながら考えようかなと思ってな」

そもそも俺にはゲームの経験というものが絶対的に不足している。いまの時点で考えようにも、そもそもがわからん。それに親父が言うには、俺は頭脳派というよりは感覚派らしい。直感に頼って進めていくのも悪くないだろう。

「じゃあ、今日インする前に連絡くれよ。そこでいろいろと最初に知っといたほうがいいことだけ教えてやるから」

「サンキュ。助かるよ」

持つべきものは友達だ。こいつにはそう思わされることが本当に多い。実にいい奴だ。

その後は授業内容の大半が左耳から入りあまり濾過されずに右耳から抜け出ていたが、今日は俺がある意味生まれ変わる日でもあるのだ。どうか大目に見てほしい。

学校が終わり、逸る気持ちを抑えきれず急いで家に帰りつくと、玄関に大きな段ボール箱が置いてあった。その上にはひとつの手紙も置かれており、それを開くと、

『総一郎へ。これをお前が見ているとき、父さんはすでに日本にいないだろう』

いや、師匠的な人が死ぬ前に弟子へ残した手紙みたいな感じになってるけど、アンタ普通に出張に出ただけだからね。

『お前がゲームにうつつを抜かして家族を放り投げるような人間でないことは俺が一番よく知っている。だが、あまり母さんや瑠璃を寂しがらせないでやってくれ。特に母さんな。出張から帰ってきたときの反動が少し……いや相当怖い。くれぐれも頼むぞ。マジで頼む』

親父、ゴメンそれ無理だわ。俺が構おうが構うまいが、アンタに反動が行くのは避けられないよ。成仏してくれ。仏前に供えるのは饅頭でいいか。

『VR機にはすでに昨日言っていたゲームをインストールしてもらっている。電源を入れればすぐにでも始められるそうだ。では最後になるが、母さんと瑠璃を頼むぞ。じゃあ行ってくる』

……親父の好きな酒も供えてやろう。

二章　俺とゲームの相性が最悪な件について

(一) 俺がゲームを始める件について

　自室へと持ち込みセッティングも終えたＶＲ機を見て、俺は感慨に耽っていた。完全没入型のＶＲ技術が確立されてからまだ間もない昨今。この技術を完成させたのは、ひとりの天才と、その志に惹かれ集った同志たちだった。彼らは自らの夢を叶えるために自分たちの持てるすべてをＶＲ技術の確立に捧げたといわれている。二十一世紀では完全な完成は難しいとさえいわれていたものを見事に実現させた彼らの原動力ともいえる言葉は、ある界隈では非常に有名だ。

『ケモミミっ娘をモフりたいデース！　愛でたいデース！　抱きたいデース！』

　聞く者は涙する神の言葉だ。この話を伸二から聞いたときは俺も感涙に咽んだ。また完成させたあとの彼らの言葉も大変素晴らしい。

『同志たちよ、集え！　ここには夢がある！　夢にまで見た桃源郷が、ここには存在する！　さぁ二次元で止まっていた者たちよ、立ち上がれ！　ステージは用意した。いまこそ我らが次元をひとつ越えるとき！　望めば立ち上がれ、さすれば与えられん！』

　神だ。どうすればこんなことができるのだろう。やはり神とは神聖で偉大なものだ。一部の人間は彼らのことを蔑むような目で見ることもあるが、彼ら曰くその視線もまたご褒美——ただし美少女に限る——なのだと言う。最早頭が上がらない。俺は彼らへ百万の感謝を捧げると、早速ＶＲ機を手に取る。

　このＶＲ機の名称は《レーヴ》。フランス語で夢という意味を持つらしい。なぜフランス語と思ったこともあったが、それは神の決めたことだ。俺如きが疑問を持つなどとんでもない。ＶＲ機には頭に被せるだけのヘッドギアタイプと酸素カプセルみたいに全身を入れるベッドタイプ、椅子と一体になっているチェアタイプなどがあるが、俺に与えられたのはヘッドギアタイプだった。ベッドに横になった状態で、気軽にできるこれがいいと考えていたからちょうどいい。

　ヘッドギアには付箋が付いており、そこには『どのタイプにするか迷ったが、ヘッドギアタイプにすることにした。これならばプレイ中に誰かに襲撃されても素早く反応できるだろう。グッドラック』と親父からのメッセージが書かれていた。が、そもそも寝込みを襲うのは普段の親父か、寂しさが限界に達したときの母さんぐらいだ。その心配は――あるな、潜在的な脅威を失念してた。グッジョブ、親父。

　いやしかし待て。完全没入型のＶＲ機にインしたら、部屋に誰かが入ってきたとしても気付けないんじゃないか？　そこら辺はどうなんだろう。インしていても外部と連絡を取ることなんかはできるのだろうか。まぁ伸二に聞いてみるか。少し緊張しつつも、ゆっくりと《レーヴ》を頭に被せ、そして理想郷へと足を踏み入れる。

『チュートリアル。ようこそイノセント・アース・オンラインへ。ここではあなたのキャラクターメイキングを行います。そのままの姿勢でお待ちください』

　ゲームの世界へとダイブした俺を最初に迎えたのは、味気のない機械的な音声だった。周囲は真っ暗でなにも見えず。裸の状態の俺がポツンと立っている。全裸待機だ。誰もいないし、仮想空間の中とわかってはいるが、落ち着かない。

『あなたの体をスキャンしている間、キャラクターメイキングについてご説明いたします。イノセント・アース・オンラインは仮想空間を舞台に、本当の自分で冒険する世界最大規模のＶＲＭＭＯＲＰＧです。そのためキャラクターメイキングにおいても、現実の自分の体に近い状態、正確には若干アニメ調にデフォルメされた状態で行われます。体形や顔は大きく弄ることができません。ですが髪型や色、眉毛などは仮想空間内の美容室で変更することが可能です。これは仮想世界にあっても一定の緊張感を持ってプレイしていただくためのものです』

なるほど、つまり痩せてる人はゲームでも痩せてるし、太ってる人はゲームでも太ってるのか。それ、ちょっと厳しいな。そういうのから逃避したい人も多いんじゃなかろうか。あ、本当の自分で冒険ってそういう意味か。それにほかのゲームと違って、現実の自分をより強く意識するから緊張感もリアルにかなり近い。この辺は昨今無責任な人間が増えていることに対する運営からのメッセージなのかもしれないな。

だが待てよ。いくらアニメ調になってるとはいえ、現実の顔を反映って危なくはないのか？

『また撮影設定を変更しなければ、仮想世界内の写真や動画に自分の顔と姿を映すことはできません。そのままの状態の場合、仮想世界内で撮ったあなたの映像は自動的に別の姿に変換されます』

そういうことか。つまり、設定を弄らない限りは、この世界の自分が外に漏れることはないってことだな。さすがにその辺のリスク対策はされてるみたいだな。

『スキャンが完了しました。鏡の前でご確認ください』

その音声とともに、目の前に等身大の鏡が現れる。さすがＶＲ。演出もイチイチかっこいい。

「あ、あー、あー」

ふむ、声も現実とまったく一緒か。本当に凄い技術だな、これ。

感心しながら鏡の前に映る自分の姿を確認し――しばし驚きで声も出なかった。そこにはちょっとアニメ風になった自分がいた。顔や体つきはほとんど変わっていない。髪の色は現実世界と同じくオレンジに近い金髪。目の色も青……所謂、金髪碧眼だ。実は日本人の黒髪黒目というやつに凄く憧れていたから、その辺は少し残念な気もするが……髪の色はあとで変更する手段があると言ってたし、そこまで気にしないでおこう。目は……無理だろうなぁ。

ちなみにこの見た目の影響で、これまでいろいろと他人の興味を引いてきた。その興味にはいくつか好意的なものもあったが、大半は否定的なもの。小学生の頃はクラスの男子にからかわれる程度の可愛いものだったが、中学生の頃からは不良グループに目をつけられ囲まれることなんかも多くなった。まぁそれで怪我をしたことはほとんどないし、一度力の差を知った奴はたいていがそれ以降俺を避けるだけになっていったから、大きな弊害なんかはなかったが……あの感覚を寂しいっていうんだろうな。

『いかがでしょうか?』

おっと、これキャラクターメイキング中だったな。

「問題ないです」

『では次にスキルの説明を行います。スキルとは仮想世界であなたが使える特殊な能力のことです。これらはあなたの体をスキャンした際に検出されたデータをもとに、多少のランダム性をもって振り分けられています。またあなたの今後のプレイスタイルやイベントへの参加、クリアに応じてスキルは変化、増加していきます』

いまの情報はかなり重要な気がするな。要は俺のやり方次第で成長が変化するってことか。単純にレベルを上げれば強くなるってもんでもないんだな。スキルは……どうせいま見てもわからん。あとで確認しよう。

『次に、能力値についての説明です。まず、イノセント・アース・オンラインではキャラクターのレベルが存在しません』

……え、そうなの？

『またキャラクターの能力値などの項目も存在しません。プレイヤーの現実の身体能力がそのまま仮想世界へとダイレクトに反映されます』

マジか。じゃあ魔法とかってどうやって撃つんだ？　もしかして童貞だけ魔法が使えるとかそんな計らいしてないよね？　やめてよ？　心折れるよ？

『身体能力はスキルの習得によって強化することも可能です。体をよく使うプレイスタイルではそういったスキルが習得しやすくなります』

なるほどな。で、魔法は？　魔法はどうやって習得するの？

『次に職業についての説明です』

終わりかよ！

『最初に就く職業は検出された身体データをもとに多少のランダム性をもって自動的に設定されます。職業を変更したい場合は最寄りのハローワークまで行き、転職についてお尋ねください』

なんて現実的で嫌なジョブチェンジシステムなんだ。名前が露骨すぎる。これ、一部の人たちは心にじわじわとくるだろうな。

『最後に、操作についての説明です。仮想世界では基本自分で歩かなければ前には進みません。移動や生活に関する操作は基本マニュアル操作となります』

まぁ、そうだろうね。

『ですが戦闘においては、マニュアルだけでまともに戦うことはできません。よく考えてください。あなたたちのような軟弱な人間が魔物に勝てると思いますか？』

あれ？　なんだか急に方向性を変えてきたな、このアナウンス。

『いくら仮想世界とはいえ、あなたたちは戦闘の素人です。まともな戦闘はできません』

まぁ、モンスター相手だとそうだろうね。

『そこで戦闘時の操作に関しては、その補助を行うアーツが存在します。たとえば、侍が習得できるアーツ《袈裟切り》。これを使用することで、プログラミングされた理想的な動きの袈裟切りを誰でも再現することができます。またアーツにはレベルが存在し、レベルを上げることでその能力や効果は上昇していきます』

なるほどな。アーツを使うことで最初からそれなりの動きで楽しめる、と。逆にアーツなしだと全部リアルにやらなきゃいけないから、まともに戦闘できないと。そういうことか。

『また、回避や防御行動などにもいくつかのアーツが存在します。これはプレイヤーの動体視力や反応速度及び思考速度はスキルやアーツを使ってもまったく変わらないため、相手の攻撃アーツを自力で防御、回避することがまず困難であることからの救済措置です。噛み砕いて言うと、リアルに作りすぎて超鬼仕様になっちゃった。こんなゲームバランスじゃ売れないよ、どうしよう。そうだ、防御と回避にも補助システムを付けて動きをサポートしよう。という経緯になります』
ぶっちゃけすぎだろ。まぁ正直な点は好感が持てなくもない、か？
『説明は以上になります。もう一度チュートリアルを始めたい方は向かって左の扉へ、ゲームを始めたい方は右の扉へお進みください。それでは、イノセント・アース・オンラインの世界をお楽しみください』
迷うことなく右の扉を開く。そしてここから、俺の新しい生活が始まった。

（二）俺がゲームを始めた件について

――扉を開けると、そこは仮想世界だった。

急に晴れた視界に飛び込んできたのは、びっしりと敷き詰められた石畳の大きな通りと、それを囲むように立ち並ぶ石造りや木造の建物の数々。味気ない無地の板に剣や盾、肉のマークが書かれているだけの看板をぶら下げているのは、おそらく武器屋やなんらかの商店だろう。あまり宣伝している雰囲気が感じられないのは、俺が電光掲示板や派手な看板に慣れているせいだろうか。それでも無骨さを感じないのは、至るところで咲くハイビスカスの花のお陰か。

さらにその先にある広場では、沖縄の守り神として知られるシーサーを象った噴水がマイナスイオンをこれでもかと撒き散らし、幻想的な霧の空間を作り出している。電気を使っていると思われるようなものはなく、道を照らす街灯の中では揺らめき輝く小さな火が顔を出している。平成のコンクリートジャングルとも違う。昭和を匂わせる木造建築とも違う。琉球文化独特の味のある情緒と中世ヨーロッパ風の街並みを融合させたかのようなその光景を、俺は息をするのも忘れてただ見つめていた。

そして極めつけは、それを埋め尽くさんばかりの人、人、人。地元でこれだけの人がごった返していたら、一体今日はなんのお祭りだと騒ぎになるな。見た感じ、歩いているのはほとんどが俺と同じプレイヤーだろうか。

見た目が日本人的だし、なにより武器や鎧を着込んでいる町人――NPCがいるとは考えづらい。となると、店の軒先でそのプレイヤーを相手にしている人が町人だろうか。こっちも見た目はプレイヤーと同じ《人》だが、雰囲気がどこか落ち着いているというか、服のチョイスが完全に町民その一だ。無地のアロハシャツに短パンって、どう見ても冒険する雰囲気ではないな。

っと、呆けている場合じゃなかった。まずは伸二と合流しないと。そう考えて周囲を見回しているると、少し離れたところから聞き慣れた声が耳に届く。

「おーい、総。こっちだこっち」

その方向へ目を向ければ、伸二に非常によく似た人が立っていた。てか伸二だな。間違いない。しかし中世の騎士のような格好をしていたから一瞬戸惑ったぞ。なんだよそれ、かっこいいな。

「よ、伸――じゃなかったな。ハイブ」

「お、オンラインゲームの礼儀は多少学んできたようだな。感心感心」

「まぁな。ってかお前こそ、よくこんな人混みの中で俺を見つけられたな」

「お前の容姿はどこにいても目立つからな。見ろよ、周りのプレイヤーの顔。男は露骨に嫌そうな顔を、女は興味津々な顔をしてるだろ。俺からすればそんなのは便利なお前探索装置だよ」

「そ、そうか……」

俺からすれば純粋な黒髪黒目の日本人のほうが羨ましいんだが。まぁこればっかりは仕方ないか。この国ではハーフは目立つし、俺の考えは所詮ない物ねだりだ。俺は俺の持っている武器で勝負するしかない。たとえ他人にどう思われようがな。

「ここは目立つ。とりあえずフィールドにでも出ようぜ」

「ああ」

伸二の提案に俺も同意する。先ほどの目立ち方が、あまりいいほうに働かないことをリアルでよく知っているからな。

人気のないフィールドまで出ると、伸二は自分の能力画面を開きながら話しかけてきた。

「うっし、早速能力や職業の確認をしようぜ。まだ見てないだろ？」

「ああ。どうやったら出せるんだ？」

「能力画面を出すって考えれば出るぞ。説明書に書いてあったはずだが……さては飛ばしたな？」

「ま、まあな」

仕方ないだろ、楽しみで早くやりたかったんだから。えーっと、能力画面だったな。お、出た。

半透明なボードみたいだな。

「出たぞ」

「じゃあ、そのまま画面にタッチしてくれ。デカいスマホと思えばいい」

伸二に言われるがまま操作していくと、能力一覧画面というところに辿り着いた。

「《職業》って項目と《アーツ》って項目。それに《スキル》と《魔法》って項目が浮かんだだろ？」

「ああ」

「まずは《職業》から見てくか」

仲二の言う通りに職業の項目をタッチする。すると目の前にその内容が浮かび上がってきた。

「で、なんて書いてあった？」

「えーっと……ガンナーってあるな。名前からして、銃を使う職業か？」

「そうだな、あんまり使い手のいない珍しい職業ではあるよ。確か中距離から銃で撃ちまくるスタイルだよ。あと二挺の拳銃――双銃を使うことのできる唯一の職業だな」

そっか。で、それ普段の俺となんの違いがあるんだ？

「ガンナーって魔法は使えるのか？」

「使えないことはない……と思うが、適性職業以外での習得は相当厳しいって聞くな。ガンナーの戦闘スタイルじゃ魔法はまず覚えないだろうし」

――なん……だと……!?

「もしやガンナーって、不遇職とかいうやつなのか？」

「いや、そんなことはねぇぜ。まぁ強いて言えば普通かな」

「そう……か……」

「そう気を落とすなよ。次はアーツを確認しようぜ」

俺は動揺を隠せなかったが、仲二に促され《アーツ》の項目を開いた。


【アーツ一覧】

・ツインショット（レベル一）
二挺の拳銃を交互に発射し目標に命中させる。レベルに応じて連射速度と命中率が上昇する。


一個って……マジか……しかもなんんだ、このアーツ。こんなん目隠ししてもできるぞ。

「それはガンナー専用のアーツだな。普通二挺の拳銃を交互に撃って、しかもそれを相手に命中させるなんて素人には絶対無理だからな。でもそのアーツを使えば訓練を受けた警官や軍人みたいな射撃ができるようになるんだよ」

へ、へ～……どうしよう、いらねぇ……てかこれ俺、逆に劣化してねぇか？

「ついでだ。スキルも見てみろよ」

「あ、あぁ」

どうしよう……これでスキルも駄目だったら心が折れそうだ。頼むぞ……。


【スキル一覧】
・なし

はい折れたー、心折れたよー。ってか、なしって……マジか。俺このゲームになにか恨み買うことでもしたのか……。

「お、おう……まぁ……なんというか……そういうこともあるらしい、ぞ。ごく稀に」

「慰めてくれなくてもいいよ……持ってるものを使って頑張るから……」

まぁスキルに関しては持ってすらいないがな。

「そういえば、伸――ハイブはどんな感じなんだ?」

「見てみるか?　ほれ」

そう言うと伸二は指を弾くようにして画面を二枚、俺の前にスライドした。


【アーツ一覧】
・オフェンスシールド（レベル二）
盾で相手を攻撃するアーツ。連続攻撃回数二、リキャスト時間十秒。レベルに応じて連続攻撃回数と速度が上昇し、リキャスト時間が短縮する。
・ディフェンスシールド（レベル二）
盾で相手の攻撃を防御するアーツ。連続防御回数三、リキャスト時間十秒。レベルに応じて連続防御可能回数と反応速度が上昇し、リキャスト時間が短縮する。
・ブレードアタック（レベル一）
片手剣、両手剣、刀、短剣、短刀で相手を攻撃するアーツ。連続攻撃回数二、リキャスト時間十秒。レベルに応じて連続攻撃回数と速度が上昇し、リキャスト時間が短縮する。

【スキル一覧】
・ハイ注目!（レベル一）
半径十メートル圏内の敵のヘイトを自分に集める。リキャスト時間百八十秒。レベルに応じて適用範囲が拡大し、リキャスト時間が短縮する。アクティブスキル。
・筋力向上（レベル一）
筋力が向上する。また格闘攻撃か一部の近接武器を使用した際にダメージボーナスを得る。レベルに応じて能力が向上する。パッシブスキル。
・防御向上（レベル一）
防御力が向上する。また防具装備時にステータスボーナスを得る。レベルに応じて能力が向上する。パッシブスキル。


多いな……これが先行組との差か。

「スキルの説明の最後にあるアクティブスキルとパッシブスキルの違いってなんだ？」

「アクティブスキルは自分で発動させるスキルのこと。パッシブスキルはその逆で、常に発動しているスキルのことだ」

「なるほど、よくわかったよ。しかしハイブはアーツもスキルも豊富だな」

「俺の職業は騎士だからな。パーティメンバーを守るアーツやスキルを中心的に取得するんだ。所謂タンク職ってやつだな。前衛で敵のヘイトを集めてほかの奴らが攻撃する隙を作ったり、一発デカいのをぶち込むための時間を稼いだりな」

「へぇ。じゃあ、普段はほかの人とプレイしてるのか？」

「あぁ。同じ学年の奴らとギルドを作って、そいつらとよくな」

俺にとって友人と呼べるのは伸二ぐらいしかいないが、人当たりのいい伸二には多くの友人がいる。今日は俺のために時間を取ってくれているが、あまり伸二に甘えてばかりもいられないな。

「そうか、悪いな。俺のために時間を取っちまって」

「気にすんなよ。それよりお前も俺たちのギルドに来ないか？　歓迎するぜ？」

ギルドか。う～ん……。

「まだこのゲームについてなにもかも手探りだから、いろいろと把握できるまではひとりでやってみようと思う。せっかく誘ってくれたのにゴメンな」

それだけが理由というわけではないが、これ以上は伸二に対しても悪いし、なにより言いにくい。申し訳ないが断ることにした。

「そっか、まぁ気が変わったら言ってくれよ。俺はいつでも大歓迎だからな」

伸二は僅かに肩を落としたあと、すぐに表情を作り直して明るく声をかけてくれる。こんな俺のために……本当に俺にはもったいない友人だ。

「次は体の動かし方だが……お前には説明いらなそうだな」

「まぁな」

体の感覚については、もうほとんど掴めた。体の動きに関しては、現実とまったく変わりはない。歩行から全力疾走。ジャンプに至るまで感覚も速さも現実そのものだ。

「視力と聴力も同じなんだな」

「あぁ、スキルとかで強化していない限りはそのままだな。ただ、痛覚と嗅覚に関してはいろいろとセーフティがかかってるぜ」

「あぁ、それもなんとなくわかるよ」

この世界はファンタジー。勿論モンスターと戦うことも多い。腕を切り飛ばされた際の痛覚や腐臭を嗅いだ感覚をダイレクトにリンクさせていては、体と精神がおかしくなってしまうだろう。実際にさっき試してみても、怪我しない程度の感覚なら現実と変わりなかったが、それ以上の感覚については大きな衝撃が来るだけで痛みはなかった。まぁそれでも反射的に痛いと言う人間は多いだろうが。

「じゃあ、このまま狩りに行こうぜ。武器は初期装備品があるから、それを使えよ」

「お、いいねぇ」

いよいよ冒険か。ちゃんとやるゲームはこれが初めてだが、伸二もいるしなんとかなるだろう。

——やってやるぜ！

(三) 俺の親友はやっぱ最高な件について

伸二とパーティを組んで狩りに出てから二時間。俺はひとつの事実を受け入れる必要があった。

「総、お前……メチャンコ下手だな」

「……」

俺の取得している唯一のアーツ《ツインショット》。これを使用してさっきから敵モンスターと戦っているのだが、まったく当たらない。よくわからない構造の銃を使っているだけでも相当なストレスなのだが、この交互に撃つというのがまた俺を悩ませている。もう一度アーツの項目をスライドし何度目かわからない熟読をする。も、そこにはやはり『二挺の拳銃を交互に発射し目標に命中させる。レベルに応じて連射速度と命中率が上昇する』』の文字しか書かれていなかった。

いや同時に、もしくはバラバラのタイミングで自由に撃たせろよ。それに照準も甘すぎる。敵が動くと急所には全然当たらないし、俺が動いても全然当たらない。これ無理ゲーすぎんよ……。

「ほかのガンナーを一度見たことあるが、もう少し当てていた気がするな。余計な力でも入ってるんじゃないのか？」

見かねた伸二が助言を飛ばしてくれる。そして、それは俺もわかっている。わかってはいるのだが、体に染みついた癖というのはそうそう抜けない。俺からすればこの《ツインショット》というアーツは稚拙すぎるのだ。そのため体がついつい抵抗して余計な動きを入れてしまい、結果失敗してしまう。言葉ではわかっているし、理屈でもわかっているのだが、あんな幼稚な動きを本能が全力で拒否しているのだ。

俺は幼少の頃から親父の地獄の特訓に付き合ってきた。その中には気を抜けば命の危険に晒されるものもそれなりにあった。ひとつのミスが死を招く状態にあって、敢えて手を抜くような真似が許されるはずもなく、このスタイルはいまの土台にもなっている。これがナイフや拳などであればまだなんとかなったかもしれないが、銃は駄目だ。

鍛え抜かれた暗殺者はトリガーに指をかけた瞬間に銃の一部と化すという。実際に前に会った親父の友人にも似たような人はいた。俺はそこまで極端ではないが、少なくとも体が勝手に反応してしまうくらいには馴染んでいる。どうしても運営がプログラムした動きを自分で阻害してしまう。

しばらく周囲にポップする雑魚モンスターを相手にしていたが、何度も殺されかけ、その度に伸二に助けてもらった。そして伸二は言いにくそうに、だが俺のためを思っての一言を告げる。

「これは……当分練習が必要みたいだな。これだとパーティで狩りどころか、フレンドリーファイアで地雷認定間違いなしだ。俺が防御に特化した騎士じゃなかったら危なかったな」

「……フレンドリー……ファイア？」


——その言葉を聞いた瞬間、世界にヒビが入る。


フレンドリーファイアとは友軍への誤射のことだ。これは戦時において最もやってはいけないことのひとつであり、これを行う者は味方からの信頼を著しく失う。その言葉の意味はわかっている。聞き返したのはその意味がわからなかったわけではなく、本当に俺がそんなことをしたのかという信じられない思いからだ。

「ああ。実は何度か俺に向かってきた攻撃があったから防御用のアーツで防いでたんだ——あっ！でも気にすんなよ。総はゲーム自体がほとんど初めてなんだし、射撃職は特に難しいっていわれてるから仕方ねえよ」

落胆している俺の様子を察してくれたのだろう。伸二は俺を傷つけまいと必死に言葉をかけてくれる。だが俺の動揺は自分で思っているよりも、遥かに大きかった。これはゲームだ、現実じゃない。そう自分を必死に納得させようとするが、たとえ仮想世界であろうとも味方を——それも親友を誤射したという どうしようもない事実が心に爪を立て掻き毟る。

「ゴメン、伸二。本当にゴメン」

「いやいや、これはゲームだぜ、気にすんなよ。な？」

「……俺、今日はここまでにする。付き合ってくれてありがとう。じゃあ――」

「お、おい⁉　総！　総‼」

この日以降、俺はイノセント・アース・オンラインから消えた。


「おい、総！　お前昨日もインしなかったろ。これで四日目だぜ？　いい加減立ち直れよ。いいじゃんか、俺が気にしないって言ってんだから。なあ？」

あれからイノセント・アース・オンラインにインしていない俺を気遣い、伸二は連日説得にやってくる。だが伸二には申し訳ないが、たとえゲームとはいえ、味方を誤射した自分を俺は許せない。現実では絶対にしないと自信を持って言えるが、ゲームの中では正直自信がない。あの世界では俺よりも射撃の下手な射撃職はいないだろうといえるほどに、俺のゲームの腕はどうしようもない。たとえもう一度やっても同じことをしてしまうだろう。だったら――

「ゴメン、伸二。それでも俺……やっぱ駄目だわ」

そのまま椅子から立ち上がると、教室を出て屋上へと向かう。なぜ屋上かというと、単純に高いところから見る景色が心が落ち着くようで好きだからだ。なにか悩みごとがあるときはよくここに来たし、ここ数日も毎日来ている。だが、

「おい、総！　話はまだ終わってねえぞ！」

肩で息をした伸二が後ろから声を張り上げる。気配は感じていたから驚きはしないが、正直気は重い。

「お前、それでいいのか⁉　あれだけやりたがってたゲームを諦めんのかよ！」

「……諦めたくはない」

「じゃあ――」

「でも、同じ失敗もできない！」

「――っ」

「もう、同じ失敗はできない。たとえゲームの中だろうと、俺は味方を絶対に撃ちたくない。もう――あんな思いは……したくない……」


頭の中を罪悪感や嫌悪感といった感情がぐちゃぐちゃに混ざる。あれだけ楽しみにしていたものを諦めるのは残念だが、なにより伸二に対して申し訳ない気持ちが止まらない。伸二のことを思えば気にしない素振りでゲームを続けてやりたいが、それすらできない。もう俺は、自分で自分の気持ちをまともに整理できないでいた。

その言葉を聞いた伸二は、少しばかり考えたあと、意を決したように口を開く。


「……そうかよ。わかった。じゃあ俺と勝負しろ！」

……勝負？　なにを言ってるんだこいつは。

「俺とタイマンで勝負しろ！　いまここで！　俺が勝ったら今日ゲームにインしろ。お前が勝ったら勝手に引退でもしろ」

「……いや、俺とお前じゃ勝負には……それともなにかの競技か？」

「いや、タイマンの喧嘩だ。いくぞオラァ！」


開口一番、伸二は右手を大きく振りかぶり、そのまま俺の顔めがけて固く握った拳を振り抜いてきた。だが同世代の、それも一般人の拳が俺に届くわけもなく、その拳は少し前まで俺がいた場所で盛大に空を切る。勢い余った伸二は転倒しそうになるが、くるりと回ることでなんとかその場に踏みとどまると、再び俺に向かってくる。

「お、おい、伸二、よせって、危ないって」

危ないとは勿論伸二のことだ。拳を鍛えていない素人が固い物を殴ると骨折することもあるし、転倒して体を痛めることもある。現にさっきのは危なかった。だが伸二はそんな言葉にはまるで耳を貸さず、

「うるせぇ、俺がやるって決めたんだ。俺は諦めねえぞ！」

その言葉はいまの俺にはなによりも心に刺さる。

「いや、諦めろって！　お前じゃ俺には勝てないって！」

自分でも最低のことを言っていると思う。少なくとも、親父がここにいたら俺は間違いなくぶっ飛ばされていただろう。

「そんなん試してもないのにわかるか！　やるかやらないかで悩むぐらいなら、俺はやって後悔する。それが俺の選択だ！」

その言葉も俺を確実に突き刺す。だが、これはいくらなんでも無謀だ。俺と伸二では実力差がありすぎる。伸二では俺に絶対に勝てない。そう言い切れるだけの差が存在するのだ。それでも伸二は拳を止めない。

「お前は逃げんのかよ！　一回失敗したぐらいで」

「……」

「あんなに楽しみにしてたじゃねえか！　それともやっぱりゲームなんてつまんなかったのか⁉」

「……そんなことはない」

「俺と一緒にやるのが嫌だったのか⁉」

「そんなはずあるか‼」

伸二の言葉に、熱くなるものを抑えきれずに反論する。

「やりたいさ、お前と！　でもその方法がわからないんだ！」

熱くなった俺の言葉に、伸二はさらに熱を込めるように返す。

「なんで探さない！」

「探したさ！　でもガンナーから他職に転職するためには必要なポイントが全然足りないんだ。結局俺が銃以外を握る選択肢はないんだよ」

別に最初から諦めていたわけではない。あれから攻略サイトや質問掲示板でいろいろな方法を探した。だがそれからの進展はまったくなかった。転職をするためにはいまの職業をある程度プレイして、ある特殊なイベントをクリアし、尚且つ必要な素材やポイントを貯めないとできない仕組みだというのもわかった。ひとりでインしてこっそり練習すればなんとかなるかもしれないとも考えた。だがもしそれでも同じことが起きたらと想像すると、手が震え、結局《レーヴ》を取ることができなかった。

「……どうすればいいか、わかんないんだよ」

避けるのをやめ、俯いて棒立ちになっている俺を見て伸二も拳を止める。

「じゃあ――なんでそれを俺に相談しない！」

「……え」

「それを相談しろよ！　俺はリアルじゃお前に勝てる要素のほとんどない男だけど、ことゲームにおいてはお前の大先輩だ！」

「……伸二」

「俺がなんとかしてやる。だから――俺を頼れ、総」

その言葉は、俺が必死に閉じていた蓋を強引にこじ開けた。そして俺はようやく見えた。俺が閉じていた蓋の向こうで、必死に手を伸ばしていた親友の姿が。

「あぁ……伸二、ゴメン」

その言葉に伸二はゆっくりと首を横に振る。

「ゴメンじゃねえだろ。こういうときは」

――ホントにお前は……、

「あぁ……伸二、助けてくれ」

「――任せろ！」

この日俺は、イノセント・アース・オンラインに帰ってきた。

(四)　俺がゲームに復帰する件について

伸二と初めての喧嘩をしたその日の夜。俺は《レーヴ》を手に取り、二回目のダイブを行った。

正直どうすれば同士討ちしないように操作できるかまるで考えつかないが、ここは伸二大先輩を頼らせてもらおう。

ダイブによる独特な感覚のする暗闇を抜けると、以前ログアウトした平原フィールド近くの町《ナハ》に降り立った。

「よ！　総」

「――ハイブ」

背中越しの声に振り返れば、リアルと違い黒髪を逆立たせ少しワイルドになった伸二が片手を上げこちらへ近づいてくる。

「じゃ、早速やるか」

……ん？　なにを？

「おいおい、固まってる場合かよ。いまのお前はこのゲームで最弱のプレイヤーといっても過言じゃないんだぜ。のんびりしてる暇はねえぞ」

……容赦ねえ。

「……そうだな。で、具体的にはなにをすればいいんだ？」

「考えたんだけどな。要はお前は敵なら撃てるんだよな」

「あぁ。そこは容赦なくできる」

「即答かよ。まぁいい。そこでな、ＰｖＰを使おうと思うんだ」

「……ピーブイピー？」

「あぁ、プレイヤー同士の対戦のことだよ。俺と総とでＰｖＰだ。それなら俺を撃ってもフレンドリーファイアじゃないし、お互いの練習にもなるだろ？」

なるほど、そういうことか。まぁ親父以外の人間に銃を向けるのはそれでも多少抵抗はあるが、撃てないことはないな。

「それならできると思う。でも死んだりしたら、なにか罰則とかないのか？」

「ん、デスペナのことか？　フレンド登録した相手とはデスペナルティなしの設定でバトルできるんだよ」

それなら心配はないか。伸二とはゲームを始めたその日にフレンド登録もしてるしな。

「じゃあ早速やろうぜ。町にＰｖＰ用の施設があるからそこに行こう」

そのまま俺たちは町の中を歩き、目的の施設まで来ると、無料開放されているＰｖＰルームのひとつを使った。

「俺から申請飛ばすから受けてくれ」

そう言い伸二が指先でピピッと画面を操作すると、俺にしか聞こえないピロンという音が鳴る。

《ハイブからＰｖＰの申請がありました。お受けしますか？》

ほう、音声と一緒に目の前に文字が浮かび上がるのか。これで《ＹＥＳ》か《ＮＯ》のどっちかをタッチすればいいんだな。勿論《ＹＥＳ》っと。

「じゃあ、構えな、総。よし……行くぜ！」


「……〇勝三十七敗」

「総、次だ次！　最初の頃よりかはアーツの使い方が上手く……なってる気がする。次行くぞ！」

伸二とPvPで特訓を続けて次で三十八戦目。俺の攻撃は動く伸二にはまったく当たらず、止まった伸二には完璧に防がれている。端的に言うと、俺のゲームの実力低すぎ。

「行くぞ、総。《ディフェンスシールド》！」

アーツ名は叫ばなくとも発動できるものもあれば、言葉が発動キーとして設定されているものもある。ちなみに伸二がいま出したアーツは叫ばなくても出せるやつだ。

盾を構えて直進してくる伸二に、二挺の拳銃を交互に撃つアーツ《ツインショット》で応戦する。だが弾丸の半分は伸二の盾に防がれ、残り半分は虚空の彼方へと消えていく。これが現実だったら俺の心はとっくに折れてるな。

「――《オフェンスシールド》！」

距離が三メートルまで来たところで伸二はアーツを切り替える。このアーツの切り替えというのが、このゲームでは凄く重要だと伸二は力説していた。アーツは基本重ね掛けはできず、常にひとつのアーツしか発動できない。つまり、攻撃用アーツを使いながら回避用アーツも使うことはできないということだ。相手がどのアーツを使うかを分析し、有利な組み合わせのアーツで対抗する。これがPvPの基本らしい。まぁそもそも俺はアーツがひとつしかないし、そのひとつしかないアーツもまともに扱えないからそこら辺を考える段階にすら至っていないわけだが。

伸二が攻勢に出てきたのを見てアーツを解除する――いや、正確には解除しようとした。だがそれは間に合わず、棒立ちの俺は伸二の盾での攻撃を顔でまともに受けてしまう。

別段痛いということもないが、やはり殴られるという感触は好きになれない。少しだけだが鼻の奥にツンと辛い感触が残る。そして視界の左下に常に映っている体力ゲージを見ると、いまの一撃でＨＰの二割近くが減少していた。俺のＨＰが伸二と比べてどれぐらいなのかはわからないが、おそらく俺のほうが低いはずだ。もし威力の低い盾ではなく、殺傷能力の高い剣で攻撃されていたら、ＨＰは三割以上が削られただろう。現にさっきもそうなったからな。だが伸二、

「これならどうだ！」

殴り飛ばされた距離を利用し、再び《ツインショット》を放つ。だが動き出した伸二には一発も当たらず、今度は剣による二連撃をもらってしまった。そこで俺のＨＰゲージは残り三割を切り、先ほどまで青で表示されていたゲージは一気に赤へと切り替わる。

これはやられながらに発見したことだが、ゲージは最大ＨＰの五十一％までは青、五十％から二十六％までは黄、二十五％以下は赤へと色が変わるらしい。うん、だからなにって感じだけどな。

「う～ん、アーツを使うこともそうだが、アーツの切り替えのタイミングももうちょっと早くしたほうがいいな。さっき俺が《オフェンスシールド》を発動した直後に《ツインショット》を解除してたら、ギリギリ回避か、最低でも顔面直撃は免れたはずだ。射撃職は距離が大事だから、顔面への攻撃だけは防がないとな」

この仮想空間での攻撃判定には複数のパターンが存在する。相手が人間の場合は、急所といわれる頭などへの攻撃時にダメージボーナスが付く。その割合は自分と相手の能力やスキルによっても変わるといわれているが、細かくは検証されていないらしい。まぁその分攻撃するのは難しいのだが、それを差し引いても狙う価値は十分にある。

尚且つ頭部への攻撃判定はそこからさらに目・顎・頭の三つに分けられる。ダメージはどれも変わらないが、目に攻撃を受ければ、受けたほうの目は数秒間視界が完全に塞がれる。顎に攻撃を受

ければ一定確率で短時間動きが鈍る。頭はダメージのみだ。

つまり、頭部への攻撃を受ければそれだけで一気に劣勢となるわけだ。実際に盾の攻撃を頭にもらい、その後の連撃で俺のＨＰはレッドゲージになり敗北寸前にまでなっているから、伸二の指摘はまったくもって正論だ。

なお伸二は中世の騎士が被るような冑（かぶと）を装備しており、その冑の上から攻撃しても頭部への攻撃とは判定されない。それどころか、人体の急所といわれている箇所はより装甲が厚くなっており、なかなかに高そうな防御力を有している。まさに俺殺し。

「そうだな。だがどうも体のほうが先に動いてしまって上手くいかないんだよな」

これは初日から言っている俺の最大の問題点だ。どうしても運営にプログラミングされたこの動きに抵抗がある。もういっそのこと使わずにやりたいぐらいだ。

「はぁ……アーツを使わずにゲームができればいいんだけどなー……ん？」

自分で言っていて、いまさらながらに気付いた。

「そうだなぁ、いっそのことアーツ使わないほうが……ん？」

共感してくれた伸二も言っている途中で俺と同じ考えに至ったようだ。俺たちはまったく同じことを、同じタイミングで口にした。

「「アーツ使わなければいいんじゃね⁉」」

青天の霹靂とはこのことか。いや、これに気付かなかった俺のアホさ加減に呆れるべきなのか。

簡単なことだった。使えなければ、使わなければいいのだ。だがひとつだけ懸念も残った。

「アーツを使わずに戦闘ってできるのか？」

「できるはずだぜ。できるはずだけど、アーツなしでの戦闘をやってる人の話は聞いたことがないな。生産職にそういう人が稀にいるって話は聞いたけど」

生産職？　どうやら俺の知らないことがまだ多くあるようだな。まぁそこら辺はあとで教えてもらおう。いまはなによりも、アーツなしで戦闘ができるようになっているのかが知りたい。逸る気持ちを抑えられずに急かすように、伸二にＰｖＰの続きを要求する。

「よし、ハイブ、続きやろうぜ。まだ俺のゲージは赤だから勝負はついてないよな！」

「オッケー、じゃあ少し距離を離してからまた再開といくか。だがそのＨＰだとあと一回攻撃を喰らったら終わりだからな。気を付けろよ？」

無言で頷き了解の意を示すと、それを確認した伸二も距離を取り、剣と盾を構えた。

「何度も言うが、俺の職業である騎士は高い防御力と、装甲の厚い防具を装備できるのが特徴だ。お前の初期装備の銃じゃ鎧の上から攻撃してもほとんどダメージは通らない。ダメージを与えるためには鎧の隙間や、腕や足の装甲のない部分に攻撃を当てるしかないぞ」

「了解だ。それにお前が防御用のアーツを使えば、相手の攻撃をある程度予測して、盾でも銃弾を防げるんだろ？」

「そこまでわかってるなら、もう俺から言うことはない。せいぜい俺の鎧に当ててみせろよ」

誰も見ていない部屋で、俺と伸二は再び銃と刃を交えた。

（五）俺のチートがゲームでも通用する件について

引き続き三十八戦目の伸二とのPvP。これまでとは違い、アーツを使わずに戦うこのスタイルが通用すればよし、通用しなければいよいよもって万策尽きる、か。俺はどこか実戦にも近い緊張感を持って伸二と相対していた。

俺が持つのはふたつの拳銃。それも初期装備。服装も布製の所謂旅人の服というやつだ。対して伸二はフルプレートとまではいかないが、全身の急所をほぼ隠せる鎧と冑、それに防御範囲の広い盾を装備している。装備の差は歴然だ。といっても、このPvPの目的は伸二に攻撃を当てられるようになることと、誤射しない程度の技術を身に着けることだから、然したる問題はないのだが。

普段親父と相対するときと同じく全身の力を抜き、そして相手に気付く間も与えずに――撃つ。

パパンと乾いた音が二回、虚空に響き――伸二の視界を一瞬で奪う。

「はあっ⁉」

急に視界がすべて落ちた伸二は一瞬激しく動揺するが、そのあとすぐに悟ったようだ。両目を撃ち抜かれたことを。

「ま、マジか。いつ撃ったのか全然わかんなかったぞ……っていうか冑の隙間から覗いてる目を両方とも正確に撃つなんて……いやマジで？」

信じられないといった様子で動揺している伸二をその場から動かず観察する。それと同時に射撃の感覚も現実と寸分違わぬことに少しばかり驚きもしていた。

「うん、射撃の感覚はリアルとほとんど一緒だな。違和感なく撃てる」

そうこう言っている間に伸二の視界が復活する。伸二は俺に信じられないという目を向けつつも、その口角は大きく上がり、溜め込んだものを吐き出すように声を上げる。

「やったじゃねえか、総！　これだけの早撃ちと正確さなら、もう全然やっていけるぞ！　ってい
うかこんなのアーツを使っても誰にもできねえよ！」
まるで我が事のように喜ぶ伸二の姿に、俺は自分にもその感情が移り伝わってくるのを感じた。
「しっかしヘッドショットだけでも難しいっていうのに、目を……それも両方かよ。さすがリアル
チートだな。しかも二発の銃弾をあんな短い間隔で撃つなんて」
ん？　なにか勘違いしてないか？
「俺が撃ったのは四発だぞ。両目と、あと鎧の両脇の隙間に撃ってる」
「え？」
俺の言葉に伸二は一瞬固まり、そして急ぎ鎧を脱いで体を確認した。そこには――
「本当だ……両脇にダメージ判定がある……で、でも銃撃音は二回しか聞こえなかったぞ⁉」
「そりゃそうだろ、同時に撃ってんだから。二挺の拳銃を持ってるのに、わざわざ交互に撃つなん
て非効率な真似をするわけないだろ？」
まぁ、わざとそうしてタイミングをずらしたり、乱戦の中だったりすればタイミングは滅茶苦茶
になるかもしれないが、少なくとも目の前で立っているだけの的に撃ち込むのにそうする理由は見
つからないな。
「はは……俺、とんでもない化け物を誕生させた気がするぜ」
失礼な。
「それより、もうちょっとやろうぜ。銃撃がリアルと同じようにできるのはわかったけど、自分が
動いた際の照準のブレや視界、あと体の動きなんかも確認したいんだよ」

「ああ、いいぜ。いくらでも付き合うよ。でも一回仕切り直させてくれ。さっきの銃撃でＨＰがレッドゾーンに入ってるんだ」

仲二の申し出を了承し、仕切り直した俺たちは、再び相対し――そして動いた。

「速攻は喰らわねえぜ――《ディフェンスシールド》！」

仲二は防御用のアーツを発動させると、そのままこちらへ突っ込んできた。身体能力がスキルで強化されていることもあって、そのスピードは現実の仲二よりも速く、鋭い。それに対して俺は、銃での迎撃を放棄し、ほぼ同じタイミングで突っ込んでいく。しかしそれでもスピードは俺のほうが速い。仲二が自分から向かってきていたことも手伝い、その距離を一瞬で詰めると、未だこっちの動きに反応できないでいる仲二の顔に死角からの蹴りを放つ。

冑越しだったため、顔への攻撃とは判定されなかったが、仲二は突っ込んできた軌道から直角を描くように真横に吹っ飛び、質量を感じさせる鎧とともに仮想フィールドを転がっていった。追撃しようかと思ったが、起き上がらずに呆然としてフィールドに寝転がっている仲二の様子に動きを止める。これがリアルだったら、間違いなくとどめを刺してたな。

「どうした、ハイブ？」

「――なあ、総」

俺の声にも反応せず、仲二は大の字で天井を仰ぎ続けると、少しの間を置いてからゆっくりと口を開いた。

「ん？」

「お前、チートすぎだろ」

その後も伸二と十戦ほど戦い、この世界での戦闘がリアルと差異なく行えるということがわかった。ひとまず試してみたのは、動きながらでの射撃。これはほとんど変わらずにできた。ただ弾が切れたときのリロードが現実よりも少し遅いことがネックだな。現実なら予備弾倉やらをすぐに付けるんだが、この世界では言葉で「リロード」と言い、尚且つ次の銃撃を行うまでに十秒もリキャスト時間がかかってしまう。まぁこればっかりはシステムの問題だから仕方がないか。

次に試したのは格闘術。これは少し前のＰｖＰでも試したからなんとなくできるのはわかっていたが、ほかの動き、それこそ寝技や絞め技、ちょっと遊びでプロレス技などもできないか試してみたところ、すべてが現実と変わりなく行えた。これには伸二も驚いており、その後少し技の掛け合いで遊びもした。フィニッシュブローは俺のキャメルクラッチだ。相手は死ぬ。

ほかにも伸二の予備の剣を借りて剣術を試してみたが、これも問題なかった。武器がなかったから試してはいないが、この分ならナイフもいけるだろうな。

途中から伸二が「騎士の俺より剣が使えるガンナーって意味がわからん」と呟いていたが、伸二が今後騎士のスキルやアーツを揃えていけば、いずれ太刀打ちできなくなるだろう……多分。

そうして一通りのことを試した俺は、伸二にしつこいぐらいに礼を言い、ログアウトした。去り際、伸二の目が少しダークサイドに堕ちかけていたような気もするが、それは気のせいだろう。

ログアウトした俺の視界に最初に映し出されたのは、見慣れた部屋の天井。そして体に最初に感じたのは、上に乗っている柔らかいなにか。

「ん……あ、お兄ちゃん。おかえりなさい」

なんだ、天使か。

「ただいま、瑠璃。っていうのかなこれも」

俺の言葉に瑠璃は少し考えたあと、結局わかったのかわからなかったのか、そのまま向日葵(ひまわり)が咲いたような笑みを浮かべた。天使だな。

「いま何時——ってやべ、もう夜の十時じゃないか！」

学校から帰ってすぐにインして、それから完全に時間を忘れて遊んでいた。つまり、晩飯をすっぽかしてしまった。これは母さん、怒ってるかも……。

体の上に乗る感触に泣く泣く別れを告げ、急いでいつも食事をする居間へと向かう。そこで俺が目にしたものは——

「あら、総ちゃん。もうゲームはいいの？」

台所で食器を洗う母さんと、机の上に置かれ丁寧にラップをかけられた夕飯だ。

「あ、うん。その……ゴメン」

「いいのよ、総ちゃんが精一杯勇気を出して買ってもらったゲームだものね。楽しかった？」

母さんは夕飯に遅れた俺を咎めることなく、ゲームの感想を聞いてくる。俺はそれにどこか肩透かしを食らった気分で答える。

「うん……楽しかったよ」

「そう。なら、よかったわ。昨日までの総ちゃんはなにか思いつめたような顔をしていたから心配だったんだけど、今の総ちゃんはとってもスッキリした顔をしてるから一安心よ」

そんなにわかりやすかっただろうか。自分では変わらないように気を付けていたつもりだったのだが。いや、さすが母さんということか。

「心配かけてゴメン。でももう解決したから」

そう言うと母さんはさっきの瑠璃そっくりの笑みを浮かべ食事を勧めてくれる。腹の減っていた俺はそれにすぐさま応じ食卓へと着いた。

「でも、次からはあまり食事には遅れないでね？」

「うん、気を付けるよ——あ」

そういえばゲーム中に外部と連絡を取る方法があったと思い出し、箸を止めて、母さんにその方法を話す。

「ゲームしてる最中でもメールはできるんだ。俺のスマホにメールしてくれたらすぐにわかるから、なにかあったらすぐに連絡してくれよ」

「へ〜、そんなことができるのね。最近のゲームって凄いわね」

母さんが感心していると、その横で母さんの皿洗いを手伝いはじめた瑠璃が頬を膨らませてこちらを見ている。え、ちょっと待って、写真撮らせて写真。

「瑠璃もお兄ちゃんと一緒にゲームしたい」

なに、この天使。やっぱビデオ撮らせて。永久保存版でブルーレイに直行だわ。

「瑠璃もなの？　う〜んそうねぇ……考えておくわね」

「はい！」

微笑ましい会話をオカズに、俺は箸を進めていく。

(六) 俺の親友がゲームでもチートすぎる件について

中学校の入学式で初めて総を見たとき、俺は不覚にも周囲の音が遮断された空間に隔離されたような錯覚に陥っていた。そしてすぐに、自分の持っているものと総の持っているものの違いに絶望して視線を無理やり外した。どうして俺はこんなであいつはああなのか。考えても仕方のないことだと頭では理解していても、気持ちは落ち着かなかった。特に周りの女子があいつを惚けた顔で見ているのが視界に入ると、無性にムシャクシャした。

だから、あいつの家庭がいろいろとヤバいって噂が流れて、周りから避けられていったときには、胸がスカッとした。こんな気持ちは間違っているとどこかでわかってはいたが、それでもそのときの俺は、その気持ちと向き合うことはできなかった。

そんな俺に転機が訪れたのは、中学二年のときに行ったロサンゼルスへの修学旅行でのこと。初めての海外旅行ということもあり、俺ははしゃいでいた。ほかの班員もほとんど似たような状態だったと思う。真夜中の先生の見回りを潜り抜け、俺と三人の班員はそのまま眠らない夜の街へと向かっていった。ろくに言葉も話せないくせに。

俺たちはちょっと気持ちが大きくなっていたのだと思う。気付けば、先生から行くなと注意されていた街の一角に来ており、ニヤニヤと見つめる男たちに取り囲まれていた。俺たちは絵に描いたように街の不良どもに囲まれ、これまた絵に描いたように身ぐるみ剥がされようとしていた。中にはナイフや銃を持っている奴らもいて、どう見ても無事に済むような雰囲気ではなかった。

このままだと最悪明日の新聞に載せられる。タイトルは《中学生4名、修学旅行先で謎の失踪》だ。やべえ、漏らしそうだ。膝の震えが止まらないぜ。

最悪の事態を覚悟し、少し前までの馬鹿な自分たちを殴りつけたい気持ちと、誰か助けてくれと来るはずもない助けにすがる気持ちがごちゃ混ぜになり頭がどうかなりそうだった。

そんなときだ、総がいきなり現れたのは。総は何十人いるのかわからない不良どもを瞬く間に蹴散らし、俺たちを助けてくれた。だが常人離れしたその動きは、俺に安堵よりも恐怖を植え付けた。助けられたことには確かに安堵した。だがそれ以上に、目の前の男たちを蹂躙（じゅうりん）する総のことが怖かった。このとき、総の黒い噂のいくつかは事実だろうということを確信した。

それから俺たちは、まともに話したこともなく、心の中では毛嫌いしていた総に感謝の言葉を述べた。本当の気持ちがどうなのかは一切触れずに。俺たちが複雑な気持ちでいると、総は言った。「怪我はないみたいだな。よかったよ、じゃあな」と。このとき確かに感じたのは、恐怖が去っていくことによる安堵。そして、あまりにもちっぽけな自分に対する——怒り。

——なにやってんだ。そうじゃねえだろ。助けてもらっておいてそれはねえだろ。

気付けば、総を追いかけて走り出していた。なぜそうしたのか、なにが決め手だったのかは自分でもよくわからない。でも、とにかくそうしないといけないと思った。そうしないと俺は、胸の中でしこりのように残るなにかが一生取れない。そう、思ったんだ。

結局、その日の夜は総を見つけることはできずに、渋々とホテルに戻った。翌日の早朝、できれば人のいないところで早く話したいと思っていた俺の視界に、ロビーでひとりソファに座っている総の姿が映った。俺は考えるよりも先に体を動かし、すぐさまその向かいの席に着いた。それからどんな言葉を総に言ったかは、詳しくは覚えてない。ただ必死に、昨日のことに感謝し、そしていままで避けていたことを謝った記憶はある。それでも唯一、ハッキリと覚えているものもあった。総の言ったあの言葉だけは、鮮明に。

「いや、普通避けるだろ、俺みたいな奴。だから高橋君が俺のことを避けても別に怒らないよ。それより話しかけてくれたことのほうが嬉しいかな。ありがとう」

——なんだよ、それ。

その言葉に俺は声を上げて笑い、込み上げてくる涙を必死に誤魔化した。悲しいのか、嬉しいのか、わけのわからない感情が渦巻いていたが、そのときに生じた思いは、ハッキリ口にできる。俺はこのとき、心の底から総と友達になりたいと思ったんだ。

総に助けられた俺以外の三人は、それ以降総に関わろうとはしなかったが、俺はあの一件以降、完全に総に惹かれていた。断っておくが、俺は女の子が大好きだ。そしてけして男に対してその気はない。総には純粋に人間として惹かれていた。しかしそれも仕方がないことだと思う。俺にとって総は、完全にヒーローだった。男がヒーローに憧れるのは、一＋一の答えが二であるよりも当然だろう。

それからは総と一緒にいることが増えていった。そしてその中で、総の家庭が本当に特殊だったことや、ちょっと普通じゃない鍛えられ方をしていることも知った。それを知った奴らは皆、総を怖がって離れていったが、俺から言わせればそんなのは馬鹿だ。過去の俺も含めて、大馬鹿野郎だ。

総と付き合っていく中で、そんなことはこいつのほんの一部だってことがよくわかった。こいつは優しいんだ。たまに天然で、たまに変態だが、こいつは凄くいい奴なんだ。皆は総の得体の知れなさを怖がっているが、そんなのは総のほんの一部の個性に過ぎない。その程度のことでこんなにいい奴から目を背けるなんて、本当に馬鹿だ。俺は――馬鹿だった。

俺は総と友達になれて、心の底からよかったと思っている。だから、いつか俺も総の力になれると嬉しい。いや、絶対になってやる。


総の十七歳の誕生日の前日、総からある相談を受けた。それは「どうやったら普通の高校生みたいに生活できると思うか」だった。正直「もう無理だろソレ」という言葉が何度も喉から出かかったが、あんな潤んだ瞳で相談されたら「俺に任せろと」しか言えなかった。少し考えてから、俺は前から総に提案しようとしていたことを口にする。

「誕生日プレゼントに、総が前から欲しいって言ってたゲームをねだってみればいいんじゃねぇか？」

その提案を聞いた総は、それは名案かもと飛び上がって喜び、これまでにないほど俺に感謝してきた。このときは少し――嬉しかった。

その翌日、総がゲームを買ってもらえるとわかったときの喜びはまた一入だった。総の嬉しそうな顔を見て、本当によかったと心から思った。だからこそ、総がフレンドリーファイアを気にしてインしなくなったときは、身が引き裂かれる思いだった。あんなに楽しみにしていたゲームを諦め、あんなに悲しい顔で俺に謝ってくる総を、見ていられなかった。だから決心したんだ。なにがなんでも、総の悩みを解決してやるって。あのときの借りを、いまここで、少しでも返すんだって。

ＰｖＰで総を鍛えてやると宣言してから、すでに三十七戦が終わった。うん、筋金入りの下手糞だ。これは相当大変だぞ。だが今度こそ俺は総の力になるんだ。絶対に諦めてたまるか。

「総、次だ次！　最初の頃よりかはアーツの使い方が上手く……なってる気がする。次行くぞ！」

だが三十八戦目も総は俺の動きに翻弄され、まるで反応できずに押されている。いや、目では追えているが、アーツの切り替えがチグハグすぎてまるで動けていない。そのことを指摘するが、それを指摘しても問題の解決にならないことは理解していた。総の根本的な問題はそこではないのだから。

「――どうも体のほうが先に動いてしまって上手くいかないんだよな」

そう、それこそが総の一番の問題点なのだ。ゲームのスペックを、総の生身が凌駕しているのだ。マジでリアルチートだな。

「はぁ……アーツを使わずにゲームができればいいんだけどなー……ん？」

総が何気なく呟き、俺も何気なく同じことを呟く。

「そうだなぁ、いっそのことアーツ使わないほうが……ん？」

総も自分で言っていて気が付いたようだった。俺たちはまったく同じことを、同じタイミングで口にした。

「「アーツ使わなければいいんじゃね!?」」

そうだ、どうしてこんな簡単なことに気付かなかったのだろう。ゲームのサポートが総の動きに追い付いていないのなら、わざわざそんな足枷をはめる必要はなかったのだ。こんな簡単なことに気付かないとか俺はアホか。総もアホだ。俺たちアホだな。

「アーツを使わずに戦闘ってできるのか？」

「できるはずだぜ。できるはずだけど、アーツなしでの戦闘をやってる人の話は聞いたことがないな。生産職にそういう人が稀にいるって話は聞いたけど」

だが総ならできるはずだ。俺はなぜか、そんな根拠のない自信に満ちていた。総も一筋の光明が見えたお陰か、今日一番のいい顔をしている。やっぱりお前にはその顔が似合ってる。俺が女だったら確実に惚れてた自信がある。

「よし、ハイブ、続きやろうぜ。まだ俺のゲージは赤だから勝負はついてないよな！」

「オッケー、じゃあ少し距離を離してからまた再開といくか。だがそのＨＰだとあと一回攻撃を喰らったら終わりだからな。気を付けろよ？」

総から一定の距離を取り、再び剣と盾を構える。

「何度も言うが、俺の職業である騎士は高い防御力と、装甲の厚い防具を装備できるのが特徴だ。お前の初期装備の銃じゃ鎧の上から攻撃してもほとんどダメージは通らない。ダメージを与えるためには鎧の隙間や、腕や足の装甲のない部分に攻撃を当てるしかないぞ」

「了解だ。それにお前が防御用のアーツを使えば、相手の攻撃をある程度予測して、盾でも銃弾を防げるんだろ？」

「そこまでわかってるなら、もう俺から言うことはない。せいぜい俺の鎧に当ててみせろよ」

リアルで総が銃を撃っているところは――当たり前だが――見たことはないが、それでも鎧に当てることはできるだろう。

俺はどこか緊張感の漂う戦場に立っているような錯覚に陥り、総と対峙した。総が持つのはふたつの拳銃。それも初期装備。服装も初期装備のものだ。対して俺は全身の急所をほとんど隠せるプレートアーマーと鉄冑、それに剣と防御範囲の広い盾を装備している。装備の差は歴然だ。

といってもこのＰｖＰの目的は総が攻撃を当てられるようにすることと、誤射しない程度の技術を身に着けることだから然したる問題はないのだが。なにも知らない奴らがこれ見たら俺が初心者を苛めてるように見られるだろうな。そんなことを考えつつ、俺は総の動きを注意深く観察し――

世界が暗転した。

「はあっ⁉」

俺はパニックに陥った。それもそうだろう、視界が一瞬で真っ暗だ。パニックからなんとか脱した俺は、まず最初にＶＲ機《レーヴ》の故障を疑う。だが視界の端に映るバッテリーや音声、そして映像などの設定にはどこにも異常のサインがなかった。そこまでいってようやく気付く。両目を撃たれたことに。だが……

「ま、マジか。いつ撃ったのか全然わかんなかったぞ……っていうか冑の隙間から覗いてる目を両方とも正確に撃つなんて……いやマジで？」

そんな芸当が可能なのか？　いや、現に受けているし、見せられたからできるんだろうが。これは参った……想像の遥か上をいっている。

「うん、射撃の感覚はリアルとほとんど一緒だな。違和感なく撃てる」

これをリアルで平然とできるのかこいつは……すげえ。やっぱり総はヒーローだ。そして俺の親友だ。やがて視界が回復すると、嬉しさを我慢できずに爆発させた。

「やったじゃねえか、総！　これだけの早撃ちと正確さなら、もう全然やっていけるぞ！　っていうかこんなのアーツを使っても誰にもできねえよ！」

やべぇ、嬉しい、嬉しすぎる。総がこれでゲームを続けられるってことは当たり前に嬉しいが、総の力になれたって実感が、堪らなく興奮させる。

「しっかしヘッドショットだけでも難しいっていうのに、目を……それも両方かよ。さすがリアルチートだな。しかも二発の銃弾をあんな短い間隔で撃つなんて」

本当に凄い奴だ。そう思っていた俺に、総はもう一個爆弾を投下してきた。

「俺が撃ったのは四発だぞ。両目と、あと鎧の両脇の隙間に撃ってる」

「え？」

一瞬思考も体もなにもかもフリーズし、そしてそれが一気に氷解すると、急ぎ鎧を脱いで体を確認した。そこには——

「本当だ……両脇にダメージ判定がある……で、でも銃撃音は二回しか聞こえなかったぞ⁉」

「そりゃそうだろ、同時に撃ってんだから。二挺の拳銃を持ってるのに、わざわざ交互に撃つなんて非効率な真似をするわけないだろ？」

……俺はどうやら、とんでもない化け物をこの世界に生み出したようだ。もしかしてこいつがラスボスじゃねえよな。

それから俺は何度も総とPvPをして——完膚なきまでに叩きのめされた。信じられないのは総が俺のアーツ《ディフェンスシールド》の防御をまるで気にも留めずに掻い潜り、急所を的確に攻撃してくること。あんな動き、攻略組のトップギルドでもできる奴はいないだろう。

それだけではない。総には盾での攻撃用のアーツ《オフェンスシールド》も、剣での攻撃用アーツ《ブレードアタック》もまるでかすりもしなかった。回避用のアーツもなにも使っていない生身の状態で、総はすべての攻撃を回避したのだ。

極めつけは予備の剣を総に貸してやった剣同士でのＰｖＰ。俺の使うアーツよりも遥かに速くて多彩で、そして強い攻撃を常に涼しい顔で繰り出していた。これには少しばかり落ち込んだ。いや、まぁこの怪物をこの世界に解き放ったのは半分以上俺の責任だけれども……それでも言わせてほしい。誰がこれを予想できようか。

それから間もなく、総はしつこいぐらい礼を言ってから落ちていった。こっちは危うくダークサイドに堕ちるところだったが、そこはなんとか踏みとどまった。

そして、総にギッタギタにされたことによるほんの少しの疲労感と、総の力になれたことによるあふれんばかりの充足感を味わいつつ、少し前から光っていたチャット申請中の項目を軽くタッチする。

【あ、ようやく出た。ちょっと、ハイブ？　どうしたのよ、ずっと連絡しないで】

【ああ、悪い。どうしても外せない大事な用があったんだ。でもそれもいま終わったよ】

【あぁ藤堂君ね。なら仕方ないか。明日の打ち合わせをしたいから、ちょっとこっちに顔出してよ】

【え～……】

【あ？】

【イ、イエッサー！】

【よろしい、じゃあ、またあとでね】

……ふぅ、明日は忙しくなりそうだな。

三章 【速報】俺氏、オキナワに立つ

（一）【朗報】俺氏、リアフレができる

仲二とPvPで特訓をして翌日。普段通りに瑠璃を小学校まで送り、普段通りに学校前の地獄坂で陸上部を道路脇に転がし、普段通りに仲二と馬鹿話をしながら教室へと入って、普段通りに授業を受け、そしてまた普段通りに昼食を取った。

「総、今日もインするだろ？」

仲二が当然のように前の席に座り、俺の机に弁当を置く。これが彼女だったらどんなに幸せなことか。いや、瑠璃だったらどんなに幸せなことか。瑠璃、飛び級しないかな。いや俺が小学三年からやり直すっていう手もあるな。体を退行させる薬、どこかに落ちてないかな。黒い組織、どこかにないかな。

「ああ、そのつもりだぜ。ただ晩飯の時間には抜けたりするけどな」

昨日のようなことには気を付けないといけないからな。幸い《レーヴ》には外部とのメール機能だけでなくアラーム機能なども付いている。昨日寝る前に設定したからもう大丈夫だろう。

「そっか、なら今日一緒に狩りに出ないか？　ギルドのメンバーと行こうって話をしてるんだが、総なら大歓迎だぜ」

狩りとはフィールドに出てモンスターを倒してその素材を得ることだ。モンスターを討伐すれば

素材を得られ、その素材を町の商業組合に卸すことで金銭を得ることができる仕組みとなっている。ほかにもハローワークでモンスター討伐系クエストを受注して報酬を受け取ることも可能だ。

それらは多くの場合、ソロでやるよりもパーティでやったほうが、効率がいいといわれている。報酬は山分けになるが、その代わりに自分ひとりでは太刀打ちできないモンスターやクエストに臨めるのだから、それも至極当然だろう。だが俺はまだあのゲームのことをよく知らない。いま伸二のギルドの人たちと行っても、迷惑をかけることになるだろう。

「ん~せっかくの誘いだけど、今日は町の中や外を自分のペースで歩いてみたいんだ。まだあの世界のことをほとんど知らないからさ。ゴメンな」

「そっか。ギルドの奴らに総のことを紹介したかったんだけど、そういうことなら仕方ないな。また誘うよ」

そういえばギルドのメンバーは同じ学校の奴って言ってたな。ってことは俺の知ってる人で、向こうも俺のことを知ってるよな、多分。

あまり乗り気でない気持ちを表に出さないように、努めて意識し返事をする。

「ああ、そのときはよろしく頼むよ」

それからいつも通りに馬鹿話に花を咲かせつつ伸二とともに弁当をつついていると、ちょうど食べ終わったタイミングで綺麗な女子がこちらへとやってきて、凛とした声を通らせた。

「ちょっといい、伸二？　昨日の話なんだけど」

「ん？　よ、翠（みどり）」

セミロングの黒髪に少しツリ目が特徴的な女の子は、俺たちの机の前で立ち止まると、こちらをじっと見つめている。確か伸二の友達だったな。直接話したことはないけど何度か見たことがあるな。しっかしこんな可愛い娘が友達だなんて伸二も隅に置けないな……友達だよな？　もし彼女だったら俺はいますぐお前と決闘しなきゃならんのだが。

「なぁ、伸二――」

ぶっ飛ばす――じゃなかった。この女の子とはどういう関係なんだ⁉　まだギリギリ冷静にこの子とお前の関係を模索しているうちに教えてくれ。

「ああ、紹介したことはなかったな。こいつは俺の幼馴染で五組の若草（わかくさ）翠だ」

幼馴染か。微妙なラインだが今回は白と判定しておくか。だが油断するなよ、伸二。お前が黒だとわかれば、俺は嫉妬の鬼へと成り果てるからな。

「翠、こっちは――」

「知ってるわよ、有名人だから。二組の藤堂総一郎君でしょ。よろしくね、藤堂君」

え、有名なの？　特殊な家庭の事情もあって避けられているってのをオブラートに包んでくれてるのかな？　だとしたらこの人、いい人だな。泣いていいかな。

「よろしく、若草さん」

若草さんと話していると、伸二は誰かを捜すように周囲をキョロキョロと見回していた。

「冬川（ふゆかわ）は一緒じゃねえのか？」

「あれ、さっきまで一緒だったんだけど……葵（あおい）ったら、またはぐれたな？」

ふむ、伸二と若草さんは幼馴染で、いま名前だけ出た冬川葵さんって子は共通の友人といったところか。どこかで聞いたことがあるような気がするんだが……思い出せん。まぁ一学年二百人近くもいるから仕方ないか。しかし教室に来るだけではぐれるとは。冬川葵さん、なかなかの強者だな。

まだ見ぬ女の子にそうこう想像を巡らせていると、ドアを見ていた伸二が「おっ」と声を上げる。

「冬川！　こっちだこっち」

つられてドアのほうへ視線を移すと、そこには伸二の声にビクッと反応した女の子の姿があった。

「葵、またはぐれたたわね？」

ふたりにフルネームを暴露された——だからどうしただが——冬川葵さんは、頬を紅く染め、トテトテと音のしそうな小走りでこっちへとやってくる。

「もぅ、翠が早足なだけだよぉ」

大人しい女の子特有の声のトーン、そして小動物のような仕草。この子、絶対図書委員だな。俺はそこになぜか確信めいたものを感じていた。そして……多分、美少女だ。多分を付けたのはけして微妙なラインだったからではない。この子は恥ずかしがり屋特有の、前髪で顔を隠すという行為をしているのだ。サイドに伸びる黒髪はそのまま顔の輪郭も隠しており、肩の下まで流れている。非常に、とっても、まことにもって前髪を分けたい衝動に駆られる。さらにこの子は目を隠している前髪のさらに奥に、なんと眼鏡もかけていた。これは筋金入りの恥ずかしがり屋の図書委員だ。

俺は確信を得たと同時にこの子のポテンシャルの高さ、いや深さに震えを感じた。

この手のタイプは眼鏡を外し、髪型を少し変えるだけで超絶美少女へと変身することを、俺は伸二から貸してもらった漫画——いや聖書で知っている。この子が前髪を分け、眼鏡を外したそのとき、俺のコスモは超新星爆発を起こすだろう。

いや、眼鏡を外せばとは少し早計だったか。眼鏡を外すことで戦闘力を劇的に上げる、眼鏡がリミッター的な女子は確かに多いが、逆に眼鏡をかけることで戦闘力が劇的に向上する、眼鏡がブースター的な女子も確かにいるのだ。そんな当たり前なことを失念しているとは、俺もまだまだだな。

「総、こっちのちっこいのは五組の冬川葵」

「た、高橋君、ちっちゃいって言わないでよぉ！」

「そうよ、伸二。葵は背はちっちゃいけど、胸はそれなりなんだから」

「み、翠！」

小動物――もとい冬川さんは耳まで真っ赤に染まり、ふたりに抗議の声を上げる。伸二も若草さんもその顔には悪戯な笑みを浮かべており、俺は三人の関係をこの一幕でなんとなく察した。いいなぁ、伸二。そのポジ替われよ。お前、椅子な。そして若草さん、有益な情報をありがとう。しかしいつまでもこれではさすがに可哀想だな。助け船を出すか。

「よろしく、冬川さん。俺は藤堂総一郎、伸二の友人です」

「え!? あ、え、その」

助け船を出したつもりだったが、冬川さんはあわあわとした様子でスカートの前で手を組み、急いで礼を返した。ふむ、助け船じゃなくて先制パンチになってしまったな。

「す、すみません、冬川葵です。あ、あの、高橋君からいつも藤堂君のお話は聞いてます。高橋君がいつもお世話になってます」

どうしよう、可愛い。そして伸二、冬川さんになにを話した。

「おいおい、冬川。それじゃ俺がいつも総に迷惑をかけてるみたいじゃねえか」

「あら、違ったの？」

「み、翠……お前、このタイミングでそっち側につくのかよ」

だいたい三人の関係が掴めてきたぞ。仲二と仲がよさそうでなによりだ。やっぱりこいつは俺だけとつるむよりも人に囲まれてるほうが似合うな。じゃあそろそろ退散するか。若草さんは俺のことを知ってるって言ってたし、冬川さんもあのリアクションってことは俺のことを知ってるんだろう。俺のことを知っている女子は、たいてい怖がるからな。

「じゃ、仲二。俺は――」「待て、総！」

適当な用事でこの場から離れようとした俺を、仲二がこれまでとは違った鋭い視線と口調で呼び止める。その迫力に、思わず口も足も止められる。

「お前、自分がいたら迷惑だとか考えてねえか？」

……考えた。

「考えてねえよ。ちょこっと野暮用を思い出してさ」

「お前、嘘つくとき視線外す癖があるよな」

……そんな癖があったのか、俺。なんてベタな。

「お前の状況も知ったうえで敢えて言うけど、こいつらは人を噂や家庭環境だけで判断するような人間じゃないぞ」

仲二の言葉に呆然としている俺に、横から声をかけてくれたのは、若草さんだった。

「仲二から藤堂君のことはよく聞かされてたの。凄く不器用で凄く強い、そして優しい人だって。まぁ暴走族を壊滅させたことや変質者を半殺しにした噂なんかもよく耳にするけど、別に私に危害を加えようってわけじゃないんでしょ？」

「え、そりゃまぁ」

「だったら、そんなことは私にとっては関係ないわ。むしろそんな凄いことができる人と一緒にいられることのほうが楽しみよ」

予想外の展開に頭が追い付かない。この人は怖くないのか？　妹の安眠を妨害した暴走族を壊滅させたのも、護送車を襲撃して中にいた某変質者を半殺しにしたのも全部実話だぞ？　正確には親父もいたけど。

「私はこんな短時間で藤堂君のことを理解できるような聖人じゃないけど、藤堂君が伸二のいい友達ってことはわかるわ。だからさ、藤堂君――」

若草さんは冬川さんと視線を一瞬合わせると、軽く頷き、そして、

「「私たちと友達になってよ（ください）」」

――この日俺に、新しい友達ができた。

（二）【速報】俺氏、大地に立つ

その日の夜、俺はひとりで始まりの町とも呼ばれる《ナハ》へと降り立っていた。那覇ではない、ナハだ。そしてそのナハのある地方はオキナワと呼ばれている。沖縄ではないオキナワだ。

イノセント・アース・オンライン――通称ＩＥＯの最大の特徴は、なんといっても非常にリアルに作り込まれた世界にある。実際の日本、いや地球とそっくりに作り込まれたこの世界は、各国、地域の特徴を仮想世界に溶け込ませ、ファンタジーと現代のありえない融合を果たしている。

全世界で配信されているこのゲームは、国単位でサーバーが管理されており、日本でインしたプレイヤーは自動的に日本サーバーへ降り立つシステムとなっている。全世界を丸ごとフィールドにするなどとてつもない労力とデータだが、運営会社は世界中に支社を持つ超巨大企業であり、このプロジェクトにとてつもない資金を投じているという。その中でも本社が置かれる日本フィールドへの力の入れようは凄まじく、広さこそ実際の面積には及ばないが、現実の日本と同じように作り込まれたこの世界は、数万とも数十万とも数百万とも噂される人口を軽く受け入れた。

この世界では日本でいうところの都道府県ごとにボスが設定されており、そのボスを倒さないと次の都道府県へと進むことはできないといわれている。日本サーバーの場合は最初にインすれば全員が《ナハ》から冒険を始めることとなる。ＩＥＯのサービス開始から一カ月が経過した現在わかっているのは、沖縄本島——もといオキナワには《ナハ》以外にも《ウルマ》、《ナゴ》という名の町があり、ボスは《ナゴ》の町の北東に点在するダンジョンのどれかにいるらしいということ。

断言されていないのは、サービス開始から一カ月が経過した現在でもその攻略はされておらず、ボスまで辿り着いたプレイヤーも情報を大っぴらに公開しないためだ。だがそれも仕方ないことだと思う。というのも、非常に美味しいことが予想されるボスからのドロップアイテムが、ＩＥＯでは最初にボスを撃破したパーティしか受け取ることができないのだ。ボス自体は皆が挑戦できるように、倒されたあとも一定時間で復活する仕組みとなっているらしいが、やはりやるからにはレアドロップを目指したい。そのため誰もが、自分たちのパーティが一番にクリアすることを目標とし、結果ボス攻略に関する情報どころか、どうすればボスに対する挑戦権を得られるのかすらも明確化されていない。このため次のフィールドがどの都道府県なのかもまだわかっていない。

全国の廃人たちがこぞって雪崩れ込んだ大人気オンラインゲームであるのにもかかわらず、一月経って未だ最初のステージすらクリアできないってどんだけだよ。運営、鬼畜すぎるだろ。まぁそれはひとまず置いておこう。まだやっとこの世界で戦闘ができるようになっただけで、まだまだやることは山積してるからな。まずはハローワークで討伐系クエストでも受けて資金繰りだ。

そう思い足を進めているうちに、あることに気付く。街灯が灯っている。これは別にいたって普通だが、ということは、いまは夜ということだ。当たり前のことすぎて感覚が麻痺してしまっていたが、いまさらながらにこの世界の時間とリアルの時間が連動していることに気付いた。

待てよ。っていうことは、外に出ても暗くてなにも見えないんじゃ……あれ？　でも初日にそんなの気にしてたっけ？　夜戦の経験もあるしなんとかなると思いたいが、相手がモンスターとなるとちょっと不安だな。まぁそれはあとで確認するか。まずはハローワークだな。逸る気持ちを抑えられずダッシュでハローワークへと向かう。その道中で複数の視線を感じたが、特に悪いものは感じられなかったのでそのまま無視し、ハローワークの扉を開いた。しかし嫌な字面だな。

――扉を開くと、そこはハローワークでした。

……やっぱり嫌な字面だ。運営の悪意を感じるぞ。俺は引っかかるものを感じて戸口で立っていたが、そうしていてもなにも始まらないと気持ちを切り替え、歩を進めた。中に入ると、建物内はさまざまな装備で身を固めたプレイヤーでごった返していた。その多くはクエストの貼られている巨大な掲示板の前をウロウロしており、また貼り出された依頼書を手にしたプレイヤーで受付カウンター前には長蛇の列が作り出されていた。

「これは……想像以上に人が多いな」

ナハの町には複数のハローワークがあるが、この様子だとほかのところも似たような状況だろう。もしこれがリアルの光景だったら、世の中大不況だな。混雑しているし、しかも掲示板に貼られてあるクエストも滅茶苦茶多いし……よし、また今度来よう。や、やろうと思ったら俺はいつでも仕事できるんだぞ！　俺はまだ本気出してないだけだ。俺に相応しい仕事が来てないだけなんだ！いかん。ハローワークに来ているという事実が思考を狂わせる。どうにも落ち着かない。落ち着け、俺はまだ高校生だ、学生だ。無職じゃない、無職じゃない、無職コワイ、無職コワイ。

……駄目だな、出よう。

結局ハローワークでのクエスト受注を諦めた俺は、報酬がない分、多少効率は落ちるがクエストを受注せずにフィールドへと出た。しかし、夜だから見えないかと思ったけど、そんなことないな。そこそこ見える。ちょっと暗いけれども。

夜のフィールドは薄暗さこそ感じるものの、五十メートル程度の視界はなんとか確保できるぐらいの暗さだった。これなら見通しさえよければなんとかなりそうだな。周囲を見回せば、俺と同じ駆け出しのプレイヤーなのだろうか、結構な人数がフィールドに出ていた。ナハの町の周辺フィールドにポップするモンスターは基本弱く、資金効率も悪いため初心者以外には人気がない。しかしサービス開始からまだ一カ月のＩＥＯには俺と同じ初心者が大変多く、ナハの町とその周辺フィールドはまだまだその初心者であふれていた。

「おい、ここは俺たちの狩り場だぞ！」

「そんなの勝手に決めんな！」

耳をそこまで澄ませなくとも、あちこちからそんなやり取りが聞こえてくる。う～ん、殺伐としているなぁ……ここはやめておこう。この前伸二と一緒に行ったフィールドは、ほかの人があまりいなかったけど、あそこは獲れる素材も一番質が悪いらしいんだよなぁ。どこに行くべきか……。

「まぁ考えていても仕方がない。適当に森の中に入っていくか」

人の多い場所から逃げるように森へと入る。森の視界はフィールドよりも悪く、数メートル先しか見えない。それでもやれないことはないかと気にせず歩き続けていると、町の気配はすっかり消え、周囲には鬱蒼と生い茂る木々が立ち並ぶのみとなっていた。

そのまましばらく、視界の端に浮かぶ索敵レーダーに目をやりつつ周囲に注意を払いながら歩いていると、モンスターと思われる気配が複数あることに気付いた。だが索敵レーダーには反応がない。これは俺の感覚がおかしいのか。それとも索敵能力が低くて周囲のモンスターを感知できていないのか、どっちかだろうな。

少し迷ったが、俺は自分の感覚を信じることにした。一番近い気配は俺の前に立っている木の陰から感じる。数は三。俺はそのまま歩みを止めずに木の横を通り過ぎ——三匹の蛇のモンスターが一斉に跳びかかってきた。大きさは二メートルほど。剥き出しの鋭利な牙には毒のような禍々(まがまが)しい色の液体も付着している。うん、巨大なハブだな。俺は普段通りに腰に差してあるサバイバルナイフを——こっちでは持ってなかった。断念し、双銃を手にすると、まずは上下から襲い来る蛇の頭部にそれぞれ一発ずつ弾丸を撃ち込み、真ん中から来る蛇の頭を蹴り飛ばした。現実世界ならこれで死なない蛇はいないところだが、ここは仮想世界。三匹の蛇はその場で悶えつつも、俺に対する敵意を未だ向け続けていた。

「ま、これなら撃ち放題だけどな」

動かぬ的と化した蛇の頭部に再び銃弾を放ち、完全に戦闘不能にする。すると蛇は光のエフェクトを放ち消えていき、その場に三つ、紫色の小さな牙を残した。

「へぇ、これがドロップアイテムか」

紫色の牙を手に取ると、視界にアイテムの説明文が浮かび上がる。

【ハブの牙：素材として使えるが、そのままでは実用性は低い】

そのまんまかよ！　てかあの蛇の名前ハブで合ってたんだ。運営、もうちょっと捻れよ。それを拾い、素材をアイテムボックスと呼ばれる個人管理の謎空間に放り込む。伸二曰く、出ろと念じれば出てくるビックリボックスで便利だから使えということだが、便利すぎるだろ、これ。

「ま、なにはともあれ初討伐成功だな。さて次は――」

その言葉に反応するように、周囲に隠れていたモンスターが四方から一斉に襲いかかってきた。

「――こいつらの始末だな」

まずは左右から挟撃してきた猿のモンスター。大きさは普通のニホンザルだが、その目は赤黒い光を宿し、とても猿とは思えない殺気を向けてくる。両手を広げ、そいつらの頭に銃弾を撃ち込むが、先ほどのハブのことを踏まえ、念のために三発ずつ放つと……うん、倒せた。だいたいヘッドショットだと三発ぐらいで倒せるな。そのまま四方から襲い来る蛇と猿のモンスターの頭部にも三発ずつ銃弾を撃ち込み続ける。一斉に来たため、中には俺の懐に潜り込むまで接近してきたモンスターもいたが、そいつらには最初の蛇よろしく靴の感触をプレゼントした。途中弾切れを起こして数秒ほど回避に専念する場面もあったが、直線的で連携もない動きに当たるほど柔な鍛えられ方はしていない。それを数回繰り返したあとには、モンスターの素材が周囲にゴロゴロと転がっていた。

だが俺はそれらを拾うことなく、奥にある気配に注意を向ける。

「ＧＹＵＯＯＯＯＯ！」

来たか。ひとつだけ明らかにデカい気配を発していたから気になってたんだが……あれは、イノシシか。しっかし――

「デカいな」

リアルではイノシシは何度も狩ったが、さすがに背丈が俺と同じぐらいデカいやつは初めて見るな。あの牙で突かれたら体の風通しもさぞかしよくなるだろう。まぁ、やられないけどな。

猛然と迫りくる巨大なイノシシに同様に突っ込む。そのまま衝突すれば、トラックにひかれたマネキンのように宙を舞うだろう。だがそんなことはしない。衝突の寸前に上に跳躍することでイノシシの後ろを取り、そのまま空中で体を反転させ、アキレス腱を四つとも撃ち抜く。ヘッドショットも容易くできたが、突進する生き物の頭蓋骨は非常に硬い。おまけにこのサイズだ。用心を重ね、先に機動力を奪うことに専念すると、案の定、巨大イノシシはその場に勢いよく倒れ込んだ。すかさずイノシシの心臓部に銃弾を放つ。あ、でも心臓がリアルのイノシシと一緒とは限らないか。

またしても案の定というべきか、それだけではイノシシを仕留めきれず、立ち上がり再びこっちへ突っ込んできた。だが最初のときのような瞬発力はすっかりと影を潜め、まるで勢いがない。これならもう目、鼻、口に弾を撃ち込み続けるだけの簡単な作業だな。

「悪いな。獲物はいたぶらない性質（たち）なんだ。すぐに楽にしてやるよ」

今日は狩猟日和だな。あとは、町を出てから俺のあとを付けてきてる奴らをどうするかだが……仕かけてこない限りは放っておくか。

IEO 掲示板～その壱～

【IEO】イノセント・アース・オンラインスレ

1　名前：名無しの冒険者
次スレは >>600 が建てること
踏み逃げ奴には一生レアが取れない呪いをかけてから >>700 または >>800 がよろ

2　名前：名無しの冒険者
いっち乙

3　名前：名無しの冒険者
乙やで～

4　名前：名無しの冒険者
ここが俺たちの新しい家か

5　名前：名無しの冒険者
>>1
乙
サービス開始から 1 ヶ月も経ってるのに未だオキナワクリアできない俺たち雑魚すぎw

10　名前：名無しの冒険者
>>5
いやどう考えても運営がアホだろ
1 回フルパーティでボスに挑んだけどHP3 割も削れずに全滅したわw

13　名前：名無しの冒険者
>>10
詳しく！

18　名前：名無しの冒険者
>>13
すまんな、攻略ギルドに所属している以上、情報はやれん

22　名前：名無しの冒険者
生産職のワイ高みの見物

24　名前：名無しの冒険者
ボッチのワイ低みの見物

28　名前：名無しの冒険者
>>24
涙拭けよおいwwwww

30　名前：名無しの冒険者
まぁこんなシステムだとボス攻略の情報出ないよな
すべてはボスレアを最初の 1 体にしか仕込んでいない運営が悪い

33　名前：名無しの冒険者
>>30
ほんとそれ
しかしたった 1 つしかないボスレアとは一体どれほど美味しいのか

36　名前：名無しの冒険者
これでたいしたレアじゃなかったら暴動だな

45　名前：名無しの冒険者
でもレアすぎても取った奴晒されたり嫌がらせされたりで大変じゃないか？

51　名前：名無しの冒険者
露骨すぎる奴は BAN されるだろ
ここの運営はハラスメント行為には異常に厳しいことで有名だ
この一月の間に迷惑プレイヤーはかなり姿を消したからな

97　名前：名無しの冒険者
おい誰か>>89を病院に、そして>>94をハロワに連れて行ってさしあげろ

100　名前：名無しの冒険者
ハロワには行ってんだろ
クエスト受けに

103　名前：名無しの冒険者
就活せんかいwwwww

105　名前：名無しの冒険者
ワイ始めて３日目の初心者
質問いい？

111　名前：名無しの冒険者
>>105
ようこそ魔境へ
なんでも来い

113　名前：名無しの冒険者
>>105
ええんやで（ニッコリ

116　名前：名無しの冒険者
>>111、113
なんか引っかかるけどサンクス
ボスドロップって最初の１回しかないんだよな？
それでみんな躍起になってると
てことはボスのダンジョンっていうかボス部屋の前ってもしかして順番待ちで渋滞してる？

124　名前：名無しの冒険者
>>116
この質問多いな、今後テンプレに入れたほうがいいかも
これから先はネタバレにもなるから、自分で冒険したい奴は俺NGに入れといてな

55　名前：名無しの冒険者
つまり残ったのは陰湿な嫌がらせに特化した選ばれし奴らだ、と

61　名前：名無しの冒険者
>>55やめろwwwwwww

62　名前：名無しの冒険者
>>55
呼んだかな？

63　名前：名無しの冒険者
↑運営様、コイツです

70　名前：名無しの冒険者
IEOにいる全員がこの掲示板見てるわけじゃないのはわかってるけど、せめてここ見てる奴らの間ではそういうことはなしにしようぜ
気持ちよくゲームしたい

76　名前：名無しの冒険者
だな

78　名前：名無しの冒険者
>>70
同意

84　名前：名無しの冒険者
しかし本気で次のステージ誰か解放して欲しいぜ
もうオキナワのマップ全埋め終わりそうなんだけど

89　名前：名無しの冒険者
あの広大なフィールドを全埋め……だと……
貴様さてはニーｔ

94　名前：名無しの冒険者
ホワチャー（ｏ゜Д゜）＝◯）‘3゜）∵>>89

攻略じゃなかったら、もしくはボス攻略も含めて複数存在するとしたら、一体どんな内容が……

160　名前：名無しの冒険者
ボス攻略だけでもこれだけ鬼畜仕様なんだぞ、ほかにもあるなんて考えたくもない

164　名前：名無しの冒険者
でもお前らいまからその可能性も踏まえていろいろ試すんだろ？
知ってる

■□■□■

154　名前：名無しの冒険者
た、大変だお前ら、大変だ変態だ変態だー

159　名前：名無しの冒険者
>>154
落ち着け、そして変態はお前だ

162　名前：名無しの冒険者
>>154
話を聞こうか変態

167　名前：名無しの冒険者
俺さっきまでナハにいたんだが、もの凄いスピードで金髪の超絶イケメンが町を駆け抜けていった

170　名前：名無しの冒険者
>>167
このゲームの顔はリアルとほぼ同じだからな
爆ぜろイケメン、慈悲はない

172　名前：名無しの冒険者
いや、確かに顔には嫉妬したが、それ以上にあのスピードはない
このゲームがスピードに特化したキャラ

答えはＮＯ
ボス部屋は実は複数ある
で、どのボス部屋にも同じボスがいる
ここまでおｋ？

127　名前：名無しの冒険者
>>124
おｋ

136　名前：名無しの冒険者
同じボスが複数いるけど、ボスレアは一番最初に倒したパーティにしかドロップしない
以降ボスからのドロップはレアリティが著しく落ちる
ソースは運営

139　名前：名無しの冒険者
>>136
マジか……情報サンクス

141　名前：名無しの冒険者
なあ、いまさらなんだがボス倒したら次のフィールド出てくるんだよな？

146　名前：名無しの冒険者
そりゃそうだろー
……え、そうだよな

150　名前：名無しの冒険者
ま、まさか……

152　名前：名無しの冒険者
ハッハッハ、いやいやいやいや
さすがにボス倒したら次のステージ解放は常識だろ

153　名前：名無しの冒険者
いや、ここの運営ならやりかねんぞ

156　名前：名無しの冒険者
待て、もし次のステージ解放条件がボス

199　名前：名無しの冒険者
うん、多分イケメンもそう感じたんだろうね
森の中に入っていったよ……夜の

206　名前：名無しの冒険者
なん……だと……

211　名前：名無しの冒険者
あの初心者殺しの森へ……しかも夜に入ったというのか

213　名前：名無しの冒険者
俺まだその森入ったことないんだけどそんなにヤバいの？

218　名前：名無しの冒険者
ハッキリ言って激ヤバ
間違ってもソロでは入るな

220　名前：名無しの冒険者
あの森のモンスターは索敵に掛からないうえに、いきなり集団で襲ってくる
おまけに夜の森は平原フィールドと違って全然見通しがよくない
素材はいいの落とすからなんとか狩りたいんだけどなー

222　名前：名無しの冒険者
パーティで行っても全滅すること多いからな
割に合わん

225　名前：名無しの冒険者
じゃあそのイケメンも……ざまぁwwww

227　名前：名無しの冒険者
>>225
おい失礼だぞ、ちょっとは相手のことをブッフォオオwwww

を狙っては作りにくいことを知ったうえであえて言うけど、あれはスピード系スキルに特化してるとしか思えない

175　名前：名無しの冒険者
リアルで陸上の選手かなんかなのかねー
偶にいるよな、その道のプロ

177　名前：名無しの冒険者
いるねー
俺の知り合い剣道部のインターハイ選手だけど、職業剣士でやっぱ超強いわ
近接戦で勝てる気がしない

180　名前：名無しの冒険者
>>177
近接戦なら、だろ？

183　名前：名無しの冒険者
>>180
ご明察
中距離でハメ殺したった

186　名前：名無しの冒険者
まぁ一長一短だよな
パーティ戦なら１つを尖らせるのがいいと言われているが、ソロでのPvPだとバランス構成のほうが有利だったりするからなー

190　名前：名無しの冒険者
待ってくれ、まだイケメンの話は終わってない
そのイケメンハロワに行ったんだが、混雑具合を見て結局そのままフィールドに出たんだ

194　名前：名無しの冒険者
>>190
ストーカー乙
だけどナハ周辺の草原フィールドは人超多いだろ

230　名前：名無しの冒険者
>>225－227
お前らｗｗｗｗｗ

233　名前：名無しの冒険者
いや、それがよ……

234　名前：名無しの冒険者
ん？　なんだか旗色が変わったな

235　名前：名無しの冒険者
そいつガンナーで双銃装備してたんだが、
四方から襲い来るモンスターを全部ヘッドショットで仕留めていってた
しかも自分はノーダメ

240　名前：名無しの冒険者
>>235
嘘乙
そんな化け物いるわけねえだろ
普通のヘッドショットすらアーツとスキルレベル上げていってもなかなか決まらないのに、複数の、それも夜にそれをするとかいまのアーツとスキル構成じゃ絶対不可能
もし本当にいたとしたらチートだな、BAN だろ

243　名前：名無しの冒険者
いやホントに見たんだよ
で、最後はオオイノシシを仕留めてた

248　名前：名無しの冒険者
いやあれソロで倒すモンスターじゃねえぞ
旋回性能はイマイチだが突進のスピードは回避用のアーツ使っても避けきれないこと多いし、なにより硬い
機動力を封じてパーティで囲んでようやくなんとかなるレベル
もし本当ならチートで BAN 対象の可能性大だな

250　名前：名無しの冒険者
まぁ春だからな
ゲームにもスレにもいろんな奴が湧くさ

256　名前：名無しの冒険者
ホントなんだけどな……まぁこれ以上言って嘘つき認定されたら悲しいからこの話題はここまでにするわ

260　名前：名無しの冒険者
>>256
最後に触れさせてくれ
そのイケメンを追いかけて一緒に森に入ったお前はその後どうなった？

264　名前：名無しの冒険者
>>260
（´・ω・`）……
（´；ω；`）ブワッ

270　名前：名無しの冒険者
（やられたのか）

271　名前：名無しの冒険者
（やられたんだな）

273　名前：名無しの冒険者
（問題はそれがモンスターになのかイケメンになのかだ）

275　名前：名無しの冒険者
（アーーーーー♂）

280　名前：名無しの冒険者
やｗｗめｗｗろｗｗ
普通にモンスターにやられたよ
じゃあなお前ら、歯磨けよ

■□■□■

694　名前：名無しの冒険者
このゲームやるかどうか迷ってる。質問

つまり、自分がゲーム内で見た他人の顔を現実に映像として持ってくる術がない
それに持って帰れたとしてもアニメ調だ
似顔絵のプロは知らん

720　名前：名無しの冒険者
一応そこら辺の設定は自分で弄れるぞ
他人のスクリーンショットや動画に映る際に、自分の顔をそのまま映すって設定にわざわざ変更すれば可能
年齢制限はあるがな
いまのとこトラブルが起きたって報告はないな

722　名前：名無しの冒険者
なるほど、じゃあリアル特定とかにビビる必要はないかな
丁寧にありがとう、来週には俺もそっちに行くと思うからよろしくな

726　名前：名無しの冒険者
まってるぜｂ

727　名前：名無しの冒険者
それが >>722 の最後の言葉であった……

730　名前：名無しの冒険者
>>727
やめて差し上げろｗｗｗ

いい？

695　名前：名無しの冒険者
初心者質問スレいけと思った

699　名前：名無しの冒険者
おいおい新しい仲間になるかもしれないんだ
多少は寛容に行こうぜ

702　名前：名無しの冒険者
だな
で、なにが聞きたいんだ？

705　名前：名無しの冒険者
ありがとう
このゲームって顔ほぼそのまんまなんだよな
危なくない？　実際に不利益被ったとかない？
ちなみに俺は男だけど、一緒にやろうとしてる友達が女だからそこが不安らしい

715　名前：名無しの冒険者
不安になる気持ちはわかる
だがアニメ調にデフォルメされてるから写真そのまんまってわけではないぞ、メリットもある
まず、プレイヤーの民度が圧倒的にほかのゲームよりもいい
リアルと同じって感覚が適度に緊張感を作ってるからか、他人に変なちょっかいを出そうとするプレイヤーがあまりいない
まぁリアル上等ではっちゃけてる輩も勿論少数はいるがな
で、デメリットはリアルの特定だが、これは運営が対策をとってる
ゲーム内でスクリーンショットや動画を撮ることはできるが、自分以外のプレイヤーの顔は運営の用意した適当な顔に自動変換される

(三)【断罪】俺氏、ナハに紅い華を咲かす

初の狩りを成功させた翌日の午後、俺は《ナハ》の町にいた。土曜日の学校は基本半日授業だが、今日は学校の都合により一日丸ごと休みだ。素晴らしきかな、二連休。

午前中は妹の相手をしつつ宿題を済ませ、午後からは妹と母さんが買い物に出かけるというので、俺は家に残りゲームに耽ることにした。ああ、素晴らしきかな、二連休。

「よし、ログイン開始」

清々しい気分でIEOにダイブする。そんな俺の目に最初に飛び込んできた光景は、燦々と輝く太陽の下、満面の笑みで飛びついてくる親友の姿だった。ログアウト。

ふぅ、とんでもないものを見た。火炎放射器を持っていたら間違いなく汚物として消毒していたな。ヘッドギアを外し、重い溜息を吐き出していると、脇に置いていたスマホが震え、メールの着信を知らせてくる。まぁ誰からかは予想がつく。仮想世界からでも現実世界にメールは送れるからな。俺は再び溜息をつくと、渋々画面を確認し、

【ゴメンナサイ、モウシマセン】

【なら許す】

再びIEOの世界へとダイブした。

「――で？　なんの用だ？　あとどうやって俺がインするタイミングを知った」

正座待機している伸二に冷めた視線を送り、先ほどの不可解で不愉快な一幕の理由を問いただす。

「ゲームにインしたときに降りる場所は、前にログアウトしたところから一番近い町か、フィール

ドやダンジョンに設定してある休憩ポイントって決まってるんだよ。で、ナハの町ではインすると
きこの辺に降りるから、お前が来るのを待ってたんだ」

「ん？　ずっと待っていたのか？」

こいつ、どれだけ暇なんだ。

「待つっていってもこの周辺でぶらぶらしながらだけどな。総のログイン時にコールが鳴るように
設定してたから、このタイミングで来ることがわかったんだ」

そんな設定があるのか。よし、なら俺も女の子のフレンドがインしたらコールが鳴るように設定
しよう。……俺にそんなフレンドはいなかったな。おっと、目から汗が。

「で、なんの用かって話だけど、お前と一緒にクエストに行きたくってさ。誘いに来た」

「なるほど、そういうことか」

「そういうこと。じゃ、行こうぜ」

「待て」

それは〝誘う〟とは言わない。伸二の強引な〝連行〟に待ったをかけ、

「美人の姉ちゃんが待ってるぜ？」「行くぞ」

せっかくの親友の誘いだ。無下に断るわけにもいくまい。さほど乗り気にはなれなかったが、こ
こは親友の顔を立ててやろう。

「こんにちは藤堂――じゃない、ソウ君。今日はよろしくね」

「よろしく……リーフさん」

　伸二のあとを付いてきた俺の目の前に現れたのは、昨日友達になった若草翠さんに瓜ふたつの「リーフ」という名の女性プレイヤーだった。リアルの髪型をそのまま映したとしか思えない、セミロングの綺麗な黒髪。少しだけ吊り上がっている目からは芯の通った女性を思わせる凜々しさを感じる。女性プレイヤーの初期装備である旅人風の服装の上から緑色のマントを羽織った麗人がそこにいた――っていや若草さんじゃん。テメェ、伸二……確かに美人であることには一ミリたりとも反論はないが、嵌めやがったな。

　俺の視線の意味を察した伸二は得意そうに笑う。殴りたい、その笑顔。

「実はちょっと狩りで行き詰まってて。ソウ君がこのゲームやってるって伸二から聞いていたから、誘おうって話になったの」

「そうだったのか。俺も特にやることが決まってたわけじゃないから誘ってもらえて嬉しいよ。ありがとう」

「おい、総、お前、俺のときと随分態度がゴホォッ⁉」

　気を付けろ、伸二。腹部に蚊が留まっていたぞ。払ってやったから当分来ないだろうが、迂闊なことを口走るとまた留まるかもしれないぞ。

「どうしたの、伸二？　いきなり」

「咽せたんじゃないかな。ゲームでもあるんだな、そういうこと」

　常人には認識されにくい速度で突っ込みを入れても実際に怪我をすることはない。この世界は本当に――伸二をどつくのに――都合がいいな。

「そ、総……てめぇ……」

「半分以上自業自得だからな」

さて、これであのムカつく笑顔の件は気が晴れた。これで本題に移れるな。

「これで全員ってわけじゃないんだろ？」

「あぁ、あとひとり、昨日いたちっこいのが来る予定だ」

おいおい、冬川さんその言い方気にしてたぞ。容赦ねえな、伸二。

「そうね、あとひとり、昨日いた胸の大きいのが来る予定ね」

おいおい、その話、今度詳しく。


それから冬川さんを待っていた俺たちだが、なかなか現れないため若草さんが連絡をするも、本人からの返事はないままだった。伸二と若草さんにフレンド一覧を見てもらい、インしているのは確認できた。普通インしていて連絡が取れないとなると、なにかのクエストやバトル中であることを想像するが、伸二と若草さん曰く、彼女が単独でそれをすることはまず考えられないらしい。そうなると、なにかしらのトラブルに巻き込まれたのかもしれない。

ということで、若草さんにはこのまま待っていてもらい、俺と伸二で手分けして冬川さんを捜すことにした。それから、俺は伸二とは逆の町の南側へと向かった。すれ違う人や横に逸れる路地などに注意を払いつつ、俺はまだ仮想世界での名前も服装も容姿も知らない冬川さんを捜す。キャラネームも服装も容姿も知らない冬川さんを――俺はアホか！

こっちの冬川さんってどんな姿してんだ？　顔はわかるって言いたいが、そもそも冬川さんの顔は髪で隠れてよく見てねえよ。だいたいキャラネームなにさ⁉　俺はアホか！　アホの子なのか⁉

……アホ（親父）の子だった。

自虐に予想以上のダメージを受け、道の端っこで勝手に落ち込んでいると、ふと視界の端に数人の野郎の姿が映る。別に見たくはなかったのだが、その中心に怯えた様子の女性の姿が映れば、それはもうガン見せざるを得ないだろう。それは自然の摂理だ。目だけでなく耳にも働くように命じ、神経を尖らせる。

「な、俺たちがいろいろと教えてやっからよ」

「効率のいい狩り場に連れていってあげるよ。心配しなくても俺たちが君を守ってあげるからさ」

これはアウトだろうな。もしこれで相手の女性がノリノリであれば、このまま通り過ぎるところだが、囲まれている女性は明らかに萎縮している。

「じゃあ行こうか。ほらっ！」

野郎のうちのひとりが女性の手を握り自分のほうへと引っ張りだした。アウトだな。気配を殺して女性の手を引く男の背後に立ち——仮想世界で感じるかは別として——殺気を纏い、口を開く。

「お兄さん方、彼女嫌そうだよ？　離してやったら？」

「なっ⁉」

背後から声をかけられた男は俺の声に飛び上がり、慌てて振り向く。

「なんだテメェ！　いきなり声かけてくんじゃねえよ。ビックリするじゃねえか」

こいつ、ちょっと可愛いな。わざわざ自分から言うか、ソレ。だがそんなことは一切表に出さずに、男の言葉を無視して女性の傍に立つと、ほかの男たちも険悪な空気を発しはじめた。

「おいこら、関係ねぇ奴は引っ込んでろ！」

「んだテメェ、ぶっ殺されてぇのか⁉」

テンプレ回答ありがとう。もうその手の言葉はリアルでお腹一杯だよ。その言葉も無視すると、囲まれていた小柄な女性に軽く腰を折って話しかける。

「こんにちは。この人たちはあなたのお友達ですか？」

女性は震えて声が出ないのか、首を目一杯横に振ることで意思を表す。あと一声だな。

「助けがいりますか？」

女性は閉じた瞼から涙を流し震えつつも、コクリ――と小さく頷いた。よし、そろそろ来るな。彼女を巻き込まないように少しだけ移動しよう。俺の女性を気遣う言葉に我慢の限界を迎えた野郎三人は、リーダー格の男の言葉を皮切りに、前後と右側の三方から一斉に襲いかかってきた。

「やっちまえ！」

よし、これで正当防衛成立。先に手を出したのはお前らだからな。きっかけを作ったのは俺だが。まぁそれも自業自得だ。最初に来るのは……後ろか。背後から迫る拳を縦軸に回転することで避けると、そいつの背中を押して正面から来る男にプレゼントする。

「おわっ⁉　こっちくんな！」

「ぐえっ」

ふたりの男がもつれ合っているうちに右側に残ったリーダー格の男に目をやれば、刃渡り二十センチほどのナイフを手に斬りかかってきていた。真っ直ぐな軌道で向かってくるナイフを先ほどと同じように回転することで避けると、ナイフを持っている手の肘の内側に手刀を打ち込む。

「ぐあっ」

短い苦悶の声を上げた男は、その拍子にナイフを空中に置き去りにする。その武器、欲しかったんだよね。空中に放り出されたナイフを奪い、そのまま男の首に一閃を描く。

「があああああ⁉」

首の裂け目から赤い光のエフェクトが勢いよく噴出される。頚動脈どころか気道まで切ったからリアルだったら声も出せずに失血死するんだけどな。まぁいいや。手にしたナイフでそのまま心臓をもう二突き、肋骨の隙間を縫うように突き刺し男から離れる。これでこいつは終わり、と。

残りのふたりに意識を向けると、背中を押された男は体勢をいち早く直し向かってこようとしていた。逆にその男をプレゼントされ受け止めた男のほうは、その後ろでリーダーがやられたことにビビッている。うん、順番は決まったな。手にしたナイフを、先に殴りかかってきそうな男の額に、肘と手首の動きだけで投擲する。

――トン、とまな板に包丁を突き立てたような音が響くと、額からナイフを生やした男がその生え際から赤いエフェクトをぶちまける。うめき声を上げられるのも不快だったため、すぐさま双銃を取り、いまにも叫びを上げそうな男の口を吹き飛ばす。

六発の銃弾を顔――主に口――に受けた男はそのままなにもできずに地面を舐める。あとひとり。最後の男は目の前の仲間が突然やられたことに半ば恐慌状態に陥り、俺への注意を完全に逸らしていた。ここまでくればもうどうにでも料理できるのだが、頭にふとある考えが浮上する。

――そうだ、どうせならリアルだと危険すぎて試せないことをしよう。

自分の中の悪魔が陰湿な笑い声を上げるのを感じつつも、俺は試してみたい衝動に素直に身を任せることにした。

「ひっ⁉」

男の反応できない速さで背後に立つと、自らが逆立ちになり交差した足で男の首を挟む。

そして――

「ひぎゃっ⁉」

捻りながら地面に垂直に叩きつけ、地面に真っ赤なトマトをぶちまけた。まぁ実際は赤いエフェクトだけどな。そして地面を彩る赤いエフェクトを見て……ふとある感想を抱いた。

――やりすぎた。

（四）【悲報】俺氏、やらかす

地面に逆立ちに突き刺して赤いオブジェにした男がヨロヨロと立ち上がる。首を折ったうえに頭も潰したはずなんだが、さすがゲーム。あれだけじゃまだ削り切れないのか。収めかけていた戦意を戻し、再び男を睨む。

「ひ、ひぃいい！　も、もう勘弁してくれぇええ」

完全に戦意を喪失した男は、倒れている仲間ふたりを引きずりながら、その場から凄い勢いで逃げていった。

ようやくやれやれと一息ついた俺だが、冷静に考えれば町のど真ん中でとんでもないスプラッターショーを見せてしまったことに、いまさらながらに気付く。その考えを肯定するように、周囲を囲む人たちの反応は、それはもう戦々恐々としていた。

「三人を一瞬で……人間技じゃねえ」

「あれは絶対にその筋の人間だ。仮想世界といえど関わるもんじゃねえ」

「うぇぇ……俺、当分トマト食えねぇ」

「あんなアーッ見たことねえぞ、チートじゃねえのか?」

うん、やりすぎたな。そしてそんなスプラッターショーを最前列で見せられた女性が俺に向ける視線は、それはもう酷いものだろう。だがそれは彼女のせいではない、俺のせいだ。こんなものを見せられれば誰だって怖がる。リアルではそれこそ何度もあった。昔、暴走族に囲まれていた子を助けたときだって……。だからいいんだ、慣れている。俺は女性に一言だけ告げて別れることにした。

「怖いもの見せてゴメンね。もう俺行くから、じゃ――」

離れようとする俺の手を、必死に掴む小さな手があった。

「……えっと、どうしたの?」

この女性がなにを考えてそうしているのか、本気でわからない。そこで思考を一旦別の視点へと持っていく。

さっきまでは気付かなかったが、滅茶苦茶美人だな、この人。アッシュグレーの髪を、前髪は真ん中で左右に分け、後ろはポニーテールで結んでいる。顔の輪郭を隠すように肩口まで伸びるサイドの髪の間からは、瑠璃色のクリッとした瞳が覗き、桜色の唇は見ていると心をうっとりとさせる色気を秘めていた。

服装は淡い水色を基調とした和服のような格好だが、首回りや肩の一部は露出しており、和服の厳格さにスタイリッシュな要素を入れ込んだような見た目をしている。どうしたらこんな芸術品を作れるのだろうかと、女性の醸し出す輝きに、一瞬だが完全に意識を奪われていた。

っといかんいかん、常在戦場の心構えに在ってなにかに意識を奪われるなど愚の骨頂。後ろ髪を引かれる思いで女性の発する謎の引力から身を引き剥がすと、俺の問いに黙ってしまった女性に別の角度から声をかけ直す。

「どこか怪我でもしましたか？」

アホな質問だと思う。これはゲームだ。怪我したら治せばいい。そもそもたいして痛くないし。ただ先ほどの三人は殺気を込めて殺ったせいか、完全に恐慌していた。ゲームだがリアルを追及しているだけあって、自分が刺されるという恐怖も感じやすくできてるみたいだな。しかしナイフであれだと、ゾンビに蹂躙されたときやドラゴンに喰われたときなんかはもうトラウマでは済まないレベルで心を病みやしないだろうか。脳裏に一抹の不安が過るが、この思考は女性が小刻みに頭を横に振る仕草を見ることで強制終了した。

「え、と……怖かった？」

そりゃそうだろう、目の前で惨殺ショーを見せられたからな。案の定、女性はゆっくりとだがコクリと小さく頷いた。はぁ、わかってはいたけど、ちょっと反省。

「その、ゴメン、怖いもの見せて。やりすぎた、と思う」

女性からは肯定、否定どちらのリアクションもないが、なにかを言いたそうな雰囲気はなんとなく感じる。う～ん、許してもらえないかもしれないな……どうしよう。数瞬の迷い――しかし俺からすればずっと長く感じる時間を悩み、ひとつの決断を下す。

――よし、もう一度しっかり謝って、去ろう。

「余計に怖い思いをさせてごめんなさい。もう関わらないよう気を付けます。じゃあ、俺はこれで」

掴まれた手を払い今度こそ去ろうとするが、そうはいかなかった。女性は瞳から滴を零しながらも、懸命に抵抗し俺の手を離そうとしなかったのだ。その手からはなにか強い意志も感じる。もしかして訴えられたりします？　俺。

「あっ、ち、違っ。その――違うんです！」

女性はなにかを伝えようとしている。それはわかる。だがそれはなにをだ？　あぁ、神は俺を見捨てたか。俺は徐々に混乱の坩堝（るつぼ）に飲み込まれようとしていた。が、捨てる神あれば拾う神あり。直後、俺たちを囲む人混みの中からその神は現れた。

「ソウ君⁉」

耳に届いた凜とした神の美声に心から感謝の念を飛ばし、神に視線を移す。そこにいたのは、やはり神だった。

「よかった、若――リーフさん、ちょっと助けてくれます？」

俺にとっての救世の神こと若草翠さんのご降臨。このとき、これでなんとか事態の鎮静化が図れると心から安堵した。こういうトラブルに女性の存在というのは非常に心強い。男としては情けない限りだが、涙する女性を自分でどうにかできると思うほど俺は傲慢ではない。どうにかしたいとは思うけどな。

だが救世の神から発せられたお言葉は、俺が望むものの遥か斜め上だった。

「なにやってんの？　葵」

拾う神などいなかった。俺は昨日できたばかりの友人に、スプラッターショーを最前列で見せ泣かせるという、およそ凡人には考えもつかないような愚行を披露した。泣きたい。

◆

「あの、ソウ君、さっきは助けてくれてありがとうございます。それと、なんだか誤解させてしまったようでごめんなさい」

冬川葵さんと無事（？）合流できた俺たちは、人目につかない宿屋の一室で事の顛末を確認しあった。その結果わかったことは、この超絶美少女は昨日友達になってくれた冬川葵さん。プレイヤー名はブルーだということ。見知らぬプレイヤーに絡まれて非常に困っていたところを助けられて感謝しているということ。泣いていたのはちょっと混乱していたからであって、けして俺が怖かったからではないということだ。まぁ最後のやつは俺を気遣っての言葉だろうがな。

「いいよ、俺がスプラッターショーを見せたことには変わりないからさ」

「い、いえそんな――」

なんとなく謝罪合戦が始まりそうだなと感じていると、冬川さんの言葉にかぶせるように凛とした神の声が通った。

「見たかったなー、ソウ君のそのショー。伸二から異常なほど強いとは聞いてるけど、やっぱり生で見たいな～」

「これから狩りに行けば見られるだろ。だが総とのＰｖＰはやめといたほうがいいぞ。モンスターにやられるときと違って、死ぬっていう感触を生々しく感じるから」

若草さんの明るいノリに、伸二が苦笑いを浮かべて告げる。そこまで違うもんかな？　自分にやられたことだけはないからな、わからん。

「そ、そう。味方として横から見るだけにしておくわ」

「そうしな。それはそうと、ビックリしたろ、総。ブルーが冬川だと知って」

そう、これには本当に驚いた。昨日会ったときはこの子は絶対に美人だと思っていたが、まさかこれほどだったとは。この仮想世界では髪の色を変えたり髭を生やしたりはできるが、顔を整形することはできない。髪などの一部を除けば、ここの顔こそがリアルでの顔そのものなのだ。それはつまり、リアルでは前髪で顔を隠している冬川さんの素顔は、いま俺の目の前で赤くなっている超絶美少女と一緒ということなのだ。首の下についているふたつの素晴らしい林檎も。

「あぁ。美人だとは思っていたけど、思っていた以上に可愛くてビックリしたよ」

あ、いかん。考えながら答えたからつい本音が。

「あら、よかったじゃん、葵！　美人だって！　可愛いって！　巨乳だって！」

「さ、最後のは言ってないよ、翠！」

うん。言ってはいない。よかった、そこは口から出なくて。ひとまず誤解もある程度解けたということで、その後俺たちは宿屋をあとにし、町の外の草原フィールドへと向かった。

「なあ伸二。俺ほとんど初期装備のまんまだけど、大丈夫なのか？」

「まぁ、総ならなんとかなるだろ。必要なら俺の剣を貸してやるよ」

それならなんとかなるか。

「え？　ソウ君ってガンナーじゃなかったっけ」

「あぁ、そこはまだ話してなかったな。実はよ――」

得意げに語り出した伸二から意識を遠ざけ、腰に差したナイフに手をやる。結局なんだかんだあって昨日得た素材も換金できておらず、装備も全然揃えられていない。さっきの突発的なＰｖＰの報酬として得たナイフが一本増えただけだ。

ちなみにＰｖＰには二種類ある。互いの同意のうえで行われる合意型ＰｖＰと、一方的に仕かけるタイプの強襲型ＰｖＰ――通称ＰＫ――だ。合意型はＰｖＰを受けるかどうか選択肢が出るのが特徴で、報酬の有無を自在に設定することもできる。フレンド同士だとデスペナルティもなく行うことができるから、主にＰｖＰの練習をしたい人やフレンドと競いたい人らが利用する。俺と伸二がやったＰｖＰもこれだな。

対して強襲型は、相手の承諾なしに一方的に挑むことができるのが特徴だ。俺が町でやったスプラッターショーがまさにこれに当たる。勝者は敗者からなにかしらのアイテム、もしくは装備品をランダムで奪うことができるうえに、よくはわからないがなんらかのデスペナルティも存在する。ただこれを無理やり仕かける奴は恨まれて掲示板に晒し上げられることもあるうえ、多くのプレイヤーから忌避される傾向にある。そのデメリットを取ってまでやろうという奴はそこまで多くない。勿論いるところにはいるらしいんだが。

またＰｖＰが嫌いなプレイヤーや低年齢層のために運営が取った措置として、プレイヤーはＰｖＰを全面的に拒否する機能を持っている。これは女性プレイヤーや低年齢層のプレイヤーには好評であり、多くの女性プレイヤーや低年齢プレイヤーがその設定を利用している。しかし低年齢層以外の男性プレイヤーでこれを設定していると、ほかのプレイヤーからの嘲笑の対象となることがあるため、ほとんどの男性プレイヤーはこの機能を使っていないそうだ。悲しきかな、男の強がりよ。

「――ぃ、――おい、聞いてるのか、総？」

「ん？　あ、わりぃ」

「ったく頼むぜ、エース。じゃあ行こうぜ」

俺たちは伸二の先導のもと、目的地まで歩いていった。

（五）【歓喜】俺氏、青い春を謳歌する

ナハの町を出た俺たちは、少し歩いた先にある駅舎を目指した。ＩＥＯの世界は、リアルほどではないがそれでも非常に広大であり、まともに歩いて次の町を目指そうとすれば、数日かかることすらあるらしい。そこで、長距離の移動の際に重宝されている施設が駅舎だ。駅舎は町から少し離れたところにあるが、それでも移動を躊躇うほどの距離ではない。少なくとも、徒歩で次の町を目指すよりは、駅舎を利用して移動するほうがよっぽど早くて建設的な考えだ。一行は草原フィールドを歩き、その駅舎を目指す。が、俺はどうしても気になることを伸二に聞く。

「なぁ、ハイブ。俺、駅舎って行ったことないんだが、こんなファンタジーな世界を電車か車が走るのか？」

ナハの町は所々に琉球文化を模したような装飾はあったが、文明レベルでは中世ヨーロッパ風の町並みだった。そしてその外に広がるフィールドはまさにファンタジーを謳うに相応しい世界だ。

そんな世界の真ん中に電車が横切る光景を思うと、どこか……なんといえばいいのだろうか、形容し難い虚しさに襲われるのだ。文明の利器である銃をぶら下げておいてなにをと思われるかもしれないが、とにかくそう思ってしまうんだ。

「いや、この世界では車みたいな乗り物は存在しないぜ。少なくともいまの時点ではな」

いまの時点と付け加えたのは、今後のアップデート次第では変わるかもしれないからだろう。もしそんなアップデートが公表されたら、俺は反対の声を大にして上げるぞ。あ、でも戦車だけは許す。あれは男のロマンだ。

「駅舎には馬車のように人を運ぶモンスターがいるんだよ。その馬車に乗ると、歩くよりも何倍も早く着くことができるんだ」

「へ～なるほどねぇ。じゃあその駅舎を使えば、いろんな町にどんどん行くことができるんだな」

「そうだな。ただ、駅舎が開通しているのはプレイヤーが一定人数足を踏み入れた町の間だけだ。まだ見ぬ未踏の地や少数のプレイヤーしか入っていない町では使えないぜ」

「つまり、新しい町や土地には自分の足で行けってことか」

「そういうことだな」

伸二が親指を立てて正解の意を示す。この広大なフィールドを自分の足ですべて行くとなると相当大変だからな。町と町を繋げてくれたプレイヤーには感謝だな。

「ちなみに俺たちが駅舎を使って行く町は《ナゴ》だ。目的地はそこからさらに少し北に行ったフィールドだけどな」

「そっか。まぁ俺はほとんど知らないからお前に任せるよ」

リアルでも沖縄には行ったことがないから町の位置関係とかあまりわからないからな。

さて――ひとつの疑問が解消したところで、もうひとつ気になっていたことを今度は若草さんと冬川さんに聞く。いや、聞こうとした。

「なぁリーフさん、それとブルーさん。ふたりは――」

「ちょっと待って、ソウ君」

俺の言葉を遮ると、若草さんことリーフさんは眼前に綺麗な手を出し、待ったをかけた。

「私のことはリーフでいいわ。キャラネームでさん付けされるのには慣れてないのよ」

「私も、あの、その……私も、ブルーと呼び捨てで呼んでください」

若草さんは堂々と、冬川さんはオドオドと、同じことを口にする。このコンビ、見ていて飽きないな。

「了解だ。じゃあ俺のこともソウでいいよ」

おいおい、女の子に名前を、それも呼び捨てさせるなんて、俺の人生大丈夫か？　ここがピークじゃないよな⁉

「あ、それはちょっと」

ピーク過ぎたぁ！　思ったよりも直角に墜ちていったよ、俺のピーク。

「ソウ君の場合、こっちでもリアルでも名前が一緒だから、ちょっと恥ずかしくって」

だよねえ、ゴメン調子に乗りました！

「あ、ついでに、リアルでも総君って呼んでいい？」

え、なにその地獄から天国に突き上げんばかりの素晴らしい提案。あれか、神か。あなたはやっぱり天上の神だったのか。

「勿論、私とブルーのふたりでね」

——神様（リーフ）。

若草さんの提案に冬川さんは飛び上がるほどビックリしていたが、頭から湯気が出そうなほどに顔を赤く染め、俯きながらボソリと呟いた。

「そ、その……よろしくお願いします」

……拝啓父上様、母上様。俺は今日、世界で一番幸せな男になりました。

「あぁ、よろしくな。リーフ、ブルー」

感涙に咽び泣きたい衝動を鋼鉄の精神で抑え、なんとか平静を装う。隣で伸二が笑っているから、バレる奴にはバレてるみたいだが。

「うんうん、いいね、こういうの。なんか青春って感じがするぜ。総、このまま勢いに任せて、明後日学校でふたりに会ったら下の名前で呼んでみろよ。案外違和感なくいけるかもしれねえぜ」

いや、さすがに無理があるだろソレ。違和感ありまくりだわ。いやしかし、挑戦せずに結論を出すのは早計というものか。いや、でも……失敗したらダメージは深刻だ。チャレンジは大事だが、それと同じぐらい時というのは大事なんだ。そんな無謀なチャレンジは、まだできない。

「あら、私は別に構わないわよ。翠って呼んでくれて」

よし、やろう。

「あ、あの、わ、私も葵って呼んでいただけるとその……」

早く明後日にならねえかな。

「そっか、じゃあ明後日からはそう呼ぶよ」

今日はなんて素晴らしい日なんだ。あぁ夢じゃないかな……夢じゃないよな？　実はレーヴ装着したつもりが寝てるだけでしたとかそんなオチはないよな？　やめてよ？　泣くよ？

「おい、なに変な顔してんだ、総？　大丈夫か？」

いかん、つい顔に出てしまった。とりあえず、これが夢でないという仮定でいこう。いや夢じゃないはずだ。俺に夢なんてない。俺は夢がないぞ！

「あぁ、おれは夢のない男だ」

「いきなりどうした⁉」

いかん。完全に取り乱した。落ち着こう。

「そういえば、リーフとブルーに聞きたいことがあったんだよ」

「無視かよ！」

無視だよ。

「ん？　なになに？　好きなタイプ？　え〜、どうしよっかな〜」

え、それメッチャ聞きたい。

「それも気になるけど違うよ。ふたりの名前はリアルからもじってつけてるのかなと思って」

若草翠のリーフに冬川葵のブルー。ふたりの名を知っていれば、誰でもピンとくるだろう。

「そうよ、私の名前は姓も名も植物って感じでしょ？　だからリーフ」

「私はあおいの青でブルーです」

「やっぱりか。でも、お陰で覚えやすいよ」

「ソウ君ほどじゃないけどね」

「ふふ、そうですね」

……確かに。

「お前ら、いつまでもイチャついてないで先行こうぜ？」

そんなイチャついてるだなんて、伸二。俺たちそんな関係じゃないから。でも、ちょっとでもそれで動揺してくれちゃったりなんかしてくれちゃったりなんかしたら――

「そうね、早く着きたいし少しペースを上げよっか。ほら、ブルーも」

「わっ、ちょっと引っ張らないでよ、リーフ」

デスヨネー。

◆

「よかったわね、葵。総君が一緒に来てくれて」

「うん……ありがとう、翠。でも聞こえないように、もうちょっと小声でお願い」

「大丈夫よ。総君、あっちで伸二とじゃれているもの。それより、あのことは今日言うの？」

「……うん。そのために高橋君も翠も協力してくれたんだし……なによりここで逃げちゃ、いけないと思うから」

「そう。葵が決めたんなら、私は応援するだけよ。頑張ってね」

「うん。私、今日こそ藤堂君に――ううん、総君に言う」

「その意気よ！　私も援護するからビシッと決めなさい」

「う、うん。頑張るよ」

（六）【結成】俺氏、パーティ戦する？

駅舎へと向かう俺たち一行は、このあと予想されるパーティ戦の準備をしていた。

「じゃあ、まずは簡単に自分の得意不得意を言い合って情報交換しましょう。あ、言いたくないのは無理に言わなくていいわよ」

若草さんはそう言うと、まずは言い出しっぺからと言わんばかりに誰よりも先に口を開いた。

「私の職業は魔術師。得意なのは風属性の攻撃魔法。でもまだあまり精度が高くないから、乱戦の中だとあまり使えないわ。あ、あと私、紙装甲だから敵の攻撃を受けるとすぐに死んじゃうの」

若草さんは魔術師か。俺がこのゲームやるって決めたときにやってみたい職業ナンバーワンだったやつだな。早く魔法を見てみたい。

「わ、私の職業は吟遊詩人です。得意なのは歌での補助です。その……直接戦うのはあまりできません……ごめんなさい」

「気にすんなよ、ブルー。吟遊詩人の支援能力は全職で一番幅が広いんだ。ボス攻略でもその重要性は高いって言われてるし、全然謝る必要なんてないぜ」

「そ、そうかな……ありがとう」

自信なげで申し訳なさそうに自己紹介をする冬川さんだったが、伸二の言葉で元気を取り戻した。

うん、やっぱりその顔のほうがいいな。

「じゃ、次は俺な。職業は騎士だ。攻撃と防御両方できるが、防御のほうが得意だな。ヘイト操作のスキルがあるから、後衛職のリーフやブルーとの連携が取りやすいはずだ」

そういえば仲二とはPvPは山ほどしたけど共闘したことは一度もなかったな。俺と仲二だと両方前衛職になるけど、相性ってどうなんだろうか。ん？　あ、俺の番か。

「あ、俺の職業はガンナーだ。近距離から中距離で戦うのが得意かな。一応武器ならだいたい使えるはずだ。でもアーツを使っての戦闘は超下手糞で、スキルはひとつもないからそこはあまり期待しないでくれ」

若草さんと冬川さんは俺のことを仲二から聞いていたためか、アーツを使えないという話にさして驚く様子はなかった。

「まずは敵と戦ってみて、俺たちの型を模索してみようぜ」

「そうね。やっぱり実戦よね」

「が、頑張ります……」

仲二の提案に、ふたりはそれぞれの形で自分に気合を入れているようだ。何気に俺も初めてのパーティ戦ということで少し気合が入っている。それに、ほんの少しだが緊張もしている。

なにしろこっちの世界どころかリアルでも集団戦の経験はほとんどないからな。親父とやるときはまず一対一だったし、それ以外でも俺ひとり対その他多数という感じだったから、俺の戦い方はひとりでやるスタイルに特化しすぎている。上手く他人と連携を取れるか、イマイチ自信が持てない。それでもせめて迷惑にならないようには気を付けよう。

俺がそう気合を入れていると、タイミングを見計らったように敵の一団が見えた。

「あれは……レッドマングースか。数は右に六、左に……四、くそっ、多いな」

伸二は前方からやってくる敵を見て、すぐさま彼我の戦力差を分析したようだ。え、なに、そんなにヤバい敵なの？　見た目は大型犬ぐらいのサイズの赤いマングースだけど、昨日俺が狩ったハブや猿よりかは強そうだな。ここは、この中で一番敵戦力を的確に分析できていそうな伸二に助言を求めるのが吉か。

「ハイブ、あれ強いのか？」

「一対一なら負けない。だがあの数だと、後衛のふたりにも敵の手が回る」

つまり数が問題ということか。なら話は早いな。

「よし、じゃあ俺が右の六を受け持とう。初見だけど、見た目通りならなんとかなると思う」

分析もろくにできていない初見の敵になんとかなると思うなんて、リアルじゃ絶対に言わないことだが、この世界ではそれが言える。こういうのも、冒険するっていうのかな。

伸二は一瞬なにかに迷ったようだが、それを振り切るように頭を振ると俺の目を見て、

「頼む！」

「おう！」

その言葉を発した直後、右方向から迫ってくるマングースの群れにひとりで突っ込む。

「え⁉」

「ちょ、ソウ君！」

それを見た若草さんと冬川さんは俺を止めようと声を上げるが、伸二がそれを制する。

「ふたりとも、左から来るぞ！　総なら大丈夫だ！」

そして、俺たちのパーティ戦は始まった。

◆

真っ直ぐこちらへ迫ってくるレッドマングースに対し足を止め、双銃を両手に構える。しかし所詮は獣ということか。陣形もなっていなければ、連携を取る気配もない。これならイノシシ数頭を相手にするのとたいして変わらないかもな。

先頭を走る一匹に狙いを付け、銃声を二回鳴らす。その瞬間、前方のレッドマングースの両目が爆ぜ、眉間にふたつの穴が開く。リアルの獣ならこれで沈まないやつはいない。いるとしたら、そいつは正真正銘の化け物だ。あ、でもこいつら化け物だったな。じゃあ立つかも。だが四発の銃弾をその身に浴びたレッドマングースは、勢いを殺しその場に転倒し、光の粒子となった。あれで倒れるなら、この数でも捌ききれそうだな。

「――あと五匹」

目の前で仲間が沈んでも、畜生どもは怯む様子をまったく見せず突っ込んでくる。距離を詰められるまでに仕留められるのは、あと二匹だな。

地面に勢いよく転がった同胞を飛び越えたやつの眉間に連続で四発。さらにその後ろから詰めてくるやつにも四発銃弾を浴びせ、連続で光の粒子へと変えたところで、レッドマングースの一匹が俺の懐へと入り込む。さて、ここからは変則でいくか。

ほぼゼロ距離まで詰めてきたレッドマングースの爪撃を横にずれて躱すと、目の前には脇腹を曝け出した獣の姿が。だがこの距離では銃はワンテンポ遅れる。それでも俺のほうが速いが、後ろにはまだ二匹控えている。残弾も気になるし、あまり手間取ってはいられない。右手に持った銃を空中に置き去りにして、腰のナイフを一閃。前足を切り飛ばし、赤いエフェクトを空に咲かす。

「ギャウ⁉」

これでコイツはすぐには反撃できないはずだ。コイツがいきなり自爆したり口からビームを出したりしない限りは、後回しでいいだろう……しないよな？

一抹の不安は残るが、後続の二匹へと意識を移す。視界に映るのは、これまでのやつらと同じくフェイントも牽制もなくただ突っ込んでくるだけの二匹の獣。

「現実の肉食獣のほうがもうちょっと頭を使うぞ」

右手には親切な不良からもらったナイフ、左手には初期装備のオートマチックの銃。あまり強そうな響きはないが、いまは俺の命を預ける大事な相棒だ。相棒、もう少し頼らせてもらうぞ。

一匹のレッドマングースが側面に回り込み、大口を開け、鋭利な牙を露わにする。だが残った一匹は、まだ俺との距離を詰め切れていない。撃つか、斬るか。俺にはどの選択肢でも取れる余裕があった。よし、

「ギャウン⁉」

蹴った。自分の身体能力がこのモンスター相手にどこまで通用するのか、純粋に興味があった。そして真下から喉を蹴り上げられ空中に浮かぶモンスターを見て、俺の身体能力はこのモンスター相手でも十分に通用することがわかった。あとはこの攻撃力がどの程度あるかの見極めだ。浮かび

上がった敵に今度は回し蹴りを放ち、体をくの字に折る。その衝撃で大きく吹き飛ばされたレッドマングースだが、まだ光の粒子にはなっていない。

蹴り二回じゃ倒せないか。銃は全部ヘッドショットだから正確な比較はできないけど、この感じだとリアルと同じで銃のほうが全然効率がよさそうだな。

「さて、残りもこのまま素手でいってみるか」

しかしよくよく考えると、こっちの世界でしかできない必殺技みたいなやつ、なにもないな。これじゃリアルとなにも変わらん。手からビーム出せねえかな……。

そんなアホなことを考えつつ、俺は残りのモンスターを処理していった。

あれ？　これってパーティ戦っていうのか？

（七）【奮闘】俺氏、出番なし

総が右側から迫るレッドマングース六匹を相手している間に、俺と翠、冬川の三人は左から迫る四匹のレッドマングースを迎え撃つことにした。四匹のレッドマングースは俺たち三人にそれぞれバラバラに突っ込んでくる。それをそのまま迎え撃てば、接近戦の得意な俺以外はあまりいいことにはならないだろう。ま、させねえけどな。

「――――《ハイ注目》！」

けして注目を浴びたい一心で叫んだわけではない。まぁこれで世の中の美女の注目が集まるのなら、喉が張り裂けるまで叫ぶが。

俺の声がフィールドに響くと、やつらの挙動は急に俺だけしか見えていないようなものへと変化した。いま発動したスキル《ハイ注目！》は、半径十メートル圏内の敵のヘイトを一挙に自分へ集めることのできる、所謂ヘイト操作系スキルだ。これを使用された敵は、発動者のことをまるで親の仇の如く付け狙う。六十秒という効果時間に対し、リキャスト時間が百八十秒もあるため、一度の戦闘で使える回数はそう多くないが、使いどころ次第で戦局を変える優秀なスキルだ。スキル範囲にいたレッドマングース四匹は、そのすべてが狙いを俺に変えると一斉に襲いかかってきた。

「来たな。《ディフェンスシールド》！」

相手の攻撃を盾で防ぐ防御専用アーツ《ディフェンスシールド》。レベルが上昇するごとに連続防御回数は上昇するが、いまのレベルでは三回が限界だ。それでは眼前に迫りくる四匹の突進は防ぎきれない。そんなことは百も承知で、このアーツを選択した。

「ぐっ」

盾を構える腕に鈍い衝撃がのしかかる。そのまま構えていただけならば盾ごと押し倒されていたであろう強力な突進だ。だがいまの俺の盾操作能力は、アーツのお陰で熟練者の域に達している。真っ正面から受けるのではなく、力が外へ逃げるように敵をいなすように盾を構え、その勢いを利用して彼方の方向へ弾き飛ばす。

「――ひとつっ！」

第一波を凌いでも、敵は次々に波状攻撃を仕かけてくる。すぐに次に迫ってくる敵へ意識を切り替えると、並走して向かってくる二匹のレッドマングースを迎え撃つべく盾を構え直す。森林フィールドと違い、草原フィールドの敵は陣形や連携を組むといった能力が比較的乏しい傾向にある。だが同じ対象に突っ込む以上、偶然はある。結果としてだが、俺に降りかかる攻撃は第一波を餌に僅かな隙を生み出し、その隙を二匹が同時に突く形となった。

まったくの偶然だろうが、まぁヘイトスキルを使った以上はこうなることも覚悟はしている。これがゼロ距離だったらヤバかっただろうが、幸いなことに第一波と第二波の間には若干の距離があった。なら俺が動けば、この不利な位置関係はたちまち変化する。左に大きくステップを踏むと、追撃してくる敵に盾を構える。位置を横にずらしたおかげで視線の先にいるのは、無様な突進を仕かけてくるレッドマングースの一匹だけとなった。もう一匹はその少し後ろを追従している。

「俺の位置をずらせば同時攻撃は防げるからな。これで――にぃ！」

盾職において防御力は言うまでもなく重要な能力だが、敵に対する位置取りもまた同じぐらい重要な能力だ。場合によってはこの位置取りが命運を分けるといっても過言じゃないだろう。そういう意味では、俺はこの盾職ってのが苦手じゃない。

「これでさぁんんっとわぁ⁉」

くそっ、三匹目の突進が最初のよりも間隔が短かったから完全には勢いを殺せなかった。ちょっと後方に吹き飛ばされてしまった。四匹目は……やっぱ来るよな。まぁ来るように仕向けたのは俺だしな。アーツが発動し終わった決定的な隙を、四匹目は逃さなかった。最後尾にいたレッドマングースは、俺の頭上に発達した爪を振り上げ、そして――

「くっ、《ブレードアタック》！」

降りかかる爪に鋭い剣筋をぶつけ、なんとか押しとどめる。だがとっさに出した攻撃はレッドマングースの爪撃を食い止めるのが精一杯で、反撃に出るまでには至ってない。おまけに、剣と爪で押し合いをしている隙を突いて盾で弾き飛ばされたレッドマングースが取り囲むように集まってきている。このままだとタコ殴りにされる――このままなら、な。

「ハイブ、いくわよ――《風車》！」

いかにも魔法使いの好みそうな木製の杖を頭上に振り上げると、リーフのとっておきの魔法が俺の周囲に発動する。俺を中心に二本の風の刃が伸び、そのまま高速回転――ヘリのプロペラのような軌道を描き、周囲を囲む敵をまとめて切り刻んだ。その威力は凄まじく、一匹が光の粒子となり、残り三匹のＨＰも半分以上が削られていた。

「相変わらずのバ火力だな。だが助かったぜ」

「どういたしまして！　でも次の魔法まで時間がかかるわ。援護は期待しないでね」

「わかった、あとは任せろ！」

ＩＥＯにはＨＰはあるがＭＰという概念は存在しない。その代わり、魔法には放つまでのチャージ時間や、放ったあと一定時間それが使えなくなるリキャスト時間、一部には回数制限なんかも存在する。一般的に威力の低い魔法はチャージまでにかかる時間もその後のリキャスト時間も短く、高威力の魔法ほどその対極に位置する。威力が高ければいいってもんでもない。要は使い分けだ。《風車》は序盤に習得する魔法の中ではかなり高威力の魔法だが、その分チャージもリキャスト時間もほかの魔法より長く、とにかく使い勝手が悪い。翠にはもうちょっと使い勝手のいい魔法を覚えてもらわないとな。とはいえ、残りはあと三匹。ここは一気に決めよう。

「もういっちょいくぜ、《ブレードアタック》！」

最も近い位置にいる敵に熟練した剣筋を二本重ねる――が。

【初回限定】「リアルチートオンライン　1」書き下ろしショートストーリー

俺が別ゲーに浮気した件

すてふ

「喜べ、総！　ついに、ついに手に入れたぞ！」

　休日の真昼間に、親友を自宅に呼び出した男の最初の一言は、意味不明なものだった。

「落ち着け、伸二。まず、なにを手に入れた」

　しかし、その言葉を受け入れることなく、伸二はなおも興奮を露わにする。

「これが落ち着いていられるか！　ついに、あのＶＲゲームを手に入れたんだぞ！」

　これが興奮できようか。まず人の質問に答えろ。第一、俺は葵さんたちとイノセント・アース・オンラインをずっと遊ぶと決めているんだ。ジーザーを倒してこれから新エリアが待っているというのに、いまさら別ゲーに浮気なんかできるか。

「あの大人気恋愛シミュレーションゲーム《ドキドキぱふぱふパラダイス》のＶＲだぞ！」

「伸二、なにしてる。早くお前の部屋に行くぞ！」

　親友の頼みだ、これは断れない。

　それから間もなく、俺たちの意識は、ここことは違う別の世界へと溶け込んでいった。

「お、おぉ、おおおお！　ここがその世界か！」

　青い空に突き立つようにしてそびえる摩天楼のビル群。横に目をやれば、大きなショッピングモールもある。最初のスタートは家の中かと思っていたが……もしや最初から付き合っている設定で、これからデートでも始まるのか。

「へぇ、こんなシチュエーションからのスタートか」

　伸二そっくりの声に後ろを振り向けば、これまた伸二そっくりの顔をした男がぼんやりと空を眺めている。伸二……ついにモブキャラになってしまったのか。

「にしても伸二に似てるな。もしや、あいつは全世界公認のモブキャラなのか」

「本人だよ！」

　突然ツッコミを入れてくるモブキャラ。え？　本人なの？

「よくわからんが、この恋愛ゲームは多人数でできるらしいな。無理だろうなと試しにインしてみたら、なぜかできた」

試すな。てか、なんだそのクソゲーは。自分の恋愛願望を他人に覗かれるとか、どういう羞恥プレイだ。こんなのが大人気とか、どうなっているんだ日本は。

「ヒロインは結構な数がいるらしいから、大きな問題にはならないだろ」

いや、なるだろ。どうしてお前はそんなに前向きになれるんだ。

「ふっふっふ、この世界では、ヒロインの好感度に主人公の容姿は関係がない。完全に、内面での勝負になる。恋愛経験どころか人付き合いの経験すら貧相な総に、ついに一泡吹かせられるときが来たぞ」

それが執拗にこのゲームに誘ってきた理由か、なるほど。

よし、叩き潰してやる。勿論、この世界でのルールに則ってな。

「伸二。それはそうと、なにか行動を起こそうぜ。こういう場合はどうすればいいんだ？」

恋愛は現実どころかゲームでも経験がない。これぱっかりは、目の前の男を頼らざるを得ない。しかし、伸二から返ってきたのは頼もしい言葉ではなかった。

「わからん。ていうか、こんな町のど真ん中に放り出されるとは思わなかった」

都会だけあってか、人通りはかなり多い。もしかしたらこの中から、食パンを咥えたツインテールの女の子が突撃をかましてくるのかもしれないな。

「お、あの子、こっち見てるぜ。結構可愛い――ってこっちに来た」

伸二と目があった女性が、こちらへと歩を進めてくる。だがその顔からは、なんの感情も読み取れず、それどころか顔色が悪いような――いや、そもそも生気すら感じられない。

「えーと、こういうときは……どうされました、お嬢さん？」

とびっきりのキメ顔を披露する親友。それを冷ややかさと困惑が半々で交じり合った目で見つめていると、彼女は真っ白い歯を三日月の間から見せ、

「キシャァアアアアアアア！」

爪と歯を立て、突如として伸二に飛びかかった。伸二の襟首を掴み、後ろに引っこ抜きその一撃を空振りさせると、彼女は前のめりにその場ですっころんだ。

「な、なんだイキナリ⁉　そんなに俺とお茶するのが嫌な

のか!?」

嫌だったんだろうな。あそこまで怒りを、いや、狂気を前面に押し出した拒否は見たことがない。まさか仮想世界のほうが現実の恋愛より厳しいとは。なんという皮肉だ。

「……伸二。それよりも、先にすることがありそうだ」

え？　という顔でこちらに視線を移す伸二。その俺の目には、通りのいたるところで、先ほどの女性のように狂暴化した人が通行人を襲いだしていた。

それはまさに突然だった。平穏な日常が、突如として崩れ去った瞬間を、俺はいまこの目で目撃したのだ。ありとあらゆる方向から、人々の悲鳴が聞こえてくる。

「とりあえず、あのショッピングモールに入ろ——」

地面に転んだ女性が起き上がり、再びその狂爪を振るってくる。が、いまは構ってられる状況ではない。内臓を破裂させない程度に加減した蹴りを女性の腹部に入れ、吹き飛ばす。

「行くぞ、伸二」

「お、おう！」

大きな自動ドアに一目散に走り、そのさらに奥にある広大なショッピングモール内へと入る——が、そこは外以上の地獄だった。

白く磨かれた床には赤黒い血痕が生々しく広がり、先ほど襲撃してきた女性と同様の顔色をした人たちが、逃げ惑う人々を次々に襲っていた。しかも、襲われた人は少ししてから、その目を虚ろなものへと切り替え、襲う側へとクラスチェンジしている。

「なんだよ、これ……なんでこんな」

ふむ、最近の恋愛ゲームは凄いな。きっとこの中でピンチになっている女の子を助ける、というのがヒロインとの最初の出会いになるのだろう。普通の人間関係の構築だったら自信はなかったけど、こういうことならやりようはあるな。なんたってここは、ショッピングモールだしな。

「伸二。二階に行くぞ！　そこで武器を調達だ」

とりあえず武器がないとやりにくい。なにせ相手は数に任せて襲いかかってきている。おまけに見ていたら痛覚も鈍いようだ。素手では分が悪い。ついでに、ここにいるであろうヒロインも探そう。となれば、行くのは若い人が多く集まる二階の衣服売り場だ。

しかし階段を駆け上がった俺たちを待っていたのは、一階と同様、いや、下手をすればそれ以上に阿鼻叫喚の地獄絵図。

「これは……ヒロイン生きていられるかな」

正直、これは無理じゃないかな。自分が生き残るので精いっぱいな感じになりそうだ。序盤からこんな難易度なんて、このゲーム作った会社はドSだな。

「さてどうするか――って、なんだこの箱？」

視界の右端に、ビックリマークの吹き出しが浮かぶ箱が見える。気になって近付いてみると、その箱の中にあったのは、

「サブマシンガン？　それに手榴弾に……拳銃、ナイフもある。なんだこれは」

どうしてこんなところにこんなものが？　九州のある地域では手榴弾や拳銃が落とし物として転がっている場合があると噂で聞いたことはあったが、さすがにショッピングモール内でこれはないだろ。

「ガァアアアアア！」

っと、考えてる場合じゃない。このままだと俺はなんとかなっても伸二が死ぬな。

親友にその牙を突き立てようと迫る狂人に、弾丸の雨を見舞う。するとソレは、あまりにもあっさりとその場に崩れ去った。

「ふむ……ほれ、伸二」

サブマシンガンを伸二に渡し、代わりに拳銃とナイフを手にする。

「とりあえず、生き残ってる女の人を捜そうぜ。恋愛攻略の前に死なれたらどうしようもない」

「いや、総。これ、多分だけど、違うゲームを――」

なにかを言いかけた伸二の背後から数人の狂人が再び現れる。その眉間に弾丸を撃ち込み動きを止めるが、次から次へと湧いて出てくる。

「伸二、話はあとだ。まずはこいつらをなんとかしよう！」

「あ、あぁ。まぁ、お前はこっちのほうが楽しいかもしれないからいっか」

俺たちがやっていたのが、世界で人気を博しているバイオレンスアクションゲーム《パンデミックワールド》だとわかったのは、モール内のゾンビを掃討して、流れでボスまで倒したあとだった。

「げっ⁉　マジか」

ＨＰが残り半分を切っていたから油断したのか、それとも焦りか。精彩を欠いた俺の攻撃は、僅かにそのＨＰを削り損ねていた。

しまった、大事なポイントでこんな失態を――

「するわけにいくかぁあ！」

目の前の敵に、力の限り剣を振り抜く。アーツを使っているときに比べれば酷く鈍い剣閃だ。破れかぶれともいえるだろう。だが、その破れかぶれがギリギリのラインで届いた。脳裏に浮かんだのは、親友の姿。

「せ、セーフ……総の真似は心臓に悪いな。だがこれで、あと二匹！」

剣と盾を持つ手に力を入れ、残りの二匹の襲撃に備える。が、眼前の光景に肩透かしを食らう。レッドマングースは俺を完全に無視し、魔法を放った翠へとその足を向け駆け出していた。

「ま、そうくるよな」

当然といえば当然だ。スキル《ハイ注目！》により一旦は俺にすべてのヘイトが向いていたが、いまモンスターのヘイトは高威力の魔法を放った翠に向いている。そしてこういう戦法を取ればこうなることがわかっている俺たちは、当然その対策も打ってある。

「ブルー、行ったぞ！」

「はい！」

これまでずっと準備していたブルーが緊張した面持ちで答える。その手には、武器ではなく楽器――横笛が握られていた。

「――《幻惑の奏》」

殺伐とした戦場に場違いともとれる笛の音が響き渡る。その音は俺たちの耳には実に見事な音として届いていたが、敵にとっては耳の奥で虫が這いずり回るような急激な不快感を与えるものだ。心の底から冬川が味方でよかったと思う。

「GYAOOOOOOO⁉」

見た目へのダメージはまったくないが、二匹のレッドマングースは冬川の笛の音に集中を完全に乱され半狂乱に陥っている。さすがＰｖＰにおける最強の嫌がらせ職。絶対に敵に回したくない。

俺は、笛の音を明らかに嫌い冬川と翠から距離を取った敵の背後に駆け寄り、

「――《オフェンスシールド》！」

盾での殴撃を、レッドマングースの背後からぶちかます。すでに翠の魔法により甚大なダメージを受けていたレッドマングースは、さしたる抵抗もできずに光へと変わった。

「これであと一匹だ！」

複数では脅威であるレッドマングースだが、単体ではそこまで怖くもない。最後に残った一匹も、リキャスト時間から解放された俺の剣による連撃に沈み、この戦いは幕を閉じた。

四章 【誤報】俺氏、清算する。違う、生産する

（一）【驚嘆】俺氏、発情者。違う初乗車

六匹のレッドマングースを片付けると、すぐに伸二たちの援護に駆け付けるべく戻った。だが俺が着いたときにはすでに敵は一匹しかおらず、その最後の一匹も伸二の剣と盾の連撃によって追い詰められていた。これは援護の必要はなさそうだな。若草さんの魔法をこの目で見ることができなかったのは残念だけど、それはまたあとのお楽しみというところか。そうこう考えていると、最後のレッドマングースが完全に光となって消えた。

「お疲れ、ハイブ。そっちも無事っぽいな」

俺の声に一瞬驚いた顔を見せた伸二だが、すぐにその顔を緩ませ、力なげに口を開く。

「お前のほうが早かったか……リアルチートめ……」

「おいおい、それが心配して早く駆け付けた仲間に言うことかよ」

伸二は俺の言葉に苦笑を浮かべるとそれ以上は語らなかった。なんだ、そのやれやれみたいなリアクション。俺がおかしいのか？　腑に落ちない気持ちを抱えていると、伸二の後ろから淡い水色の和服美少女と、緑のマントを羽織った美少女が小走りでやってくる。

「ソウ君、もう終わったの⁉」

「お、お怪我はありませんか？」

これもしかして、怪我してたら冬川さんから治療してもらえたとかいう流れか？　しまった……少し怪我しておけばよかった。もう一匹モンスター出ないかな。いまならどんな遅いやつでも先制攻撃を当てる権利をプレゼントするぞ。

「あぁ、大丈夫だよ。モンスターっていうよりかは獣に近い動きだったからね。手足の長いイノシシと思えばたいした脅威じゃなかったよ」

「それもどうかと思うわよ……」

少し疲れた口調でそう呟く若草さんは、伸二と似ていた。あんまり言うと、今後伸二と同じリアクションを取られそうだな。気を付けよう。それはそうと……。

さっきから気になっていたものへ視線だけでなく言葉もぶつける。

「ブルーの持ってるそれは笛だよね？　それで戦うの？」

「はい。これを吹くと、敵さんが混乱したり離れたり、動きが遅くなったりするんです」

なにそれ、凄く聞きたい。え、でもちょっと待てよ。

「凄いな。でもそんなことができるんならブルーがいるこのパーティって超強いんじゃないのか？」

「そんなことないですよ。私の笛は効く敵さんと効かない敵さんがいますし、私が笛を吹くとすぐに敵さんに狙われちゃって、いつもアタフタしてます」

「ヘイトってやつか。確か魔法とかはそれを集めやすいんだよな」

これは初日に伸二から教えてもらった話だ。安全な場所から撃てる魔法や一部の特殊攻撃、それに回復や補助効果のある魔法などは、便利な分ヘイトを集めやすい。おまけにそれらを使う職業の多くは防御能力が低いため、安全を確保するためにはヘイト管理をしてくれる仲間の存在が不可欠だ。このパーティでは、タンク役である伸二がそれに最も適しているといえるな。

「じゃあその笛も魔法の一種なのか？」

「いえ、私の笛は歌の中に含まれます」

「うた？　うたってあの《歌》？」

「はい、多分その歌です。歌の効果は補助魔法や回復魔法に似ているんですが、魔法使いさんが杖とかを触媒に使ったりするのに対して、私たち吟遊詩人は楽器を奏でたり歌を口ずさんだりすることでその効果を発揮するんです」

「なるほどな。じゃあブルーは笛を使って曲を奏でるんだ」

「はい。でもその分ハイブ君には負担をかけちゃって」

後衛がふたりに対して、前衛がタンク職の伸二ひとりだからな。まぁそうなるよな。

申し訳なさそうに冬川さんが肩を落とし俯いていると、その肩をそんなの気にするなよと若草さんがバンバンと叩く。え、そこ、伸二じゃなくて？

「そんなの気にしちゃ駄目よ、ブルー。ハイブは私たちの盾になれて喜んでるんだから。この間なんて踏み付けてくるモンスター相手にありがとうございますって言ってたわよ」

「言ってねえよ！」

伸二が若草さんの悪ノリを全力で否定する。ドMなタンク職とか天職だと思うんだが、どうやら伸二はそういう意味で騎士をしているわけではないらしい。だがこのネタは使えるな。今度俺も使おう。

「それはともかく、リーフの言う通りそんなこと気にすんなよ。それに俺以外に前衛の、それも遊撃のできる職業の奴がひとり加わると、このパーティは化けるぜ。それまでの辛抱だ。ブルーはいまのままでいてくれ」

その言葉に冬川さんは「はい」と笑顔で頷く。その様子は大変微笑ましく俺の疲れた心を確実に癒やしてくれるが、俺はそれよりもその横でなにかにピンときた顔をする若草さんのほうに意識を削がれていた。すると若草さんは口元に三日月を象ったような笑みを浮かべ、俺を見つめる。それはもう、見事な真っ黒な笑みで。

「そうねー、あとひとり、前衛ができて尚且つ遊撃もできて、それに加えて中距離もできるような人が加われば完璧よねー」

若草さんの言葉を受け、伸二も若草さん同様の黒い笑みを浮かべる。あー、そうくるか。

「おいおい、リーフ。そんな都合のいい人材が転がってるわけないだろ？　前衛ができて尚且つ遊撃もできて、それに加えて中距離もできる鬼のように強いガンナーが。なあブルー？」

テメェ、冬川さんに振るなよ。そんなあからさまなパス受けても冬川さん困るだろ。

「そ、そうですね……ソウ君が来てくれたら私とっても嬉しいです」

ドライブシュート決めてきたよ。腹黒司令塔のスルーパスにダイレクトに応えたよ、この超純粋ワントップ。純粋なだけに破壊力も抜群だよ。ゴールネットめっちゃ揺れてるよ。

「ま、まぁその話はまた今度にしようぜ？　それよりも早く駅舎に向かおう」

俺の反応に伸二はあからさまに顔を歪め、若草さんもそれを見て真似をする。まぁそこら辺はあまり気にならないが、冬川さんの明らかに落胆したあとに無理して笑顔を作ろうとする仕草は、効くなぁ……。正直この四人でいるのは思っていた以上に楽しい。若草さんも冬川さんも、俺にはもったいないぐらいの友人だ。だがだからこそ……だからこそだ。それを壊したくない気持ちが沸き起こる。俺のような奴は、大事なものは隣で眺めるぐらいでちょうどいいのだ。触れてしまうと、きっと壊れてしまうから。

それからしばらくの間、胸に残るもやもやとしたものを感じていた俺だが、それを振り払うように目の前に現れた建物を見て声を上げる。

「これが駅舎かー。なんていうか、駅というより牛舎みたいだなー。な！　伸二」

「ソウデスネー」

さっきのことを根に持っているのか。それともただ単純に俺のことを寒い奴だと思っているのか。はたまた両方か。どちらも地獄だがこれは俺が自分で進んだ道だ。地獄だろうが荊ロードだろうが進むしかない。

「リーフ、リーフはここに来たことあるのか？」

「……アリマスガ、ソレガナニカ？」

アンタもかい。日の死に方がリアルで伸二より怖ぇよ。駄目だ、最後のオアシスに行こう。

「ぶ、ブルーはどこか行きたいところとかないのか？」

「いいんです、そんなに気を使わなくて……私にはそんな価値ないんですから」

最後のオアシス干上がってるぅ⁉　待って元気出してお願いテンション上げてぇ！

「さて、総で遊ぶのはここまでにして、パイナップル園に行く車に乗ろうぜ」

「そうね。あ、ソウ君、いまのやり取り録音してるからあとでスマホに送ってあげるね」

……こいつら。伸二、覚えてろよ。あと若草さんそれやめて、マジでヘコむやつだから、それ。

「勘弁してくれ……」

「ふふっ、今日はこのぐらいで勘弁してあげるわ。ほらブルーもマジヘコミしてるんじゃないわよ」

え、冬川さんだけマジだったの？　それどういう――

思考はそこでフリーズせざるを得なかった。なぜなら、目の前で冬川さんの〝たわわ〟な〝たわわ〟が若草さんに後ろから鷲掴みにされ〝たわわ〟になっているからだ。なにを言っているのかわからないと思うが、俺もなにが起こっているのかわからない。

「い、いやあああああ！」

「ヘブシッ⁉」

冬川さんの振り向きざまのビンタが若草さんの頬にクリーンヒットする。それはもう盛大に。

「みみみみみ、翠ぃぃぃ！」

思わず本名を口にする冬川さんだが、これはさすがに責められない。紅潮する顔が意味するのは恥ずかしさか、それとも怒りか。まぁ両方だろうな。

「ゴメンゴメン、あまりにも柔らかそうだったからつい」

「それは理由になりません！」

「あはは、ゴメンって。機嫌直してよ、私の揉んでいいから」

「も、ももも⁉　――知らないっ！」

そのまま冬川さんは受付のある小屋のほうへと行ってしまった。あまりのことに、しばし呆気にとられていたが、見かねた伸二が若草さんに声をかける。

「おいおい、リーフ、あれはさすがにやりすぎじゃねえか？」

「いいのよ、あれくらいで。それよりもソウ君」

なんですか、若草さん。冬川さんの代わりに揉むという件でしたら全力で務め上げさせていただきますよ。

「ブルーのことお願いできない？　私じゃ逆効果だろうし」

デスヨネー。

「いや、俺もさっきあまり上手く話せてなかった気がするし、ここは伸二のほうが――」

「それでさっきの録音は消去してあげるから」

「行ってくる」

……この人、いつか地獄に堕ちるぞ。

(二)【雪解】俺氏、許される

俺はいま、冬川さんを追って人気のない駅舎の裏手に来ていた。視線の先では、いまだ顔を真っ赤に染めた冬川さんが恥ずかしそうに俯いている。さて、来たはいいがなんと声をかけたらいいものか。さっきは素晴らしいものをありがとう――最低だな。絶大な感謝の念はあるが、それは心の中に留めておくべきことだ。口に出した瞬間、ただのセクハラ野郎に成り下がる。なら、どうするか。

「ブルー、あのさ……」

とりあえず口を開いたはいいが続きが出てこない……頭に浮かぶのはさっきの素晴らしい光景ばかりだ。ビバ、たわわ。

「なんと言えばいいのか……」

ゴメン、限界です。これ以上気の利いた言葉が浮かびません。もともとボッチな俺にそんなコミュ力ありません。神様、異世界転生したらチート能力は望みません。でも代わりに、無限のコミュ力を下さい。気兼ねなく友達をバンバン増やせる、そんなコミュ力を私に授けてください。

【――力が、力が欲しいか】

な、なんだこれは。この視界に直接浮かび上がってくる文字は。まさか……俺の願いが神に通じたのか⁉

【欲するならば念じよ。我は心傷の女性に対する声かけの神――タカハ神なり】

随分ピンポイントな神だな。でも信じるよ、タカハ神様。俺、どうすればいいんだ⁉

【まずは大きく深呼吸せよ。両手を上げて、それから横に広げるのだ】

わかった。こうか、これでいいんだな、タカハ神様。

【いいぞ、次はその場でバク転だ。できるだけ捻りも入れるのだ】

バク転か、わかったよ、タカハ神様。うらぁ！

神の助言に従い、後方宙返り二回半捻りを決める。

【フム、さすがリアルチート。では次は彼女の耳元でこう囁け。「葵、好きだ」と】

了解だ、神様。冬川さんの耳元で囁けばいいんだな。よし――

慣れない手つきでチャットコマンドを開き、

【仲二、いま謝ればまだ許してやるぞ】

【申し訳ございませんでした】

そのまま慣れない手つきでチャットコマンドをそっと閉じる。あの野郎……。

俺がそんな実にくだらないやり取りを終わらせ冬川さんに視線を戻すと、彼女は不思議そうにこちらを見ていた。まぁ目の前でいきなり深呼吸したりバク転したりする奴を、まともな目では見れないよね。やっぱり仲二、許さん。

「――ふふっ、ご、ごめんなさい。ソウ君がいきなりそんなことするから面白くって」

これは笑ってくれているのかな？　それとも嗤(わら)っているのかな？　漢字ひとつの違いで俺の心は安らぎもするし砕けもするよ？

「さっきはごめんなさい。でももう落ち着きました。大丈夫です、ごめんなさい」

そうか、俺は全然大丈夫じゃないんだけど、本人がこの話は終わりというのなら、俺からこれ以上蒸し返すことはするまい。なにも自分から地雷を踏みに行くこともないからな。

未だに顔真っ赤だけど……まぁ本人がそう言うのならそういうことにしよう。

「未だに顔真っ赤だけど……まぁ本人がそう言うのならそういうことにしよう」

「へぅ⁉」

イカン、考えてることそのまま喋ってしまった。

「もうソウ君！　思い出させないでください！」

「ゴメン、ゴメン。じゃあ皆のところに戻ろうか」

これ以上話すとボロが出そうだと判断した俺は、早々に皆のもとへ戻ろうと提案する――が、戻ろうとする俺を、袖を引っ張る感触が引き留める。

「あの……少し、時間をくれませんか？」

振り向けば冬川さんは神妙な顔で俺の目をじっと見つめていた。よくわからないけど、これはマジメな話っぽいな。

「いいよ。どうしたの？」

その問いに冬川さんの表情が徐々に重いものへと変わっていく。ん？　なんだかこの雰囲気って……え？

「その……私――」

え、待って。これってあれ？　もしかしてあれ？　イヤイヤイヤイヤイヤイヤイヤイヤイヤイヤイヤイヤイヤイヤイヤありえない。ありえないって。え、いやしかしだよ、カカシだよ、しかしだよ。もしかしてこれはやっぱり噂に聞くアレなんじゃなかろうか。世界樹の樹の下でやるアレのことではなかろうか⁉　落ち着け俺、こういうときはもう一度タカハ神様に――

「わ、私！」

は、はい！

「――私！　ずっとソウ君に謝りたいって思っていたんです！」

……はい？

「俺に謝る？　俺が謝るじゃなくって？」

「ソウ君が謝ることなんてなにひとつないです！」

本当に？　さっき冬川さんの〝たわわ〟がたわわったときにガン見してたのも謝らなくていい？　変な期待に胸を爆発させまくってたのも謝らなくていい？

「私、中学二年生のときに、ソウ君に助けてもらったことがあったんです。覚えていませんか？」

冬川さんを……そんなことあったっけかな。野郎に嫌々囲まれてた女の子はとりあえず助けてたからな。その中のどれかに冬川さんがいたのかな。

「……ゴメン、ハッキリとは思い出せない」

「いえ、いいんです。私、その頃といまじゃ全然見た目が違いますから」

「え、そうなの？」

「はい。いまは……現実では髪を黒く染めていますけど、本来の髪の色はこっちの――アッシュグレーなんです」

髪はてっきりゲームだから染めていると思ってたけど、こっちが地毛でリアルのほうが黒く染めているのか。じゃあ前髪で目を隠していたのは……。

「その青い目を見られないためにリアルではあんな髪型を？」

「はい……私、この見た目が原因で、小さい頃よくイジメられていたので」

その気持ちは半分わかる。俺も小さい頃――というかいまでも割と見た目のことで、あまり穏やかでない人たちに絡まれることがある。だが俺にはそれを退ける力があった。じゃあもしその力がなかったら。それはどれほど怖いことなのだろう。このか細くて可憐で優しい女の子は、きっと誰も傷付けずにきたのだろう。自分がどれだけ傷付いても。

「中学生のとき……やっぱりこの見た目が原因で暴走族の人たちに囲まれたことがあったんです」

……ん？　アッシュグレーの髪の女の子……暴走族……あれか！　三年ぐらい前にあった。

「もう駄目かと思ったときに、ソウ君が私を助けてくれたんです。それなのに私……」

あれは確か瑠璃の安眠を妨害したバイク集団がいたからお話しに行った件だ。そういえばあのとき囲まれていた女の子を助けた。そして思いっきし怯えさせて泣かせた記憶があるな。え、じゃあ、あのときの女の子が冬川さんってことか？

「私、助けてくれたソウ君にお礼もせず……それどころかあんな酷いことを」

酷いって言っても、あれはただ怯えて泣いていただけだろ。そこまで気にするようなことかな。それを言うなら、どっちかというと怖がらせた俺のほうが悪い気が。

「酷いことはされなかった気がするけどな。むしろ怖いものを見せて、俺のほうが悪いなと思ってたんだよ」

「そ、そんなことないです！　ソウ君は助けてくれただけなのに！　それなのに私……ソウ君はなにも悪くないです。悪いのは私です！」

冬川さんの瞳から一筋の滴が零れ落ちる。

「……俺は気にしてないよ？」

堪えていたものがあふれ出すように、次々と涙が零れ落ちていく。それでも彼女は、そのぼやけた視界でしっかり見つめる。

「それでも……言わせてください。あのとき、酷い態度を取ってごめんなさい。それと……助けてくれてありがとうございます」

そのとき、なんとなくわかった。俺があのとき冬川さんから逃げるように立ち去った理由が。

——怖がっていたのは、誰よりも俺自身かもしれないな。

「俺こそ……いや、そうか、うん。どういたしまして」


そのあと少しして落ち着いた冬川さんと一緒に、伸二と若草さんのもとへと戻った。ふたりはすでに受付を済ませて、あとは出発するだけの状態で待ってくれており、俺たちが帰ってくるとニヤニヤした顔でこっちを見てくる。

「……なんだよふたりともその顔」

「「べーつーにー？」」

なんかいいように動かされた気がするな。だが笑っている冬川さんの顔を見ると、もうそんなことはどうでもよくなった。とりあえず皆が笑ってるなら、もうそれでいい。

「さあ、いよいよクエストに挑戦よ」

意気揚々と声を上げる若草さんに、俺はいまさらながら質問する。

「行き詰まってるクエストがあるって話だったと思うんだけど、それってどんなクエストなんだ？」

「あれ、ハイブ、言ってなかったの？」

「そういえば言ってなかったな」

まぁいろいろとゴタゴタしてたからな。俺もいままで忘れてたし。

「で、どこに行ってどんな内容のクエストをするんだ？」

俺の再度の問いに、若草さんはエヘンと改まり、人差し指を立て説明をする。

「これから向かうのはパイナップル園よ。そしてやることは、パイナップル狩りよ」

……なるほど。は？

「リーフ、それってどういう――」

「ブモオオオオオオオオ!!」

それのどこがクエストなのかと問いただそうとした俺の声は、突如轟いた鳴き声に掻き消された。

反射的に声の方向へ視線を移すと、そこにはテレビで見たことのある、ある生き物がいた。

「――水牛、か？」

「そうよ。ここからはあの水牛が引く、所謂牛車ってのに乗るの」

確かに沖縄では離島とかでそういう観光があるって聞いたことはあるけど。でもこれはさすがに、

「デカくないか？」

そう、デカい。リアルの水牛も相当な大きさだが、この水牛？はどう見ても十トントラックぐらいの大きさはある。動物というよりは恐竜といったほうが近いようにも思えるほどだ。トリケラトプスの親戚といわれたほうがしっくりくるな。

「まぁ、モンスターだしね。でもこの駅舎のモンスターは大人しくてとても従順だから、変なことしない限りは危険はないわよ」

「その言い分だと、なにかしたら危ないってことだよな？」

「そうね、聞いた話だと腕試ししようとしたあるパーティがトラウマレベルの惨劇を見せられたってことはあったみたいよ」

なるほど、つまり手出し厳禁というわけか。まぁこんなサイズのモンスターが襲ってきたらどう

しようもないよな。

「でも、普段は人懐っこくてとっても可愛いモンスターさんなんですよ」

そう言い冬川さんは水牛の顔を撫でる。撫でられている水牛も気持ちよさそうにしており、サイズを気にしなければ確かに微笑ましい絵にも見える。このモンスターには笑顔で触れられて、チンピラ三人は怖いのか……不思議ちゃんだな。

「じゃあ、目的地までは牛車で行くわけだ。でも牛車ってリアルだと徒歩とあまり変わらないか、むしろ遅いぐらいって聞いたけど」

「おいおい、総、これはゲームだぜ？　そらもうビュンビュンよ」

「……そうか」

この巨体でビュンビュン引っ張られたらこの車大破するんじゃなかろうか。

「ま、不安に思うのもわかるが、そろそろ乗り込もうぜ。思ってるより乗り心地はいいから心配すんなよ」

「……あぁ」

不安に感じつつも、巨大な水牛の引く車に乗り込む。

（三）【追憶】私の罪

これは、私の罪の話。

私のお母さんはR国の出身で、お父さんは日本人。いまは家族三人、日本で仲よく暮らしています。お母さんのアッシュグレーの髪や瑠璃色の瞳はこの国では珍しく、道行く人々にジロジロ見られるのが煩わしいと言っていました。小さい頃はその意味がわからなかったけれど、小学校に上がるとよくわかりました。お母さんの髪と目をそのまま受け継いだ私にも、同じ視線が注がれたからです。

いいえ、見るのが子供である分、その目には素直さゆえの残酷さも混じっていました。それでも私は、自分の見た目が周りの子と違うことはわかっていても、なぜそれを理由に意地悪をされるのかまでは、わかりませんでした。

そしてそれは、小学校から中学校に替わっても——変わりませんでした。私はお母さんと同じこの髪と目が大好きです。でも、周りの子はこの髪と目はおかしいと笑います。たまにですけど、引っ張られることもありました。とても、とても悲しかったけれど、それでもお父さんとお母さんを心配させたくなくて、学校には通い続けました。

中学二年生のとき、塾が長引いて帰りが遅くなったことがあります。そのときの私は、自分の髪や目の色が同級生からあまりよく思われていないことはわかっていたけど、ほかの大人の人たちからどういう目で見られているのかまではわかっていませんでした。

——だからあんなことになったのだと思います。

駅の裏手を歩いていた私は、気付いたら大きなバイクに跨がった男の人たちに囲まれていました。その人たちが私を見る目は、、面白い玩具を見るような目をしていました。それは私にとって、これまでに感じたことのない恐怖で、足がすくみ、声を上げることすらできませんでした。

「お嬢ちゃん、可愛いね。お兄さんたちと少し遊ばない？」

誰か……助けて。目を瞑り、必死に祈る私の耳に届いたのは——ヒーローの声でした。

「お前らか……俺の天使の安眠を妨害するクソ野郎どもは」

「あぁ？　んだテメェ！」

そこにいたのは、金色の髪と碧色の瞳をした、とても綺麗な男の子でした。年は私と同じくらいかなぁ。さっきまで恐怖を感じていたはずの私は、そんな感想を抱いてその男の子を見つめていました。

「いまこの場で夜は静かにすると誓え。そうすれば、お前らの罪は赦してやる」

「わけわかんねえことを言いやがって……ぶっ殺す！」

周りを囲んでいた人たちは、誰かの発したその声に呼応して一斉に男の子へと向かっていきました。私は先ほどまでの恐怖が急に甦り、道路にしゃがみ込み、目を閉じることしかできませんでした。

そんな私の耳に入るのは、けたたましくも恐ろしい男の人たちの怒号。それから徐々に短い悲鳴のような声が聞こえるようになり、最後にはうめくような声しか聞こえなくなっていました。そこで私はようやく目を開き周囲に目をやることができ、

「うそ——」

私の視界に映し出されたのは、道路に横たわるたくさんの男の人と、その中でひとり立つ金髪の男の子の姿でした。顔や服の所々に血のようなものが付いていましたが、月夜に照らされてひとりたたずむその姿に、私は思わず見とれてしまいました。

「大丈夫？　こんな時間にひとりでいると危ないよ？」

男の子は私の傍まで来てくれると、とっても優しそうな笑顔を浮かべ、私に手を差し伸べてくれました。その手を取ろうと自分も手を出そうとしましたが、男の子の手に付いていた血を見て、思わず手を引いてしまいました。

そしてその血を見たとき、この男の子が横たわっている人たちになにをしたのかが急に頭の中に入ってきて、どうしようもなく怖くなってしまいました。差し伸べられた手から逃げるように後ずさり、目に大粒の涙を浮かべて――私は男の子を恐怖の眼差しで見つめました。そのときの私を見た男の子の顔は、今でも忘れられません。

それは人から拒絶されたときに浮かべる顔。その顔を見て私はようやく気付きました。私が何度も何度も何度も何度もされてきた拒絶を、今度は自分が目の前の男の子にしてしまったんだということを。それも、ついさっき私を助けてくれた人に対してです。

「あ、ご、ゴメ、なさ、そ、その、私――」

私は自分がとんでもないことをしたことに気付き、慌てて男の子の手を取ろうとしました。でも、

「っ――」

男の子はそのまま闇の中へと走っていってしまいました。寂しそうな、顔をして。

「私……なんてことを……」

それから私は、その日起こった出来事をありのまま両親と学校に説明しました。後日、私を囲んでいた男の人たちは皆お巡りさんのお世話になりましたが、私の一番知りたかった、あの金髪の男の子のことだけは、なにもわかりませんでした。

中学校を卒業した私は、地元から少し離れた隣町の高校に通い出しました。アッシュグレーの髪を黒く染め、青い瞳も前髪と度の入っていない眼鏡で隠して。そんな私にお母さんは、普段通りに優しく「いってらっしゃい」と言ってくれます。本当は悲しいはずなのに。

見た目を変えた私は入学式で誰からも声をかけられず、とっても安心しました。よかった、この格好をしていればもうイジメられない。そんな安堵に包まれながら教室へ向かっていると、目の前に小さな人だかりができていることに気が付きました。そこからは元気な男の子の声が聞こえてきて――

「だから部活しようぜ、総！　お前ならなにしたってスーパーエースだって。甲子園も花園も国立競技場も両国国技館も武道館もどこだって行けるぜ⁉」

「いや、後半なんかおかしいの交ざってたぞ。っていうか部活はしないって言ってるだろ、伸二。いい加減しつこいぞ」

部活かぁ……私もしてみようかなぁ。そんな思いを抱いていると、人だかりが割れて、声の主であろうふたりがこちらへ歩いてきました。思わず廊下の端に寄ってその人たちが通り過ぎるのを待っていると、そのうちのひとりの姿が目に入り――

「そうだ、軽音楽部に行こうぜ。お前のルックスならギター持ってるだけで人気バンド間違いなしだ。ファンの子は俺に紹介しろよ？」

「仕方ねぇな。多国籍でマッチョな野郎なら、いますぐダース単位で紹介してやるよ」

「や、やだなぁ、総さん……冗談っスよ、冗談」

――間違いない。あの顔と髪の色、あのときの男の子だ。まさか一緒の高校だったなんて……。

私は、まさに雷に撃たれたかのような衝撃を感じ、ただただそこに立ち尽くしていました。

それから私は何度も何度もあのとき私を助けてくれた男の子――藤堂君にお礼を、ごめんなさいを言おうとしました。でも……どうしても名乗り出る勇気が出ませんでした。それどころか、あんな酷い仕打ちをした私のことなんてもう思い出したくもないんじゃないかと考えると、どうしようもなく怖くなり、言い出すことができませんでした。

それから少しして、私の髪と目のことを知っても全然気にしない友達――いえ親友ができました。さらにその親友、翠は、私が本当の自分を偽っていることに罪悪感を抱いていることを知ると、仮想世界にダイブする《レーヴ》というVR機を薦めてくれました。このゲーム中なら、私の好きな姿で遊ぶことができると言って。

それからの私は、毎日のように翠と一緒に遊びました。現実の世界でも、仮想世界でも。そして、高校二年生に上がったばかりのある日、私は自分の中で最も赦せない罪を彼女に告白しました。

「なるほどね〜。葵と藤堂君にそんな繋がりが」

「う、うん……でも、私はそのときと見た目が全然違うから、多分藤堂君は気付いてないと思う」

それどころか忘れているかもしれない。そのほうが彼にとってはいいことのようにも感じるけれど、私はそれに少し悲しさも感じていました。

「よし、そうとわかったら助っ人召喚よ！　ちょっと待っててね」

そう言うと翠はスマートフォンを片手に、電話口の相手に告げました。

「あ、伸二？　ちょっと相談があるからいまから来てくれない？　え、これからゲームする？　ちょうどいいわ。じゃあIEOで会いましょう。私もそっちに行くから。え？　ふーん、そういうこと言うんだ？　今度のテストは自力で頑張ってね。え？　最初からそう言えばいいのよ、じゃあ《ナハ》の町で待ってるわね」

翠……ちょっと強引すぎる気が。電話の相手って翠の幼馴染の高橋君だよね？　もうちょっと柔らかく接してあげてもいいような気がするけどな。

「伸二も快く承諾してくれたわ。じゃ、私たちもこれからインしましょう」

それからすぐに、先日翠と揃って買ったＩＥＯというゲームの世界へ、私と翠は一緒にダイブしました。

◆◆◆

「来たわね、伸二。それじゃ、早速作戦会議よ」

「待て。いろいろと突っ込みたいことは山ほどあるんだが、まず最初にそこの天元突破美少女を紹介しろ」

「え？　あぁそっか。こっちの姿じゃ伸二にはわからないか。葵よ葵。私の親友の」

「な、なにいぃぃ!?　こ、この超絶美少女があの地味な冬川ぁ!?」

そんなリアクションを取られると、怒ったほうがいいのか照れたほうがいいのか困っちゃいます。

「いいから、話が先に進まないでしょ。まずなにから説明したほうがいいかしら――」

それから私は高橋君に、藤堂君と私の出会い、それから私の罪の話をしました。高橋君はその話を聞いてる最中、何度か難しい顔をしていましたが、最後に私が藤堂君にお礼とごめんなさいが言いたいことを伝えると、ニッコリと笑って協力を約束してくれました。

「そっかそっか、ようやく俺以外にも総のよさをわかってくれる奴が現れてくれたか」

そう語る高橋君は、本当に嬉しそうな顔をしていました。どうしてかなぁ……この顔を見ると、泣きたくなってきちゃいます。

「アンタ本当に藤堂君大好きね。いつかそっちの方向にいくんじゃないかって、この前おばさんも心配してたわよ？」

「大きなお世話だ！」

「で、なにかいい作戦ない？」

翠、強いなぁ……。高橋君、なんだかごめんなさい。

「ん～、そうだなぁ……作戦もなにもさっさと総に話しかければいいだけじゃねってのは、なしなんだよな？」

「それができてたら一年もグズグズしてないわよ」

「だよなぁ」

うぅ……ごめんなさい。

「とりあえずは総と接点を持たないと話にもならないか。だが、総のプライベートには常人じゃ付いていくことはまず不可能だしなぁ」

「う～ん手強いわね、さすが藤堂君」

「そういえば、俺がこのゲームしてるって聞いたときの総のリアクションは面白かったな……かってないほどに羨ましがってたし。そうか、その手が使えるか。うん、いいかも」

高橋君は頭に豆電球のエフェクトを出すと、人差し指を立てて私たちに考え付いたことを教えてくれました。

「総をこのゲームに誘おう。もうすぐ総の誕生日だから、そのときにゲームをねだってみろって勧めてみるよ」

「それはいい考えね。ゲームの中だったらほかの人の邪魔も少ないだろうし、葵もこの姿のままで藤堂君に会えるしね。どう？　葵」

「う、うん。それならなんとか」

「よーし、そうと決まれば早速行動よ。で、伸二。藤堂君の誕生日っていつ？」

「あと二週間後だよ」

「そう、じゃあそれまでの間に伸二は藤堂君のことをお願いね。私たちは……どうしよっか」

高橋君が藤堂君をこのゲームに誘ってくれるまでの間か……なにすればいいのかなぁ。

「そうだ、せっかくだから俺たちのギルドを作らないか？　で、総をそのギルドに誘おうぜ」

「それはナイスアイディアね。じゃあ私と葵はギルドを作るための準備をすればいいわね。どう、葵？」

「う、うん。私もそれがいいと思う」

「じゃあ、当分はそれでいこう。俺のほうの進展具合はまた報告するぜ」

な、なんだか急に話が進んじゃった……翠、凄い……。

「じゃ、悪いけど俺は落ちるぜ。ちょっと用事があってな」

「はーい、ありがとね」

「あ、あの高橋君。ありがとうございます」

「いいってことよ」


それから私と翠はギルドに必要な資金とポイント集めに奔走しました。あまり戦うのは得意じゃないから、薬草とかを拾って一生懸命お金を貯めました。そして、藤堂君の誕生日までに、私たちはなんとか自分たちのギルドを作ることができたんです。そのさらに数日後、私と翠と高橋君は最後の作戦会議をしました。

「あ、やっと来た、伸二。遅いじゃない」

「わりぃわりぃ、総がやっとIEOに戻ってきてくれてよ。その手伝いをしてたんだよ」

「そう、でもホントよかったわ、藤堂君が戻ってくる気になってくれて」

藤堂君がIEOを始めたその日になにがあったのか、私は詳しく知りません。わかっているのは、藤堂君がIEOを始めたその日にこの世界から姿を消して、藤堂君を連れ戻すために高橋君が頑張ってくれたことだけ。

「うん、よかった……高橋君、ありがとう」

「いいよ、俺も総に借りがあったからな。ここは俺がなんとかしたかったんだ」

それでもやっぱり……ありがとう。

「じゃあ、明日いよいよ作戦決行ね。伸二、明日の動きはもうオッケー？」

「あぁ。まずは俺が教室で総をギルドに勧誘する。だが多分総は断るから、そのときは翠と冬川が俺と総のところに来て知り合いになる。そのあと、IEOの世界で総となんとか合流して、一緒にクエに行く。そんで冬川が総に告ると」

「そうね、おおむねオーケーよ」

「こ、ここご告白なんてしませんせん！」

「え、しないの？」

「しません！」

「なーんだ、つまんないの」

そんなことできるわけないじゃない……私なんて……。

「じゃ、明日いいタイミングで連絡入れるから来てくれよ」

そう言うと高橋君はログアウトしていきました。私と翠はそのあと少しだけ話をしてから、眠りにつきました。

（四）【贖罪】私の英雄

高橋君と翠との作戦会議の翌日、私たちは計画していた通りに動き出しました。

……なんだか少し悪いことをしているみたいで、肩身が狭いです。

「あ、伸二から連絡来たわ。葵、行くわよ！」

「あ、待ってよ翠」

翠は高橋君から来たスマホでの合図を確認すると、一目散に駆けていきました。……は、速い。

完全に翠に置いていかれた私が高橋君と藤堂君のいる教室に着くと、私を呼ぶ声が聞こえてきました。そこには、私を置いて先に着いた翠と、椅子に座ってお昼ごはんを取っていた高橋君と――藤堂君がいました。

あぁ、藤堂君だ……あのとき私を助けてくれた金髪の男の子。やっぱりあのときの面影が凄くある。それもそうだよね、たった三年前だもん。うぅ、でもこうしてちゃんと見つめるのは入学式以来かも。藤堂君って人の視線に異常なほど鋭いから、遠くからでもまともに見ることとあまりできなかったもんなぁ。すっごく緊張するよ……どうしよう、ちゃんと話しかけられるかな。

私の緊張を察してくれたのか、高橋君と翠が声をかけてくれます。背がちっちゃいとか胸が大きいとかあんまり嬉しい話じゃないですけど……。でも、ありが――

「よろしく、冬川さん。俺は藤堂総一郎、伸二の友人です」

――⁉

ど、どうしよう！　話しかけてもらっちゃった！　しかもよく考えたら、藤堂君と話すの、これが初めてだ……き、緊張してきたよぉ。でも――頑張るぞ。

それから私は凄く緊張しながらもなんとか藤堂君とお話しすることができました。でもその後、話の途中で藤堂君はふと椅子から立ち上がり、その場をあとにしようとします。

も、もしかしてなにか不快に感じることをしちゃったかな。ど、どうしよう。それとも本当は私のこと覚えていて、顔も見たくないんじゃ……。

でもそれは私の勘違いだとすぐに気付きました。高橋君がいうには、藤堂君は自分がいることで私たちに迷惑がかかるからという理由で立ち去ろうとしていたそうです。

そんなこと、これっぽっちも感じてないです。でも……そう考えさせちゃったのは、昔私がしたことが関係しているのかもしれません。私があんな酷いことをしたから。

するとと高橋君が、さっきよりも少し真面目な顔で藤堂君に言います。

「お前の状況も知ったうえで敢えて言うけど、こいつらは人を噂や家庭環境だけで判断するような人間じゃないぞ」

その言葉は、私の胸にチクリとした感覚を残します。藤堂君が助けてくれたとき、私は彼のことをよく知りもせずにあんな酷い態度を取りました。私は高橋君が言うような人間じゃない。そんな綺麗な人間じゃ……。だから、藤堂君には必ずそのことを謝ろう。そのためにも、まずはここでちゃんと言わなきゃ。翠が私に強い視線を向けてくる。その瞳からは「逃げるな」という力のこもったメッセージが伝わってきて……。

しっかりと意志を固めると、グッとお腹に力を込め、伝えました。友達になってください、と。


藤堂君とお友達になった素晴らしい記念日の翌日。私は翠と一緒にIEOの世界にいました。

「さ、伸二が藤堂君を誘ってる間に私たちはクエストの準備をしましょう」

「うん、そうだね」

高橋君は、藤堂君がインするのをずっとゲート付近で待ってくれています。高橋君がいうには、藤堂君はお昼頃にインしてくるだろうとのことなので、その通りにいけばそろそろだと思うんだけど……凄いな、高橋君、藤堂君のことなんでもわかってて。

「じゃあ私はHP系の回復薬を買い揃えてくるわ。葵は状態異常回復系の回復薬をお願い」

「うん」

高橋君からの連絡を待つ間、私と翠はそれぞれ必要なアイテムの補充に向かいました。いつもクエストで翠や高橋君の足を引っ張ってばかりだから、せめてこういうところで役に立たないと。

そういえば、私たちのギルドって戦闘職ばっかりで生産職はいないなぁ。いちおう料理と裁縫ならできるから今度皆に相談してみようかな。そ、そしたら藤堂君も……食べてくれるかな……。

そうして私が町の南の通りを歩いていると、ふと耳にある言葉が入ってきました。

「お譲ちゃん、可愛いね。俺たちと一緒に遊ばない？」

それは私に三年前の出来事を鮮明に思い出させる、圧倒的な恐怖でした。

恐怖で体が強張り上手く動かせない中、なんとか後ろを振り向くとそこには――

「おいおいマジかよ」

「超可愛いじゃん」

「だろ？　俺らツイてるぜ！」

それぞれに私への思いを口にする三人のプレイヤーの姿がありました。そしてその目は、あの日私を見ていた男の人たちと同じ、面白い玩具を見つけたような、そんな目でした。

「そんな顔しないでよ、俺ら怪しいもんじゃないから」

「そそ。困った人を見捨てておけない性分なだけだから」

私、困ってなかったです……いえ、いまは確かに困ってますけど……うぅ。

怖い……けど言わなくちゃ。行きませんって。

「さ、行こうぜ！」

言うんだ！

「い、いえあの私――」

「あん？　来るよな？」

「ひぅ⁉」

　や、やっぱり怖い……どうして……どうして私はこんなに――弱いんだろう。

「な、俺たちがいろいろと教えてやっからよ」

「効率のいい狩り場に連れていってあげるよ。心配しなくても俺たちが君を守ってあげるからさ」

「じゃあ行こうか。ほらっ！」

　最後に言葉を発した男の人が、私の手を力強く握り引っ張っていこうとしてきました。その圧倒的な恐怖、そしてなにもできない自分への嫌悪、それらがごちゃ混ぜになった底のない沼に、私はどんどん沈んでいきました。そんなとき――

「お兄さん方、彼女嫌そうだよ？　離してやったら？」

　いつか、どこかで聞いたことのあるような声が聞こえてきました。その声に導かれるように顔を上げると、そこにあったのは――あの日の男の子（ヒーロー）の姿でした。

　それでもなお罵声を上げる男の人たちに、再び殻に閉じこもり、ただそこで震えて見ていることしかできませんでした。そんなことしか……できませんでした。

　でも、その男の子は……藤堂君はそんな私に優しく――あのときと同じように話しかけてくれた。

　それが嬉しくもあり、また情けなくもあり。でもそんな中でもいまの状況はやっぱり怖くて……喉が潰れたかのような感覚の中、ただ彼の問いに首を振りました。

「助けがいりますか？」

――その言葉は、必死に瞼を閉じて涙をせき止めていた私の心を、優しく開いてくれた。

そしてコクリ――と小さく頷くとほぼ時を同じくして、男の人が声を張り上げました。

「やっちまえ！」

そこから先は圧巻の一言でした。あふれる涙を拭い、藤堂君の姿を今度こそ目を背けずにいようと見つめる中、彼は瞬く間に三人の男の人をやっつけてしまいました。その姿はあの日の夜となにも変わらない、眩い輝きに満ちていました。

私は今度こそという思いを胸に、藤堂君に向き合おうと顔を上げました。でも、藤堂君は早々にその場を立ち去ろうとしていました。まるで、私から逃げるように。このままだとあのときと一緒だ。今度こそという思いに駆られ、彼の手を必死に掴みました。

行かないで！　そう何度も言おうとしました。でも、奥底から沸き上がってくる感情がどうしてもそれを上手く伝えさせてくれません。結局私は大事なことを言えないまま、藤堂君を散々困らせて、最後は翠に助けてもらいました。

それから私たちは近くの宿屋さんの一室でお互いの事情を話し合いました。その中で私は、藤堂君のことを怖がったわけではないことを何度も何度も話しました。それを藤堂君は優しくずっと聞いてくれたけど……どこか作られたような笑顔に、私の心は最後まで落ち着きませんでした。

話を終えた私たちは、駅舎へと向かいました。途中モンスターの群れとも遭遇しましたが、藤堂く――いえ、総君、高橋君、翠の活躍のお陰で、無事に駅舎まで着くこともできました。

でもその道中。高橋君が総君をギルドに誘ってくれたとき、総君はどこか気まずそうな顔でその話を早々に終わらせてしまいました。私はまた自分がなにかしたんじゃと不安で仕方なくなり……でもいくら考えても原因がわからなくて。

ずっとそれを考えながら歩いていると、翠が私に元気を出すように声をかけてくれました。私はそれに自分でも不思議なぐらい、胸が躍る感触に包まれ――え？

「い、いやああああ！」

「ヘブシッ⁉」

なななななな、なにをするの⁉　むむむ、胸をが、ガシッて……。

自分でもびっくりするぐらいに頭の中がごちゃごちゃになって……つい、その場から逃げ出してしまいました。でも、翠を叩いちゃったのはいけなかったな。ちゃんと謝らないと……あとで。

いつの間にか私は駅舎の裏まで来ていました。でも、人のいないここなら少しは心を落ち着けられるかも。ちゃんと落ち着けて、それからちゃんと皆のところに――

「ブルー、あのさ……」

そ、総君⁉　どうしてここに⁉　追ってきて……くれたの？　ど、どうしよう。でもせっかく来てくれたのに下を向いたままじゃあまりにも失礼だし……でもさっきのようなことがあったあとじゃまともに顔なんて見れないよぉ。

うじうじと悩んでいると、いつの間にか総君の声が聞こえなくなりました。もしかして行っちゃったのかという不安に突き動かされ急いで顔を上げると、そこにはなぜか深呼吸をする総君の姿がありました。……え？　深呼吸？

事態が呑み込めずに唖然としていると、次は急にその場で体操選手のように大きく飛び上がり綺麗な技を披露してくれました。

凄い。でもどうして？　もしかして……私を慰めてくれてるの？　こんな私を？　もう……かなわないなぁ。

それから私は総君と少しだけお話をしました。私の――罪の話を。最初はピンときてなかったようですが、私が当時の状況を説明していくと総君も次第に思い出せたようで、私は今度こそと強い意志を込めて総君に謝りたかったことを伝えました。でも、それでも、総君は気にしてないと言ってくれます。

どうしてこの人は私を責めないの？　許してくれるの？　どうして……そんなに優しくしてくれるの？　私は……私は総君にあんな酷いことを……。

そのとき、いつか高橋君が私に一生懸命話してくれた言葉が頭を過りました。

『総って怖く見えるかもだけど、ホントはすっげぇ優しいんだよ。ホントなんだ』

……本当に……これは反則だよ。

総君と話している途中なのに、あふれる涙で前がよく見えません。でも今度は、今度こそは、しっかりと目を見て言わなきゃ。

「それでも……言わせてください。あのとき、酷い態度を取ってごめんなさい。それと……助けてくれてありがとうございます」

　これを言うのは、自己満足。それがわかってていまさら言うのは、卑怯だと思う。でも……どうしても言いたかった……言いたかったの……やっと言えたよぉ。


　これが、私の罪の話。

（五）【動揺】俺氏、パイナップルを知る

《ナハ》の町の少し外れにある駅舎から、俺と伸二、冬川さん、若草さんの四人は牛車で《ナゴ》を目指していた。ＩＥＯのフィールドは広大だ。徒歩で行けば、目的地まで今日中に着けるのかどうかもわからない。たとえ牛車を使っていようが、ある程度はゆっくりした旅路になると考えていた。だが俺は、すぐに自身の認識の甘さを痛感させられる。

「速すぎだろ……」

　呆れたような、疲れたような声が思わず口から漏れる。だがそれも多少は許してほしい。一体誰が、牛が特急電車並みの速度で走ることを想像できようか。明らかに馬より早く、そして車体もビックリするほど揺れない。まぁここをリアルに作り込んだら、多分俺ら全員振り落とされてグロテスクな見た目になってただろうから、これは仕方がないと思うべきか。

「皆、初めて乗るとソウ君みたいな顔をするわ。でも転移とかの移動手段のないＩＥＯの世界ではこの移動が最速だから、皆使っていくうちにいつの間にか慣れていくわね」

そうなんだよなぁ。町と町の間の移動が実際徒歩かこの牛車の二択しかないから、さっさと町を移動したいだけの俺たちのような人は皆この牛車を使う。勿論タダというわけではないからご利用は計画的になんだが。

なお、俺の代金は伸二が出してくれた。モンスター討伐で得た素材はあるが、いろいろあってまだ換金はできていない。要は文なしだ。さすがにあとで返すと言ったが、今回は助っ人で来てもらってるからいいと言われ、結局その言葉に甘えさせてもらった。なにか別の形で返さないとな。

「町まではだいたい一時間で着く。駅舎は町から少し離れたところにあるから寄らないけどな」

確か目的地はナゴの町の北にあると言っていたな。ならナゴの町は帰りに寄ってもらうか。行ってみたいという好奇心もあるが、なにより金がないのが寂しい。

「クエストが片付いたらナゴの町に寄ってもいいか？　素材を換金したいし、時間があれば装備とかも少し見てみたいんだ」

「ああ、いいぜ。どっちにしろクエストの報告やら報酬の受け取りやらで行く予定だしな」

「サンキュ」

さすがに初期装備の銃と服装じゃあ寂しいからな。すぐには調達できなくても目標ってのは大事だ。あと、戦利品のナイフがどれぐらいの値打ち物なのかも知りたい。

「そういえば総、お前ＰｖＰでドロップした装備品のステータスとかは確認してんのか？」

「ん？　あぁ、鉄製の刃渡り十八センチのサバイバルナイフだ。厚さは五ミリだな」

俺の説明に伸二は微妙そうな顔を浮かべる。なんだ、もっと詳しい説明が欲しいのか？

「お前、もしかしてステータス見てねえな」

「……あぁ、そういうことか」

武器や服装などの装備品には攻撃力や防御力などのステータスが存在する。ＩＥＯではあまりステータス画面で数字が出てくることがないため、すっかりその存在を忘れていた。俺は慣れない手つきで所持している武器のステータス画面を開いていく。


【武器一覧】
・ハンドガン（所持数：二）
攻撃力：三
一般的なオートマチック拳銃。弾数は十二。
・ナイフ
攻撃力：六
一般的なサバイバルナイフ。

……なんて地味な名前なんだ。

「これっていい物なのか？」

その問いに伸二は微妙な顔を浮かべる。なるほど、そういう評価か。

「これは盗賊なんかの初期装備品だな。町に行けば、これより上位の武器も結構あるはずだぜ」

「そっか。じゃあナイフについてはそのときに考えるか」

もともとこれは拾い物みたいなものだしな。そこまで期待していたわけでもない。それにこのゲームは使い手の腕でいろいろとカバーできる部分がある。攻撃力の低さはそれで補えばなんとかなるだろう。素手でモンスターとやり合えることもわかったしな。

「だが、欲を言えば剣も欲しいな。あと手榴弾、いやグレネードランチャーか。デカいやつ用にロケットランチャーもいいな。あとはアサルトライフルと……いや待てよ、ここは仮想世界。レールガンや荷電粒子砲もあるかもしれない。ふむ、となると」

「おーい、総、帰ってこ～い」

おっと、危ない危ない。もう少しで波動砲や縮退炉に行き着くところだった。地球どころか宇宙規模で騒乱を起こすところだったよ。

「スマン、伸二。お前のお陰で世界は救われた」

「この一瞬で俺になにが起こった⁉」

謙遜するな。お前は偉大な男だ。皆が伸二だったら、この世から争いはなくなるだろう。皆が伸二だったら……いかん、そんなのキモすぎる。やっぱ駄目だ。この世から伸二を排除しなくては。

「伸二、世界のために死んでくれ」

「だから俺になにがあった⁉」

その後もいろいろな話をしながら牛車に揺られること約一時間。俺たちは目的の駅舎に到着し、そのままパイナップル園を目指した。

ナゴの町付近の駅舎で降りた俺たち四人は、目的のフィールド――パイナップル園に来ていた。

「着いたぜ、総。ここがパイナップル園だ」

「……」

なんと言えと。わーいパイナップルだ~とでも言えと？　言ってもいいさ、ここがリアルの沖縄だったらな。

だが目の前に広がっているのは、地面を埋め尽くすほどに生い茂るパイナップル畑と、その上を重力を無視して浮遊するひとつ眼のパイナップルの群れだ。正直、意味がわからない。

「なぁ、ハイブ。沖縄のパイナップルは目と口が付いていておまけに空も飛ぶのか？」

ついでにひとつ眼で裂けるような口もしているのか？　もし、あれが沖縄産のパイナップルだというのなら、沖縄に対する見識を改めなければならない。沖縄の人、凄すぎだろ。

「あれは《パイナップルガー》だ。ここにしかポップしないから、その素材は結構貴重なんだよ」

「へー」

無関心そうに返事をしながらも、目の前の光景に見入る。よく誤解されることが多いが、パイナップルは高い木に実をつける果物ではない。腰と同じか、それより低いぐらいの背丈の幹の先に実をつけるため、遠くから眺めたパイナップル畑は、少し背丈のある草が生い茂っているようにも見える。いつか家族で本物の沖縄に観光に行きたいものだ。

「案外人も少ないし、これなら割とスムーズにできそうだ」

周囲には俺たちと同じ目的でパイナップルガーを収穫（？）しに来ているプレイヤーの姿がちらほらと確認できる。そしてそのほとんどが空中を漂うパイナップルに攻撃を届かせることができずに四苦八苦していた。なるほど、確かにこれは射撃職の仲間が欲しくなるフィールドだな。

「あの空飛ぶパイナップルを撃ち落とせばいいのか？」

「ああ。俺たちだとアレに安定して攻撃を当てられるのはリーフだけなんだが、なにしろリーフの魔法は隙が大きくてな。効率的に狩るのが難しいんだ」

「私の魔法は威力はそこそこなんだけど、その分チャージ時間もリキャスト時間も長いのよ。継戦能力の高い魔法の習得が目下の私の課題ね」

そういえば、ここに来る前にリーフが魔法を使うって聞いたな。できればしっかり見たいものだ。そして俺でも習得できる魔法の手掛かりを掴むんだ。

俺は自分の中で燻っていた気持ちに再度燃料を投下し燃えたぎらせると、このパーティで最も揚め手に長けているであろう人物に話題を移した。

「思ったんだが、ブルーの笛の音はあのモンスターには効果的なんじゃないのか？」

ブルーの笛の音の効果範囲の詳しいことまでは知らないが、おそらくそれなりの範囲をカバーするだろう。であれば状態異常を付与する《歌》は効果的なはずだ。

「そうなんだがな……あいつら状態異常の耐性が強くてあまりかからないんだよ」

耐性か。そんなのもあるのか。

「ごめんなさい、私がもっといろいろな《歌》やスキルを持っていたら」

「ブルーが気にすることじゃないよ。そのために俺が来たんだし、ここは俺に任せてくれ」

「は、はい」

うんうん。前向きになってきたかな？

「そういえばブルーの《歌》にはどんなものがあるんだ？」

「私の《歌》には相手を怯ませるものと、反応を鈍らせるもの、それとＨＰを少しずつ回復できるものの三つがあります」

聞けば聞くほど強力な能力だ。でも無双できないように耐性持ちのモンスターもいるってことか。

「そっか。じゃあ、それが効くモンスターに出会ったら、そのときは頼りにさせてもらうよ」

「はい、任せてください」

うんうん、いい笑顔だ。

「よし、じゃあ早速パイナップル狩りといきますか」

気合を入れると、伸二と若草さんもそれに続く。

「落ちたやつの処理は任せてくれ」

「私も魔法で援護するわ」

こうして俺は、本日二回目のパーティ戦に臨んだ。

（六）【収穫】俺氏、パイナップルを狩る

「ハイブ、右の群れを落とす！　処理は頼んだ」

「お、おう……」

「リーフ、左の群れを狙う！　撃ち漏らしは頼んだ」

「え、えぇ……」

俺の指示に、伸二と若草さんは妙に歯切れの悪い返事を少し前から繰り返している。心なしか、目から覇気が消えていっているようにも感じる。これがリアルなら、戦場にあってそんなことでは自ら死を招くことになるぞと檄を飛ばしていただろうが、ここは仮想世界。皆には皆のスタイルがある。強制はできない。その分は俺が頑張ればいい。そう自分を納得させ、パイナップルの群れに銃弾の雨を降らせ、弾切れになると跳躍しナイフで切り刻んでいった。

「ねぇ、伸二……これ、私たちいる？」

「気持ちは痛いほどわかる、が言うな。虚しさが増す」

「う、うん……でもこれは話に聞いていた以上ね。私の前にいたパイナップルガーの群れ、撃ち漏らしもほとんどなく綺麗にお陀仏よ。それも急所の目を正確に撃ち抜いて。僅かに残った敵もナイフで細切れにされてるし」

「俺の前に落ちてきたパイナップルガーも、全部が急所を四、五発撃ち抜かれて死んでるな」

「浮遊している敵だから援護しにくいってのもあるけど、こうも圧倒的だとは思わなかったわ」

「俺もここまでとは思ってなかった。これは対空攻撃手段を早く習得しないと、この手の敵は全部総に任せることになっちまうな」

「そうね。私も早くリキャスト時間が短くて、狙いのつけやすい魔法を習得するように頑張るわ」

ふたりの会話は銃撃の音と風切り音で全部は聞こえないが、対空攻撃手段の確立と挙動の素早い魔法を習得したいってところは聞こえた。なんだなんだ、やる気に満ちてるじゃないか。覇気のない目なんて判断するのは早計だったな。

しかし、この空飛ぶパイナップル。相手してみるとホントたいしたことないな。旋回速度も上昇速度もドローン以下。直進のスピードだけはそこそこだが、真っ直ぐ近付いてくる以上はただの的だ。もう少し低い位置を滞空するモンスターだったら、伸二でも楽に討伐できるだろうな。

そうこう考えながら手を動かし続けていると、俺たちの周囲にいた空飛ぶパイナップルはすべて沈黙してただのパイナップルになっていた。

「よし、ここらの敵はだいたい片付けたな。どうする？　移動するか？」

「そうだな。だがその前に素材の回収をしよう。地面に落ちてるカットパインを全部拾ってから次に行こう」

伸二のその言葉に従い、足元に転がっているドロップアイテムを手にする。なになに？

【カットパイン：とっても甘くてみずみずしい果実を一口サイズにカットしたもの。酢豚に入れる派と入れない派で常に骨肉の争いを繰り広げている。なお開発チームの山田はこれが原因で奥さんと別居中。現在三年目を迎え、いまでは最愛の娘にすら会うことを拒まれはじめている】

重いわ！　なに骨肉の争いって。山田さん大丈夫!?　奥さんと仲直りしたほうがいいよ絶対。っていうか重すぎて、前半の説明が頭から吹っ飛んだわ。

運営のパイナップルに対する想いに呆れ、山田さんに憐憫の情を抱いていると、背中から小動物のような庇護欲をそそる声が聞こえてきた。

「ソウ君、お疲れ様です。その、すっごくカッコよかったです」

そう言って冬川さんは俺に真っ白でふかふかなタオルを渡してくれた。

なに、この生き物、超可愛いんですけど。一度でいいから「葵を甲子園に連れていって」って言ってくれないかな。全力で白球を追いかける青春に浸かるぞ。

「ありがとう、この世界でも汗ってかくんだね」

そう言いながら額から流れ出る汗を拭き取ると、視界の隅に光っているマーカーのようなものがあるのに気付いた。それはよく見るとスキル習得と書いてあり――

「なんじゃこりゃあ⁉」

いきなりのことに銃弾を腹に喰らった刑事のようなセリフを吐いてしまった。

「ど、どうしたんですか、ソウ君？」

冬川さんが心配そうな顔でこちらを窺っている。いかん、余計な心配をかけてしまった。

「いや、ゴメン。どうも新しいスキルを習得したみたいだからそれでビックリしてさ、つい」

「ええ⁉　それはおめでとうございます。どんなスキルですか？」

「ん、いま開けて――」

「おい待て、お前ら」

スキル一覧画面を開こうとしていると、横から伸二の声が飛んでくる。なんだこいつ、冬川さんとの時間を邪魔する気か？　お前がその気なら仕方がない。全力で相手しよう。さあ――

「スキルってのは大事な情報なんだ。易々と他人に見せるものじゃないし、聞くものでもないぞ」

え、そういう話？

「ブルーは他人じゃないし、俺は構わないぞ？」

「そ、そそそそソウ君⁉」

なぜか赤面してしまっている冬川さんはひとまず置いて、仲二に話を続ける。

「それにハイブだって最初俺に見せてくれただろ？　俺も見せたけど」

「俺だっていまのパーティメンバーになら全部見せられるよ。ただ、スキルやアーツの情報ってのは、信用できる奴以外には見せないほうがいいって話をしておきたかったんだ。それがわかってるのなら、俺から言うことはなにもねえぜ」

そういうことか。要は忠告してくれたんだな。

「そっか。わかったよ、サンキュ」

「じゃあそういうわけで、俺にも見せてくれ、総」

「私もついでによろしくね、ソウ君！」

……おう。なんだろう、この微妙に釈然としない気持ちは。

もやもやとしたものを確実に感じていたが、努めてそれを無視し、スキル一覧画面を開く。


【スキル一覧】
・極（レベル一）↑Ｎｅｗ
発動後三十秒間、弱点部位への与ダメージが一割増加し、非弱点部位への与ダメージが一割低下する。リキャスト時間百八十秒。レベルに応じて効果が上昇する。アクティブスキル。
・赤鬼（レベル一）↑Ｎｅｗ
ＨＰがレッドゲージになると与ダメージが一割増加し、移動速度も上昇する。レベルに応じて効果が上昇する。パッシブスキル。

おお、なんだか強そうな名前のスキルが出てきたな。見た感じ《赤鬼》はデメリットはないな。まぁ発動条件がシビアだから発動してほしくない気もするが。

もうひとつの《極》ってのは、弱点部位というか敵の急所を狙って撃つ俺には、かなり相性のよさそうなスキルだな。ただリキャストが百八十秒もあるから、使いどころは見極める必要があるか。

「見た感じよさそうな気がするんだが、これどうなんだ？」

皆にも意見を求めたが、その答えはおおむね同じだった。

「かなりいいスキルだと思うぜ。特に《極》は総のプレイスタイルにはピッタリだな」

お、伸二も俺と同じ意見か。これは良スキルと思ってよさそうだな。

「私もいいと思うわ。特に名前が強そうってのがいいわね」

やっぱそこ大事だよね。わかる。

「……私も……いい、と思います」

冬川さん、まだ顔が赤いな。風邪引いたんじゃなかろうか。でも、そもそも仮想世界で病気にかかるのかな。それともリアルで風邪引いてるとこっちでも調子が悪いとかあるのかな。無理してないといいけど。

「皆にそう言われると安心してきたよ。サンキュな」

「よかったな、総。これでお前もアーツとスキルの両方が揃ったな」

「ああ」

アーツはまったく使ってないがな。

「よし、それじゃあ次の狩り場に移るか。もうクエスト達成分は狩れたけど、この素材はそこそこの値で売れるからもう少し獲っておきたい」

「オッケー、わかった。さっきみたいに落とせばいいんだな?」

次の狩り場に行こうという伸二の提案にすぐさま応じ、冬川さんと若草さんも頷くことで意思を示す。さてせっかくだし、スキル《極》の効果も試してみるか。《赤鬼》は……いつか機会があったときでいいか。

そう考えていると、聞き覚えのない大人の女性の声が背中から聞こえてくる。

「あの、もし――」

その声に振り向けば、そこにはコックさんの帽子を被った二十代前半に見える女性と、三十代半ばぐらいに見えるガタイのいい男性が立っていた。ふたりの視線からこちらに声をかけたのだというこことを察すると、俺は自分でももう少しなんとかならないかと嘆息するような声で応じた。要は、緊張したのだ。

「はぃい?」

「急に声をかけてすみません。私に、そのパイナップルを売っていただけないでしょうか?」

……はぃい?

(七)【発見】俺氏、生産職を知る

「いきなりごめんなさい、私はサクラ。職業は料理人です。こっちのゴツい髭は半蔵(はんぞう)。職業は鍛冶師で、ついでに私の夫です」

二十代前半ぐらいにしか見えない大人の女性のサクラさん。夫ってリアルでってことですよね？

「おいおい、夫のほうがついでなのかよ。先に言われちまったがサクラの夫の半蔵だ。よろしくな」

こっちは三十代半ばぐらいに見えるゴツい髭――じゃない大人の男、半蔵さん。で、その夫婦ってのは設定なんですか？　リアルなんですか？　その答えによって、ここから去るか話を聞くかが決まるので、教えてくれませんかね。

「よろしく、サクラさん。俺はハイブ、で、こっちの金髪イケメン爆死しろ野郎が総。で、こっちの平らな美少女がリーフで、たわわな美少女がブルーでごがはあっ⁉」

うん、若草さん、いまのは見事な右ストレートだった。とても素人の拳とは思えない殺気の乗り具合が尚よろしい。伸二、アホだな。

「――ゴホンッ。この馬鹿が失礼しました。私はリーフ。魔術師です。先ほど素材を売ってほしいと仰いましたが、具体的にはどの程度をいくらでというお話でしょうか？」

「そうですね……お金は店頭で購入するときの相場と同じぐらいを希望しています。量は二十個ほどを希望いたします」

二十個か。多分それ以上の数を倒したから足りそうではあるな。

「いかがでしょうか？　商業組合に素材を卸すよりは高いと思うので悪い話ではないと思うのですが」

この女性の言うことは正しい。

この世界の物流はリアルに近い状態で行われている。俺たちプレイヤーが素材をＮＰＣの営む商

業組合に卸し、その商業組合が町の商店に卸し、商店はそれをそのまま直接、あるいは加工したものを商品として並べる仕組みだ。つまり町の商店で売られている武具や回復薬などの商品は、俺たちプレイヤーが素材を採取しないと品不足に陥ってしまう。この採取と消費のバランスを保つために運営も採集を専門的に行うＮＰＣなどをいくつか町に配置しているという話だが、それでもけしてデータ自体の操作は行わないらしい。

俺たちプレイヤーはその多くが素材を商業組合に卸しているが、中にはその素材を採ることを専門にしている採取家と呼ばれるプレイヤーや、素材から商品までを自作する生産職と呼ばれるプレイヤーがいる。サクラさんは料理人、半蔵さんは鍛冶師だから、ふたりとも生産職ということになる。生産職のプレイヤーには素材が必須だから、商店から素材を買うよりもこうして自分でフィールドに出て採取したほうが圧倒的に安上がりなのだ。

では生産職は皆自力で素材を集めているかといわれると、それは逆に少数派だ。生産職は、俺たち戦闘職と違ってモンスターを倒す能力が低い。リスクのほうが高いのだ。だからこうしてフィールドに出たはいいが、採取が上手くいかず戦闘職のプレイヤーと直接品物のやり取りをしようとする生産職もいる。俺はこのふたりもそうなのだろうと考えていた。あるひとつの疑念が晴れればの話だが。

その疑念を確かめるために、ふたりに質問を投げかける。

「確かに俺たちが素材を商業組合に卸すよりも高く買ってくれるなら俺たちには得ですけど、それだとあなた方のメリットはあまりないのでは？」

そう、提案している側のメリットが見えてこないのだ。旨い話には必ず裏がある。その裏が果たしてなんなのか、それがわからない限りこの話はあまり乗り気にはなれない。

「そうですね。値段だけでいえばその通りです。でもあなたたちがいま持っている素材と、店頭に並んでいる素材では新鮮さが決定的に違うんです」

「新鮮さ、ですか？」

思わず聞き返す。勿論リアルでは、食材の鮮度は子供でも当たり前に知っている事柄だ。だがその鮮度が、まさかこの仮想世界にも適用されているとは思わなかったのだ。ほかのメンバーの驚いている顔を見るに、そう考えていたのは俺だけでないこともわかる。

「この話をすると皆さん驚かれます。ゲームで素材に鮮度があるなんて発想、あまりありませんよね。でもこの世界ではそれがあるんです。それも、非常に現実に近い状態で」

さすがリアルを追及するとチュートリアルで謳っていただけのことはあるな。生産職にも容赦ねぇ。

「なので、私はどうしても新鮮な食材を手に入れたかったんです。店頭に並んでいるものはどれも鮮度がイマイチでして」

そういうことなら合点がいった。素材については商業組合で売るつもりだったが、それならこの人たちに譲ってもいいように思える。ほかのメンバーにもそれでいいかと確認を取ると、幸い皆考えていることは同じだったようで、俺たちは手持ちの素材をアイテムボックスから二十個取り出しふたりへと渡した。

「ありがとう。えっと、いまナゴの町ではカットパインひとつで三百フォンだから、二十個で六千フォンでいいかしら？」

「俺はいいけど――」

皆の顔を見れば異論はなさそうだ。そのまま了解し、金銭を受け取る。何気に初めてこの世界のお金を手にしたことにひっそりと感動も覚えていたりする。ちなみにこの世界の通貨が《フォン》だというのはいま知った。いまさらすぎる。

「どうも」

代表して受け取ったが、これは勿論皆で四等分だ。ほかの三人はこれはほとんど俺が落としたものだから報酬も俺のものだと言ってくれたが、それだけは頑として譲らずキッチリと四等分した。チームの戦利品はチームのものだ。幼少の頃より親父から言われてきた言葉だが、まったくその通りだと思う。

親父で思い出した。もう少ししたらログアウトして、瑠璃と母さんが帰ってきてないか様子を見よう。俺がそのことを告げようとすると、サクラさんはアイテムボックスから机と椅子を取り出し平原に並べ始めた。え？　なにするの？　てか凄い光景だな。青いメカの四次元ポケットかよ。

「皆どうもありがとう。お礼に私の手料理をご馳走するわ」

その言葉に若草さんは声を跳ね上げる。

「え！　いいんですか⁉」

「勿論、私からのせめてもの気持ちよ」

「やったな、総。料理人の料理って結構貴重で、食べる機会なんてそうそうないんだぞ」

テンションを上げて喜びを表現する若草さんと伸二に、俺の思考は完全に置いてきぼりを食らう。え、料理ってただのアイテムだろ？　ゲームの世界で食事するのがそんなに嬉しいのか？　実際に味がするわけでもなかろうに。

俺が戸惑っているのに気付いたのか、伸二が声をかけてくる。

「お前、もしかして料理のこと知らなかったのか？　そりゃこのゲームの半分を損してるぞ」

なんだと……半分もか。

「どういうことなんだ？」

「料理ってのは、食えば回復したり能力に補助が付いたりするのは知ってるか？」

「ああ。でもＮＰＣから買う料理はあまり効果は高くないし、なにより味がしないんだろ？」

味がしない料理というのは思いのほかキツイ。親父に放り込まれたジャングルでそれは嫌というほど体験した。まだこの世界の料理は口にしたことはないが、その情報を聞いた俺は、とてもそれを食べたいとは思わなかった。

「ＮＰＣのはな。でも生産職の――ってか料理スキルを持った人の料理は、現実に負けず劣らずの味を再現できるんだ」

なん……だと……。それはあれか、仮想世界の中で食事を――味覚を楽しむことができるということか。なんだそれ、リアルすぎだろ。そこまでできる技術とか逆に心配になるレベルだぞ。

「だけど生産職のプレイヤーが作るものは、ＮＰＣよりも性能がよかったりする分高いし、なによりその数が少ないから流通自体あまりしてないんだ」

そうか、それであんなに喜んでいたのか。

「なるほどな、さっきの反応の意味がよくわかったよ」

俺が納得していると、サクラさんは上機嫌な笑みを浮かべこちらに近付いてきた。

「そんなに言ってもらえると嬉しいわ。でもあなたたちも料理自体はできるかもしれないのよ」

「え？」

その言葉に若草さんは信じられないといったような表情を浮かべる。ちなみに冬川さんはニコニコしながら机と椅子を拭いたりしている。なにあれカワイイ。

「この世界で物を作るにはスキルの恩恵が非常に重要。それ自体は間違っていないわ。でもね、この世界では逆にプレイヤーのリアルでの能力次第で、スキルと同等か下手をすればそれ以上の力を発揮することもできるの。とっても難しいんだけどね」

その言葉を聞くと伸二と若草さんが揃って俺を凝視する。その「ああ、こいつのことか」と言わんばかりの顔に俺も言いたいことはあったが、サクラさんの話を遮るわけにもいかずにそれを努めて無視する。

「それがわかったのは割と最近なんだけどね。普通ゲームの中にスキルがあって、それを使えって言われたら使うじゃない」

それはよくわかる。俺もゲーム初日、それで随分悩まされたからな。

「でも、私はリアルでもプロの料理人として働いているから、このゲームの中にあるスキルだけでは満足できなかったの。で、ある日ほんの気まぐれでスキルにないことをしようとしたら、できちゃったの。もうあのときの感動はいまでも忘れられないわ」

サクラさんはリアルでも料理人なのか。リアルでも料理、ゲームでも料理。本当に料理が好きなんだな。

「じゃあ、私たちでも料理ってできるんですか!?」

このゲームの新しい可能性が見えたことで若草さんが食い入るように質問する。やっぱり女性にとって料理って特別な想いがあるのかな。

だがサクラさんはその質問に少し難しい顔をして答える。

「う～ん、できるかもしれないとしか答えられないわね。どう言えばいいかしら……あ、そうだ！　これから私と一緒に作ってみない？　それで上手く伝えられると思うわ」

おっと、そういう流れか。

(八)【惨敗】俺氏、生産する

俺はいま、パイナップル畑の広がるフィールドで、お料理教室に参加している。自分でもなにを言ってるのかわからなくなってくるが、もうそうとしか言いようのない状況だ。俺たちからパイナップルガーのドロップアイテム《カットパイン》を購入した女性――サクラさんの計らいにより、料理スキルがなくとも料理ができるというところを見せてもらう&体験することとなった俺たちは、彼女から言われるがままに動いていく。

「さ、これで準備はオッケーね。早速始めましょうか」

サクラさんはアイテムボックスから携帯用のキッチンセットを取り出すと、人数分の包丁を用意して俺たちに配ってくれた。よく手入れされた、とてもよく切れそうな包丁だ。武器として欲しい。

「え～っと、皆は料理の経験はどれくらいなのかしら？」

サクラさんからの問いに、彼女に近い伸二、若草さん、冬川さん、俺の順で答えていく。

「俺はまったくだな。得意料理はカップ麺とレトルトカレー、あとレンジでチンする系ぐらいだ」

それ料理とは言わねぇよという視線を皆からたっぷりと浴びた伸二の次に、若草さんが少し緊張した様子で答える。

「あ、私は母の手伝いで下ごしらえだけしてます。その、味付けとかは……いま勉強中です」

料理教室に通っている生徒みたいだな。本人もそんな感覚に陥ってるから緊張してるのかな？

「私は朝ごはんだけ毎日作っています。お昼と夜は時間があるときにお手伝いするぐらいです」

冬川さんも緊張しているけど、この子はいつも緊張している気がするから、若草さんと一緒の理由かどうかはわからないな。にしても朝ごはんを毎日か。偉い、偉すぎるだろ。あ、俺の番か。

「えっと、料理というかサバイバルとかはよくしてました。ナイフがあればたいていの動植物はバラせます。味付けとかは大雑把ですけど、猪、鹿、蛇あたりの料理はよく作りました。熊も経験は少ないけどできます」

「そ、そう……最後のはよく意味がわからなかったけれど、皆のことはだいたいわかったわ」

嘘はいけないから割とありのまま話したが、やっぱ引かれたか。まぁ普通引くよな。俺も引いたからな、熊を鍋にしたとき。親父は喜んでいたけど。

「じゃあ皆、まずは食材を切ってみましょう。まな板の上にあるタマネギを切ってちょうだい」

そう言われ俺たちは包丁を手にタマネギを刻んでいくが、早くもここで明暗が分かれた。俺たちが切ったタマネギは見た目はどれも同じぐらいだが、サクラさんに言われそれを一切れ口にしてみたとき、それは起こった。

「「美味しい⁉」」

「「ぶはっ不味！」」

女性陣と男性陣で見事に意見が割れた。これは男女のアバターによって味覚に違いがあるためだとかではなく、純粋に調理の腕の差だろう。俺は思ったことを口にする。

「これは食材に対する包丁の使い方、ですか？」

するとサクラさんは人差し指を立て俺に満面の笑みで答える。

「正解。女の子ふたりは普段使ってるだけあってタマネギに対する包丁捌きは十分合格点ね。でもハイブ君は包丁の使い方が不十分。ソウ君は……包丁を使うだけなら私でも寒気がするような切り口だけど、残念ながらタマネギの正しい切り方ではないわ。タマネギにはタマネギの、肉には肉の正しい切り方がいくつかあるの。それには角度や力加減を巧みに調整する必要がある。上手く切れた女の子の食材はいまの時点でもそれなりに美味しくて、上手く切れなかった男の子の切った食材は美味しくない。　度失敗すると、このあとなにをしてももう美味しくはならないわ。リカバリーが利かないという意味では、リアルよりもシビアかもね」

なるほどな。料理人とかはスキルでこういった能力を得ることができるから、料理が上手く作れるのか。そしてそのスキルをリアルでも持っている、あるいはこちらの仕様に合わせる腕のある人は同じように作れて、持ってない俺たちのような奴らが作るとゴミと化すと。今後、俺と伸二は料理禁止だな。

「じゃあ、男の子たちはここでリタイアして、女の子たちは次の工程にいきましょうか」

「「は〜い」」

「「はーい……」」

残念だがこれは仕方がない。俺と伸二はそのまま隅のほうで座っている半蔵さんの横に移動した。

「残念だったね、ふたりとも」

顎髭が特徴的な半蔵さんが声をかけてくれる。見た目のゴツさを感じさせない優しそうな声だ。

「そうっスね。まぁできないもんは仕方ないっスよ」

伸二は目上の人にはそういう喋り方をするのか。それ、社会人だと通用しないってことをいつか教えてやろう。

「そういえば、半蔵さんは鍛冶師なんですよね？　あの包丁も半蔵さんが作られたんですか？」

「あぁ、妻は私の作ったもの以外は使いたがらなくてね」

「へー、ラブラブっスね」

伸二の言葉に半蔵さんは照れながらも言葉を続ける。

「私もリアルでは刃物に携わる仕事をしていてね。私たちはふたり揃ってリアルの仕事をこっちでもやっているんだ」

俺はリアルと違うファンタジーを求めてこの世界に飛び込んだが、ふたりはなにを目的にこの世界に来たのだろう。俺はそれがどうしても気になり口にする。

「サクラさんと半蔵さんは、なにを求めてこのゲームをしているんですか？」

俺の問いに半蔵さんは手を顎に当て、少しの間黙ったあとに口を開く。

「そうだねぇ。私たちはここでゲーム、というか冒険がしたくてゲームを始めたわけではないんだ。この世界はすっごくリアルに作られているだろ？　だから、もしかしたらこの世界でも料理や鍛冶の練習や試行ができるんじゃないかって考えたんだよ。調べるとそれがどうも本当にできそうだったんで、夫婦揃ってやってみたって話さ」

　リアルだとお金がないとできないことが、この世界ではゲーム内通貨があればできるからな。初期投資はかかるけど、ランニングコストを考えればこっちのほうが遥かに安上がりだな。なるほど、それで職人の夫婦で揃ってやっているのか。

「でも、スキルで作ったものはどれもだいたい同じ出来だったから、適当なところで辞めるつもりだったんだ。だけどサクラがスキル以外のこともリアル同様に正しいやり方ですればできることを発見してからは、もう世界が変わったよ」

「世界が変わる、ですか」

「あぁ。やり方を僅かに変えただけで出来は結構変わるし、新しい手法を試したらまったく新しいものを作り出せたりもする。しかもリアルに忠実で理論的でもあるから、一部は現実にも反映することができるんだ。ひとつひとつの動作は基本に忠実でないといけないから、技術の反復練習にももってこいだしね。いままではすっかりこのゲームにハマりこんでしまったよ」

　半蔵さんはワクワクの止まらない子供のような笑みで俺たちに語りかける。聞いているこっちにまでワクワクが移ってしまいそうな笑顔で。

　あ、そういえば生産職について聞こうと思ってたことがあったんだった。

「最初は皆、戦闘職のどれかに就いてますよね。半蔵さんたちはどうやってジョブチェンジしたんですか？」

　戦闘職のことしか考えてこなかったからそこら辺の知識はサッパリだ。伸二に聞こうと思ってたけど、いまのいままで忘れてた。

「そこはハローワークの出番だよ。戦闘職はジョブチェンジするのにやることが結構たくさんあるけど、生産職はハローワークが定期的に開いてる講習、というか研修のようなものを一定数履修すればいろいろなものに就くことができるんだ。まぁその研修ってのが面倒っていう人も多いんだけどね」

そういうことか。じゃあ冒険よりも生産がしたい人にとってはそこまでハードルの高いゲームにはならないわけだ。

「なるほど、よくわかりました。半蔵さんたちのようにあまり冒険とかには興味ない人は多いんですか？」

「全体で見れば冒険をしたい人のほうが多数だと思うよ。でも私たちのように生産をするのが目的の人や、中には趣味をするためにこのゲームにインしている人たちもそれなりにいるよ」

趣味？　趣味ってあの趣味だよな。この世界で趣味って関係あるの？

俺が不思議そうな顔をしていると、横で聞いていた伸二が俺の疑問に答えてくれた。

「このゲームは、冒険だけじゃなくて生産や趣味なんかもできるような自由度の高さが売りだからな。釣りもできるし、スポーツもできる。ウルマの町にある総合運動場は凄い人気施設だし、釣りとかだってそこらの釣りゲーよりよっぽど臨場感がある。このゲームはそういう層にも支持されているんだよ。まぁ、大半は冒険をしつつ趣味を楽しむって感じだけどな」

なるほどな。このゲームが多くの人に支持されているのには、そういう背景もあるわけか。自分のリアルでの能力がそのまま反映されるからスーパーマンにはなれないけど、遊ぶためのハードルが低いから手軽に手を出せると。あ、でもスキルやアーツを習得していけば、リアルよりも凄いプレイもできるのか。もしやリアル少林サッ〇ーの再現もできたりするのか？

「ホントになんでもできるんだな、このゲーム」

その後も俺たち男子陣は、女性陣が料理に一生懸命な間それぞれの話で盛り上がった。途中半蔵さんからナイフ捌きを見せてほしいと言われ披露したとき、急に真剣な顔になっていたが、職人ならではのなにか思うところがあったのだろうか。

そうこう互いに盛り上がっているうちに、女性陣が完成した料理をお碗についで持ってきてくれた。その中身は俺たち日本人なら誰もがお袋の味として懐かしむもの。

「味噌汁か。くぅ〜美味そう」

食べる前から舌鼓を打つ伸二だが、これにはまったく同意だ。これはわかる。絶対美味いやつだと。日本人としての本能がそう告げるのだ。半分しかないが。

お椀を持つと味噌の香りが鼻腔をくすぐる。溶かした味噌からは真っ白な豆腐とタマネギ、そしてワカメが顔を覗かせている。絶対美味いやつだって、これ。

女性陣からの召し上がれの声を聞き、俺と伸二は火傷しないようにゆっくりと味噌汁を口にする。

――いい。

やっぱり味噌汁は心を落ち着かせる。しかもそれが同い年の女性が作ってくれたものだという事実がまた心躍らせるスパイスとなって、感動を一段階引き上げる。心なしか体が少し軽くなったような錯覚に陥る。

「どう？　美味しいでしょ、ブルーちゃんの味噌汁」

これ冬川さんが作ったやつか。まったく最高だな。

「凄く美味しいよ、ブルー」

「あぁ、メッチャ美味いな、これ」

俺と仲二の心からの賛辞に、冬川さんは顔を赤らめてぼそりと答える。

「あ、ありがとう、ございます」

なにこれカワイイ。

「ん？　リーフが作ったのはどうしたんだ？」

あ、そこ聞きますか、仲二さん。

「私のは……その……ちょっと味付けに失敗しちゃってね」

若草さんが言いにくそうなのを察して、サクラさんがフォローを入れる。

「途中まではよかったんだけどねぇ……出汁を作る工程が上手くいかなくて。それでもあそこまでできるんなら、これから頑張ればきっと料理の上手な女の子になれるわ。プロの私が保証する」

「あ、ありがとうございます！」

サクラさんからのフォローを受け、若草さんの顔がパッと晴れる。さすが大人の女性。フォローもしっかりしてるな。

場の空気が和んだのを見て、冬川さんの料理について触れる。

「でも、サクラさんの話だと、スキルに頼らずに生産するには、その筋のプロ並みの腕が要求されるんですよね？」

「ええ、そうね。おおむねその認識でいいと思うわ」

「じゃあ、ブルーの料理の腕はプロ級ってことですか？」

「味噌汁作りに関してはそう言えると思うわ。でもこれより難しい料理は山ほどあるから、ほかの料理もマスターできれば、ハッキリとそう言えるんじゃないかな」

なるほど。しかし味噌汁作りのプロでも俺は全然凄いと思うんだけどな。むしろ最高だろ。主に嫁的な意味で。

「ブルーちゃんが憧れの王子様を射止められるかは胃袋を掴めるかにもかかってると思うから、頑張ってね。お姉さん本気で応援しちゃうから」

「さ、サクラさん⁉」

サクラさんからのエールを受け冬川さんが一瞬で顔を茹で上がらせる。いや待て、なんだその王子様って。冬川さんにそんな人いたの⁉　くそぅなんて羨まけしからん男だ。結ばれたら俺も祝福してやるよ、個人的に。とりあえず体育館裏な。

それからなんやかんやと盛り上がり、最後はサクラさんお手製のゴーヤーチャンプルーをご馳走になったのだが、またこの料理が凄かった。ゴーヤーの苦みをマイルドに包むふわふわの卵。食べごたえのある島豆腐と柔らかい豚肉のコントラスト。もうこれは一種の芸術の域に達してやしないだろうかと何度も思った。さすがプロ。それがし、感服仕りました。

たっぷりと料理を堪能したあと、それぞれにフレンド登録してから別れることにした。

「じゃあ、私たちはそろそろ行くわね。私たちはウルマの町でお店を開いているから、町に寄ったときにはまた顔を出してちょうだい。サービスするわよ」

「はい、そのときはよろしくお願いします」

サクラさんのどこまでいっても明るい言葉に俺も元気よく答える。そのまま女性陣が横でゴニョゴニョと話し出したのでそれを眺めていると、脇から半蔵さんが声をかけてきた。

「ハイブ君、ソウ君、これからもよろしくな」

「「はい、こちらこそ」」

かぶった。ちょっと恥ずかしい。

「ところでソウ君、もし武器のことで悩みがあれば、一度私のところに来てみてくれ。助けになれるかもしれない」

「はい、そのときは是非」

半蔵さんの作った包丁の出来は見事だったからな。機会があればと言わず、なんとかして行こうと思う。

それから俺たちはサクラさん、半蔵さんと別れ、ナゴの町へ向かった。道中ふと目に入ったオレンジ色に染め上げられた平原が、俺の心をまったりとした気分にさせる。もう夕方かぁ……。

——夕方じゃねえか！

そこまで来て俺はようやく瑠璃と母さんのことを思い出し、町へ着くなり伸二たちに事情を説明し早々にログアウトした。ヤバい。

(九)【帰還】俺氏、日常へ帰る

伸二たちとナゴの町で別れログアウトしたときには、時刻はすでに夕方の六時を回っていた。ヤバい、この時間だともう絶対に瑠璃と母さん、買い物から帰ってきてる。もしかしたら夕飯先に食べてるかも。

　自分の部屋を出ると、急いで居間へと向かう。この時間なら母さんはまず間違いなく居間にいるか、台所で食事の準備をしているかだからな。だが居間へ向かう途中で、ある異変に気付く。

　──居間にも台所にもいない。ってかなんで瑠璃の部屋に母さんの気配があるんだ？

　そう疑問に思いながらも、部屋の前まで行き、ノックをしようと軽く手を上げる。すると、同じタイミングでふたりの声が部屋から漏れ聞こえてきた。

「あっちゃあ、こんな時間になっちゃった。総ちゃん、もう起きてるかな」

「お母さんがあんなことに夢中になってるからだよ？」

「ゴメンね、瑠璃。早くごはんを作らないといけないから、お母さん先に行くわよ」

　その言葉が聞こえてすぐにドタドタと足音が響き、そして、

　──ゴン
「あら、総ちゃん、そんなところにいたの」

　痛い。

「あぁ。いまゲームからログアウトしたばっかりでボーッとしてた」

「ゴメンね。でもこれを避けられないなんて、総ちゃんよっぽどボーッとしていたのね」

　自分でぶつけておいてその言い草かと思わなくもないが、確かにいままでの俺ならこのぐらいは余裕で避けていただろう。実際部屋の中の状況は漏れ聞こえた声で理解できていたから、あの展開も余裕で読めた。それでも敢えてドアの前から退かなかったのは、ちょっと寝ぼけ気味の頭をリフレッシュしたかったからと、時間を忘れて遊んでいた自分への罰。予想以上に勢いよく開けられた

から、思っていたより痛かったけど。

「まあね。それよりふたりで部屋に閉じこもってなにしてたの？」

「ふふっ、秘密よ」

「ふふん、秘密なの～」

腕組みしている母さんの後ろで、瑠璃も真似をして腕を組み仰け反っている。写真撮りたい。

「なんだよそれ。まぁいいや、晩飯どうする？　まだ準備できてないならなにか手伝おうか？」

純粋に手伝おうという気持ちが半分と、ＩＥＯで自分の料理の腕前がダメダメだとわかったので、リアルでの調理に興味が出たという気持ちが半分。野外でのサバイバル術だけじゃなく、家での家事スキルにも少し目を向けるべきだと思ったのだ。

だが俺の言葉に母さんは微妙な表情を浮かべる。

「う～ん……気持ちはありがたいけど、総ちゃんがキッチンに立つのは少し怖いかな。瑠璃が刃物の使い方を真似しちゃいそうで」

どうも母曰く、俺や親父は包丁を扱うときの動きがほかと違うらしい。〝切る〟ではなく〝斬る〟もしくは〝ＫＩＬＬ〟になっていると言われたことがあるが、いまでもその違いはよくわからない。

今日皆と挑戦したタマネギを切るという工程も、おそらくそれが原因で失敗したのだと思う。その反省をリアルでしてみようと思ったのだが、こうハッキリ言われたらこれ以上は頼めないな。それも瑠璃に危害が及ぶ可能性があるならなおさらだ。

「わかった。じゃあ、その間に風呂いれとくよ」

「ありがとう。できたら言うから、それまでゆっくりしてなさい」

「あぁ、そうするよ」

それから俺は風呂を洗って湯を張ると、食事ができるまでソファでくつろぐことにした。

今日もいろいろなことがあった。伸二以外と初めてパーティを組んで、若草さんや冬川さんと打ち解けられて、ゲームで知り合った人たちとフレンドになって。どれもこれまでほとんど経験したことないものだ。これからもそれが続くといいな。

そんな感傷に浸りつつ、母さんから声がかかるまでの間、スマホでIEOの情報をいろいろと検索する。その中で特に念入りに調べたのは《魔法》に関して。現在わかっている範囲では、魔法を使うには魔術師といった職業に就くのが一番の近道らしい。魔法を覚えるためにはあるスキルが必要なのだが、いま現在でそのスキルを魔法職以外で習得する方法は判明していない。

ならば次はジョブチェンジだと指を進めていくが、ジョブチェンジについても特に真新しい情報はなかった。俺のいまの職業《ガンナー》からほかの戦闘職にジョブチェンジするためには、いくつかの素材、そして指定モンスターを討伐することで貯まるポイント、それらを揃えたうえでさらに、ある特殊なイベントを発生させる必要がある。そのイベントというのは、各町のどこかにいるNPCから職業についての教えを受けるというものだが、目的の人物に会えるかどうかは運の要素も絡むらしい。どういうことかとさらに調べたが、これはNPCの性質を知ることで理解できた。

通常のゲームであれば受付をしているNPCはずっと受付をしているが、このゲームでは彼らにも生活リズムが存在する。つまり、ゲームの中のNPCにも家族がいて、それを支えるために仕事をしているのだ。さすがにNPCの子供たちの学校とかまではないが、多くのNPCは日が昇ったら仕事をして沈んだら家に帰るという動きをしている。勿論夜間や深夜帯でしかプレイできない人たちのために、夜勤帯で働くＮＰＣもいるが、それだって現実と同じようにシフトを組んで交替で行われている。おまけに休日にはどこかに出かけることもあるらしく、お目当てのＮＰＣに狙ったタイミングで必ず会えるとは限らないということだ。

本当にリアルに作り込まれている。もしかしてＮＰＣと友達になったりもできるんだろうか。だがこの分だと、俺が魔法を使える職業に就けるのはもう少し先になりそうだな。

「総ちゃ〜ん、できたわよー。運ぶの手伝ってー」

もうそんな時間か。夢中になっていると時間の流れはあっという間だな。

「お兄ちゃ〜ん、できたよー」

マジ天使。

「あぁ、いま行くよ。ありがとう」

食事と風呂を終えてから、俺は再びＩＥＯにインしていた。最初はあまり家族を放っておくのもよくないと思い、居間で一緒にテレビでも見ようかと思っていたのだが、瑠璃と母さんはふたりでやることがあるからとそのまま瑠璃の部屋へと行ってしまった。なにをしているか気にならないといえば嘘になるが、それはすでに秘密と言われてしまっている。なら話せるときが来るまで俺は待てばいい。ということで、俺もゲームの時間をたっぷりと確保することができたわけだ。

しかも明日は日曜日だから、多少の夜更かしも大丈夫ときている。これはインしないわけにはいかないだろう。ただ明日の午後は伸二たちと集まる約束をしているから、それには間に合うように程々にしないといけないな。

さて、これからどうするか。とりあえずナゴの町でも探索するか。そう思い町の中をぶらついていると、伸二からのチャットが飛んでくる。

【お、総もインしてたのか。狩り行くなら一緒に行かねえか？】

ん〜どうするかな。まぁたいした目的もなかったし、いいか。

【オッケー。どこに行けばいい？】

【俺が総のところまで行くから場所を教えてくれ】

わかりやすそうな目印をそのまま伸二に伝える。しかし「ぱふぱふワールド」とか「筋肉隆々館」とか二度見するような看板がちらほらあるな。このゲーム、R指定はそこまで厳しくなかったと思うけど大丈夫なのか、あれ？

俺はイケナイ雰囲気を醸し出す看板から目を逸らすと、次に町を行き来する人たちを観察した。多くは戦闘職と思われるプレイヤーであり、鎧や冑を着けていたり、腰に武器を携帯している人が目に付く。それ以外の人もいちおうはいるが、それがおそらく生産職と呼ばれる人たちなのだろう。サクラさんや半蔵さんの話では、プロの職人とかも興味本位や研究、修業の目的でこの世界にインしているということだから、あの中にはもしかしたらリアルでも職人の人がいるのかもな。ま、それは戦闘職のプレイヤーにもいえることだが。お、伸二、来たか。

「わりぃ、待ったか、総」

「いや、全然。で、どこに行くんだ？」

「ちょっとダンジョンに挑戦したくてな。強いモンスターがウヨウヨいるし、総と一緒に行きたかったんだ」

強いモンスターか。これまで雑魚しか相手にしてなかったからそういうのはちょっと燃えるな。

「いいな、それ。早速行こうぜ」

「よし、ここから北に行ったとこにあるダンジョンに行こう。二、三時間もすれば着くと思うぜ」

それなら寝る時間はしっかりと確保できそうだな。

「そんな近くにダンジョンってあったんだな。てっきりもっと遠くにあるかと思ったが」

この異様に広いフィールドをあの鬼畜運営が持て余すとは思えないしな。

「ダンジョンはいくつかあるからな。これから行くのはその中でも一番町に近いダンジョンだ。遠くのとかだと徒歩で片道一週間ぐらいかかるって聞いたぜ」

遠すぎだろ、馬鹿じゃねえのか。あれ、でも待てよ、近いってことは……。

「そんなに近いんじゃ人も多いんじゃないのか？」

「初めのうちはメチャクチャ多かったけど、いまは皆遠くのダンジョンやまだ未発見のダンジョンなんかを探してて、そこまで多くはないぜ。すでに目ぼしいお宝は取り尽くされてるしな。総と同じで新規プレイヤーもいるとは思うが、まぁそこら辺を言い出せばどこのフィールドも似たようなもんだよ」

「なるほどな」

しかし未発見のダンジョンを探し、お宝を探すプレイヤーか。冒険者でもあるんだろうが、トレジャーハンターみたいだな。

「よし、じゃ出発しようぜ」

俺と伸二は意気揚々とダンジョンを目指し、夜のフィールドを駆けていった。

IEO 掲示板～その弐～

【IEO】イノセント・アース・オンラインスレ

203　名前：名無しの冒険者
いつになったらオキナワのボス倒せるんだ……

204　名前：名無しの冒険者
運営にはもの凄い数の抗議の声が上がってるらしいが全然動かないらしいぞ

205　名前：名無しの冒険者
最近ボス攻略は攻略トップギルドに任せて生産やら趣味やらロールプレイやらに集中してるやつも多いらしいな
かくいう俺も来週はギルドで野球に興じる予定だ

210　名前：名無しの冒険者
ぶっちゃけここにいる奴で真面目にボス攻略狙ってる奴どんだけいるよ？
ちなみに俺は先週心折れた

213　名前：名無しの冒険者
うちのギルドはまだ全然諦めてないぞ
この前ようやくHPゲージを黄色にできた
それから先は聞くな

215　名前：名無しの冒険者
うちは半々だな
狙ってはいるけどブラブラしたりもしてる

216　名前：名無しの冒険者
無理、心折れた

217　名前：名無しの冒険者
膝に矢を受けてしまってな……

219　名前：名無しの冒険者
>>213
半分削っただけでも凄くね？
少なくとも上がってる情報の中じゃ上位じゃね？

222　名前：名無しの冒険者
だな
どこのギルドかは聞けないが、どこかの有名どころの攻略組だろうな
応援してる

224　名前：名無しの冒険者
>>213
倒したら討伐動画上げてくれよ
待ってる

225　名前：名無しの冒険者
ボスのHPゲージを赤にしたって報告はないんだっけ？

230　名前：名無しの冒険者
>>225
報告ではゼロだな
売名行為と冷やかしのアホは除く

231　名前：名無しの冒険者
パーティ構成はどんなのがいいんだ？
話せる範囲まででいいから教えてくれ

232　名前：名無しの冒険者
>>231
8人構成だよな？
ヘイト管理のできるタフな奴が２人
回避上手くてコツコツ削れる奴が１人
回復と妨害手段のある奴が２人
高火力で畳み込める奴が２人

回攻撃食らったら死ぬし、紙防御の魔法職とかはワンパンすらあり得るレベル

250　名前：名無しの冒険者
どうしろって言うんだよそんなの……

255　名前：名無しの冒険者
俺もおおむねその構成で異論はないが、一番キーになってくるのは回避の上手くてコツコツ削れる奴だと思う
できればそいつもヘイトを引き受けることができるぐらいの火力が欲しいな
そうすればヘイト管理役の空いた穴で火力職かバランス職、もしくは回復職入れられる

260　名前：名無しの冒険者
>>255
そりゃそれができるならそうかもしれないが、それ滅茶苦茶難しいぞ
回避ができる身軽な奴はだいたい防御系のアーツやスキル取得してないから紙装甲なこと多いし
そいつがミスって死んだ瞬間そのパーティの運命が決まる

267　名前：名無しの冒険者
もしそんなやつがいたら是非うちに来てほしいけどな
いればな

270　名前：名無しの冒険者
そんなのいたら攻略組が放っておかないだろ
めぼしいソロの実力者は勧誘されてるからな

272　名前：名無しの冒険者
まだサービス開始から１ヶ月ちょいしか経ってないし、まだまだ新規増えていってるから望みはあるだろ

あとの１人はご自由に
こんな感じか？

235　名前：名無しの冒険者
おおむねそんな感じだろ
そもそもあのチートボスに挑める最大人数が２パーティの８人までってのがイカレてる
正直その倍でも全然キツイ

238　名前：名無しの冒険者
>>232
理想を言えば回復手段を持ってる奴がなにかしらの遠距離攻撃の能力も持っていてほしいな
回復しかできない奴はよっぽど特化してないとキツイし、それだけ特化した回復手段持ってるとヘイト管理の難易度が跳ね上がる

240　名前：名無しの冒険者
なるほどな
じゃあボス攻略に一番重要なのは回復手段を持つ奴って感じか

243　名前：名無しの冒険者
>>240
じゃないかな
とりあえず誰も死なないように維持するのが大事だと思う
１人死んだ瞬間難易度が跳ね上がる

245　名前：名無しの冒険者
割とよく聞くパーティ構成だけど、まぁまぁ作りやすくて堅実ないい構成だとは思う

248　名前：名無しの冒険者
うちのパーティそんな感じの構成だけど
この前ボスに瞬殺されたな
あのボス一撃が重すぎる
防御アーツ使える職以外はだいたい２

三行以内で詳細求む

323　名前：名無しの冒険者
>>320
女を囲んでいる野郎３人ありけり
ある時これを１人の男が救う
その者超絶テクで３人を瞬く間に滅する

326　名前：名無しの冒険者
>>323
サンキュー
１対３で勝つとか凄いとは思う
けど、そこまで騒ぐほどのことか？

330　名前：名無しの冒険者
>>326
動きの質がヤバい
攻撃と回避のアーツを同時に使ってるとしか思えん動きだ

333　名前：名無しの冒険者
アーツの重複使用ってできないだろ
それとも攻撃と回避の交ざったアーツなのかこれ

335　名前：名無しの冒険者
よく見ろコイツの装備
武器だけじゃなくて服装も初期装備だぞ

340　名前：名無しの冒険者
相手は盗賊か拳闘士っぽいな

342　名前：名無しの冒険者
助っ人はガンナーで間違いないな
双銃はガンナーしか装備できない武器だからな

344　名前：名無しの冒険者
コイツ双銃とナイフ使ってるけどガンナーってナイフも使えるのか？

280　名前：名無しの冒険者
>>272
お前は新規になにを期待しているんだ

290　名前：名無しの冒険者
廃人思考の奴は皆スタートダッシュ組
いまからやり始める奴は人気の出てるゲームに興味の沸いたニワカ
あとはわかるな？

292　名前：名無しの冒険者
お前らピリピリしすぎだろ
まぁ気持ちはわからんでもないがな

293　名前：名無しの冒険者
横から失礼
ちょっとナハでとんでもないものを見たんだが
とりあえずこの動画を見てくれ
↓
http:// [redacted]

295　名前：名無しの冒険者
おいおい、変な動画とかじゃないだろうな

296　名前：名無しの冒険者
怖いから俺はノータッチで
お前ら報告頼む

308　名前：名無しの冒険者
……は？

310　名前：名無しの冒険者
なんだこれ……

311　名前：名無しの冒険者
これなに？
なんかのイベントかなにか？

320　名前：名無しの冒険者
PCの調子が悪くて見れん

370　名前：名無しの冒険者
>>364
スマンな、たまたまその場に居合わせただけだ

376　名前：名無しの冒険者
なぁ……最後の蹴り技？　か投げ技？　みたいなのは何だ？
ちょっと鳥肌立ったんだけど

380　名前：名無しの冒険者
あんなアーツあるのか
このゲームの可能性をちょっと舐めてたわ

381　名前：名無しの冒険者
こいつもしかしたらジョブチェンジでガンナーになったんじゃねえか？
その前の職で盗賊や拳闘士、それか忍者とかやってたらこんなスキルも使えるかも

384　名前：名無しの冒険者
>>381
その可能性は捨てきれないが、それでも厳しいぞ
転職するとメリットもあるが、その分デメリットもある
前の職で習得したスキルやアーツが打撃系の場合、射撃職でそれを発揮するのは難しい。だいたい５分の１ぐらいに効果が落ちるって聞いてる
こいつのナイフや格闘スキルは、明らかにそれを……ってか本職を超えてる
拳闘士の俺が言うんだから間違いない（涙）

389　名前：名無しの冒険者
マジか……転職にそんなデメリットがあるとは

349　名前：名無しの冒険者
>>344
俺ガンナーだけどいまんとこ銃のアーツしか覚えてないよ
ちなβテストからの先行組な

350　名前：名無しの冒険者
射撃職に聞きたい
こんなにヘッドショットを連発できるものなのか？
スロー再生でやっとわかったが、こいつ相手の口の中に６発撃ちこんでるぞ

355　名前：名無しの冒険者
>>350
無理

356　名前：名無しの冒険者
>>350
馬鹿にすんな！
こんなん無理に決まってんだろｗｗｗ

360　名前：名無しの冒険者
銃を使ったことない奴らのために教えてやる
銃ってのはエアガンとはまったく違う
アーツの補助なしだと撃ったときに思った以上の衝撃が来る
少なくとも片手で撃つのはアーツの補助がないと無理
連射なんてもってのほか

363　名前：名無しの冒険者
初期装備の銃だから威力は低めだけど、こんなアーツ見たことない
どれだけスキルとアーツ育てたらこんな撃ち方できるようになるんだ

364　名前：名無しの冒険者
俺真剣にこの人に弟子入りしたい
うｐ主はこの人の知り合い……って感じじゃないよな

ナハに行ってくる

413　名前：名無しの冒険者
おいやめろお前ら
こいつは俺のもんだ

420　名前：名無しの冒険者
なんかホモが沸いてないか？

425　名前：名無しの冒険者
>>420
アカンのか？

430　名前：名無しの冒険者
>>425
いや、いいぞ、もっとやれ

440　名前：名無しの冒険者
行くのはいいがお前らこの助っ人が誰だかわかるのか？

443　名前：名無しの冒険者
そこはもう聞き込みよ
現地に行って情報収集

449　名前：名無しの冒険者
露骨なのは運営に目付けられるからほどほどにな

455　名前：名無しの冒険者
俺はもしこいつがチートだったときに共犯で連 BAN が怖いから今回はスルーだな、人柱よろ

457　名前：名無しの冒険者
ひとまず運営に動画付きで通報してみるか
それでもこいつがいたら白だろ

460　名前：名無しの冒険者
だな
動くのはそれからでも遅くない

392　名前：名無しの冒険者
まぁ長い目で見ればメリットなんだけどな
ただこの１ヶ月でそれをするのは物理的に厳しいと思う

395　名前：名無しの冒険者
一番高い可能性はチートじゃね？

399　名前：名無しの冒険者
ここの運営のセキュリティは異常ってあるハッカーが言ってたらしいぞ
できるのか？

402　名前：名無しの冒険者
どうだろうな
だがチートしてない奴をチート呼ばわりしたら迷惑行為で最悪逆に BAN 食らうぞ

403　名前：名無しの冒険者
だな、ここじゃいくら叫んでもたいしたことにはならないが、ゲームでそれを言うなら言う側にも覚悟と証拠が必要

406　名前：名無しの冒険者
なぁ……思ったんだが、少し前に上で話題に出た、回避が上手くて削れる奴ってこいつにピッタリじゃね？
これだけ急所を狙って与ダメージ稼げるならヘイト管理もできるだろうし
てかこんな動きができるなら攻略組でもエース級だろ

410　名前：名無しの冒険者
Σ（ ﾟДﾟ）!?

411　名前：名無しの冒険者
ちょっとナハに行ってくる

412　名前：名無しの冒険者
用事を思い出した

467　名前：名無しの冒険者
どうでもいいけど早くオキナワを攻略してくれー
ボス倒してくれたらもうなんでもいいよ

470　名前：名無しの冒険者
冒険者組はピリピリしてんなー
俺は明日のサッカー大会のことで頭がいっぱいだぜ

473　名前：名無しの冒険者
>>470
お前は俺か

474　名前：名無しの冒険者
>>470
俺がいた

476　名前：名無しの冒険者
>>470
あれ、おかしいな俺いつ書き込んだ？

482　名前：名無しの冒険者
サッカー小僧沸きすぎだろｗ
いつの間にここは趣味勢のスレになったんだ

483　名前：名無しの冒険者
攻略も停滞して趣味に走る人が相当増えたからな
ちなみに俺は明日は釣りだ
ついでにモンスターも狩るがな

488　名前：名無しの冒険者
遂にモンスター討伐がついでになったか

491　名前：名無しの冒険者
このままの状態が続けば奴らが沸くぞ

492　名前：名無しの冒険者
奴らとな？

495　名前：名無しの冒険者
クソゲー化するゲームに奴らあり
奴らはどこにでも現れる
そう、奴らの名はらん――

496　名前：名無しの冒険者
>>495
おいヤメロ

500　名前：名無しの冒険者
まだ奴らが沸くような事態じゃないだろ
オキナワがクリアされれば……

503　名前：名無しの冒険者
｜ω・`）らん……

504　名前：名無しの冒険者
>>503
鎮まりたまえ、森の主よ！

505　名前：名無しの冒険者
>>503
帰れ！　ここは人間の国だ！

509　名前：名無しの冒険者
頼む……誰かオキナワを……クリアしてくれ……

511　名前：名無しの冒険者
こうしてまたスレが１つ消化されていくのか

五章　一＋一＝二

（一）（俺＋伸二）×ダンジョン＝蟹

俺と伸二は夜のフィールドをひたすら駆け抜けていた。途中モンスターの襲撃は何度もあったが、出てきたのは連携せずとも対処できる、これまで見た雑魚モンスターばかり。双銃は対集団に向いているし、伸二だって多少囲まれても俺が援護に行くまでの間耐え抜く防御能力は持っている。走っては戦い素材を拾い、走っては戦い素材を拾い。そんな作業を二時間も繰り返した頃には、かなり大量の素材がアイテムボックスに収められ、そして目の前には琉球王国を思わせるような城が建っていた。

「これがダンジョンか？　ダンジョンっていうか観光地って感じがするな」

広大な城壁の中では石畳が規則正しく並び、その先には鮮やかな色で塗装された木製の建造物が際立った存在感を放っている。

「表面上はそう見えるだろうな。だが問題はこの下だ。あの城の中に地下へと繋がる入り口があって、そこから先は完全に地下ダンジョンって感じだぜ」

「なるほど、地上の建物とかはもう調べられてるのか？」

「ああ。ダンジョンを攻略するために周囲の建造物を徹底的に調べるのはお約束だからな。いろいろと調べられて、もう目ぼしいお宝は取り尽くされたって聞くぜ」

未発見の遺跡を踏破するようなことはさすがにリアルでも経験がないからな。ここは伸二の言うことに従って動いたほうがよさそうだな。

「わかった。俺はダンジョンについてはなにも知らないから頼りにさせてもらうぜ」

「おう！　任された」

気合を入れて進む伸二のあとに続き、俺はいよいよ初めてのダンジョンに挑戦する。

建物の中に入り地下へと続く階段を下りると、すぐに洞窟のような区画に着いた。壁には松明が灯されており、日中とさほど変わらない視界が確保できる。

「城の下にこんな洞窟が……」

現実の世界を模したファンタジー世界って言ってたけど、ダンジョンとかはさすがに現実を模してはいないんだな。実際の沖縄の城の地下にこんな洞窟があったらビックリだしな……ないよな？

「このダンジョンにはコウモリ系や蛇系、ネズミ系のモンスターのほかにオオヤシガニとかの厄介なモンスターがいるから注意な。特にオオヤシガニ。あれはかなり硬いから、総の武器とはあまり相性がよくない。もし一遍に出てきたら、ちっこくてすばしっこいのは総が、鈍くて硬いのは俺が担当する感じでいこう」

ヤシガニもいるのか、この洞窟。しかもわざわざ名前にオオって付くぐらいだからデカいよな。ちょっと見るのが怖いんだが。

「了解だ。せっかくだし《極》のスキルも使って――」

そこまで言って、意識を前方へと切り替え口を噤む。視界の先に捉えたのは、洞窟の天井にぶら下がっている黒い物体。形からしておそらくコウモリで間違いないだろう。しかしデカい。五十センチ以上はあるな。距離は……五十メートルぐらいか。銃で当てるのは問題ないが、ヘッドショットを狙えるかどうかはこの銃の性能次第だな。これまでの感じだとギリギリいけるとは思うが。

コウモリの聴覚は人間と比較にならないほどいいって聞くけど、この距離で俺たちの話し声や足音に反応しなかったってことはそこまでよくないのか？　それとも一定距離に入らないと襲ってこない設定とか？　まぁいい、動かないならこっちから先に手を出すだけだ。進もうとする伸二を手で制し、ハンドサインで前方に敵がいることを知らせる。

【ホントにいたし……よく気付いたな、総。完全に索敵範囲の外だぞ】

【まぁな。それより、動かれる前にここから狙い撃とうかと思うけど、どう思う？】

【ここから⁉　当てられるのか？】

【多分。ただ、持ってるのがライフルだったら絶対できたと思うけど、この銃だとヘッドショットできるかどうかはやってみないとわからない。それでも撃っていいか？】

【ああ、頼む。敵が向かってきたら迎え撃つから、総はそのまま射撃に集中してくれ】

【了解】

チャットを閉じると半身を後ろにずらし、ハンドガンでの狙撃体勢に入る。

【なんだかそうやってお前が普通に銃を構えてるのを見ると、違和感尋常じゃねえな】

そういえばこっちに来てからは両撃ちでずっとやってたからな。この姿は新鮮なのか。だがさすがに狙撃を二挺では無理だろ。できるわけが……いや、試したことなかったな。もしかしたらできるのかも。いつか試してみるか。さて――

トリガーに指をかけ、パンッと乾いた音が洞窟内に響くと、僅かに遅れてドサリと落下音が聞こえた。

「やった か⁉」

「いや、頭には当たってるけど威力が弱い。リアルより距離での威力減衰がシビアだ」

その言葉を証明するかのように、地面に落下したオオコウモリは俺たち目がけ飛びかかってきた。

「来たか、任せろ！」

コウモリの飛来に合わせて、伸二も敵へと突っ込んでいく。俺は伸二が完全にコウモリと対峙するまでに、もう二発腹へとぶち込みＨＰを削る。

「いくぜ、《ブレードアタック》！」

剣術家のような見事な剣閃が二本、コウモリの羽に描かれる。完全に動きを封じられたコウモリは、甲高い声を出しながら牙で伸二に噛み付こうとするが、伸二はそれを盾の攻撃アーツ《オフェンスシールド》で跳ね返し、完全にＨＰを削り切る。

「ふぅ、やっぱ射撃職の援護があると全然違うな。総と来てよかったぜ」

「俺も伸二がいるから、だいぶ気が楽だよ」

しかし、伸二のアーツの切り替えはスムーズだな。俺がアタフタしながらやっていたのとは大違いだ。そういえば、伸二はリアルでもなにかと器用なところがあったな。

「よし、じゃあこの調子でガンガン行こうぜ」

気合も十分だな。この気合を勉強に向けたら、こいつも成績上位陣に食い込めるんだろうが……いや、成績優秀な伸二ってなんだか気持ち悪いな。やっぱやめよう、お前はいまのままでいてくれ。

一緒に境界線のギリギリ上を漂うスリルを味わおうじゃないか。

その後も俺たちは洞窟内を進んでいき、コウモリや蛇系のモンスターを相手にしていった。伸二の言う通り、このダンジョンのモンスターは地上のものよりも手強く、盾役の伸二のＨＰは敵の攻撃で結構な減り方を見せていた。だがそれでも伸二の壁が抜かれるよりは俺が銃で削り切るほうが早く、さほど大きな危機を迎えることなく俺たちはダンジョンを進んでいった。そしてさらに洞窟内を進むこと一時間。これまでとは明らかに違うモンスターが俺たちを出迎えた。

「お、ついに出たぞ、総」

丸太でも両断しそうなハサミと、硬い甲殻に覆われたボディ。これが伸二の言っていたオオヤシガニか。しっかし……。

「デカいな……沖縄のヤシガニは凄くデカいとは聞いてたけど、これは非常識だな」

以前テレビで見たヤシガニの全長は大きくても五十センチほどだったと思うが、目の前にいるのは明らかに全長が三メートル、体高も一メートルを優に超えている。もうちょっとしたホラーだな。

「あれは基本単体でしか襲撃してこないモンスターだ。ほかのモンスターは近くにいないと思うぜ」

確かに周囲にはあれ以外の気配を感じない。だがあの分厚そうな甲殻だと、伸二の言うように俺の銃では有効打にはならなさそうだな。となると、やっぱ狙いは目か。

「伸二、俺が視界を奪う」

「オッケー、じゃあ俺は脚だ」

俺たちは互いの役割を確認し合うと、それぞれに動き出す。

「目ってあれだよな……甲殻類の目とか初めて狙うな」

呟き終わるのと同時に、洞窟内に乾いた銃声を響かせる。

俺が放った弾丸は、寸分の狂いもなくオオヤシガニの両目にヒットしたが、その後の光景は俺の予想とは違っていた。銃弾は、底の厚い鍋に当てたかのような硬質な音を立て、オオヤシガニの目に弾かれた。

「なっ⁉」

硬いとは思っていたが、まさか目すらその範疇だっていうのか。いや、なにかコーティングされてる？　なら、

「――《極》発動！」

弱点部位への与ダメージの上昇するスキルを発動。今度は一発ずつとはいわず、硬い防御を貫くために連射する。だがそれでも、結果はさっきとまるで変わらなかった。

「硬い」

もしかして目は弱点じゃないのか？　それとも射撃耐性でもある？　確かめるか。

俺がそう結論付けたとき、伸二はオオヤシガニの側面へと周っていた。

「――《ブレードアタック》！」

鋭い剣閃が二本、オオヤシガニの脚へと描かれ、

――ギィイイイン
剣が甲高い悲鳴を上げる。脚もあんなに硬いのか。まぁ鍋で食う蟹みたいな脚をしてるからな。

そりゃ硬いよな。だがお陰でヤシガニの注意が伸二に向かった。いまなら容易に懐に飛び込める。

「伸二、そのまま引き付けてくれ！」

「お、おう！　任せ――うぉぉ!?」

急がないといくら護りの得意な伸二でも危ないな。俺は銃の代わりにナイフを手に取ると、ヤシガニ目がけて真っ直ぐ突っ込む。狙いは変わらず目。今度はナイフでぶった斬ってやる。だが目にナイフが届くまであと数歩というところに来て、ヤシガニの動きは再び俺の予想から外れる。

「!?　総っ！　危な――」

それを視界に捉えたのは、伸二の声が聞こえてきたのとほぼ同じタイミング。真横を向いていたヤシガニは、その巨大なハサミを俺目がけてフルスイングしてきた。

――ハサミなら大人しく挟むだけにしろよ！

全力で地面を蹴っていた俺は、完全に巨大なハンマーと化したハサミの射程圏内にいた。これはステップでは回避できない。避けるとしたら上か下。だがもし追撃が来たら上は詰む。なら――

地面スレスレを滑走するように身を低くし唸りを上げて迫るハサミを躱すと、そのままの勢いを保持し突っ込んでいった。もう勢いは止められないし、このままヘッドスライディングしてヤシガニの脚の間をすり抜けるしかない。ちょっと間抜けな姿だが、背に腹は替えられん。

だがヤシガニの下をすり抜けていく中で、あることに気付く。

上に見えるのってヤシガニの腹か……これっていけるんじゃね？

ヤシガニの真下を潜り抜けようとしている中で俺の目に飛び込んできたのは、外の甲殻よりも明らかに軟らかそうな腹部。これはと思い体を捻り、ほぼ反射的にナイフを突き付ける。全力で。

「ＧＹＵＩＩＩＩ!?」

弱点ここかよ！

ナイフを突き刺したことで俺の勢いは完全に止まり、まだやつの下に潜り込んだままだ。もうこれは畳みかけるしかない。そう結論付けたのとほぼ同じタイミングで、刺さったナイフを思いっきり横に引き、腹を掻っ捌く。真下にいる俺に赤いエフェクトが降りかかるが、そんなことは一切気にせず、今度は開いた傷に銃弾をありったけ浴びせる。

「GYOOOOOO！」

ギュイとかギョオとか変な叫び声だな。しかし、ここまで考えたところで弾が尽きる。このままだと押し潰されかねないし、ここが限界か。そう考えヤシガニの下から出ようとした瞬間、ヤシガニは急に糸が切れたように全身の力が抜け、その巨体を俺目がけて落下させてくる。

「げえっ⁉」

こんな間抜けな声を出したのは親父との模擬戦で完全に奇襲を喰らったとき以来だと思う。そして俺がこんな声を出すときは、決まってもう避けようのないときだ。終わった。そう思った。しかし、せめて急所だけは護ろうと身を固めていた俺の視界に飛び込んだのは、光となって消えていくオオヤシガニの姿だった。

「セーフ……」

……削り切れていたか。

今度から重量のある敵の下に潜り込もうとするのはやめよう。

(二) 罠＋暴走＋落下＝芸術

巨大なヤシガニが光となって消えると、未だ地面に寝ている俺の耳に伸二の慌ただしい足音が聞こえてくる。

「おい、総！　大丈夫か⁉」

ゲームなんだしそんな心配そうな顔をするなよ。まったく、これだからお前は最高なんだよ。

「ああ。押し潰されるかと思ったけど、ギリギリセーフだったな」

あれはなかなか心臓に悪いな。もう一度やれと言われても、もうやりたくない。

「まさか腹が弱点とはな。てっきり頭かと思ってたぜ。あれは狙ったのか？」

なわけないだろ。あんなの狙ってもそうそう……いや、やろうと思えばやれそうだな。うん、できそうな気がしてきた。

「いや、目をナイフでぶった斬るつもりで突っ込んだんだ。そしたらなんやかんやあって、ああなった」

「そうか、そのなんやかんやが一番すげえんだけどな」

そうストレートに褒められると照れるな。これまで戦うことを褒めてくれたのなんて親父ぐらいだったから、なんだかくすぐったい。

「さて、これからどうすっかな」

「そういえば、このダンジョンの最下層にはボスがいるのか？」

「いや、いないはずだぞ。もしこんな町の近くのダンジョンにボス部屋があったらもっと混雑してただろうしな」

あぁ、それもそうか。確かにここに来るまでにいくつものパーティとすれ違ったが、それでもこの広大なダンジョンを狭く感じるほどではなかったからな。

「まぁ、もう少し潜ってみようぜ。さっきのモンスターの素材も結構美味しいやつだし」

確か《巨蟹の脚》だったたな。えっと説明文は……。

【巨蟹の脚：巨大な甲殻類の脚。大味だが食用としても使える。鍋にして出汁をとるのが開発チームからのオススメである。なお同チームの山田は別居中の奥さんに蟹を送り、娘と一緒に鍋をすることに成功した】

またお前か！　ってか山田さんまだ頑張っていたのか。もういい加減仲直りしなよ。いや、だからこその鍋か。それにしても娘さんと会えたんだな、よかった。もう俺は山田さんの今後が気がかりでしょうがないよ。

「どした？　総」

いかん、山田さんに完全に意識を奪われていた。

「なぁハイブ、これ食うのか？」

「食わねえよ。美味しいのは換金率だ、換金率。この素材は結構な値で商業組合が買ってくれるんだ。それに獲るのが大変で貴重だから、生産職のプレイヤーなんかにも高く売れる。そういう意味では結構いいモンスターなんだよ」

そういうことか。食うなら料理人のサクラさんにお願いして蟹しゃぶにしたかったが。あれ？だけどそんなにいいモンスターなら、もうちょっと人がいてもいい気がするな。情報サイトで見た公立中だか効率厨の人たちってそういうの好きなんじゃなかったっけか。

「それならもうちょっと人が多くてもいい気がするんだが。なにかあるのか？」

「いや、ただ単にあれは遭遇しにくいモンスターなんだよ。あれがしょっちゅう出るなら、ここはプレイヤーであふれていただろうな」

「なるほどな」

「じゃ、行こうぜ」

伸二の声に応じ、俺たちは再びダンジョンの地下深くを歩いていった。

◆◇◆

端的に言おう。俺たちはピンチだ。それもかなりの。

だがこれには幾分か仕方のない要素も混じっているのだと、俺は反論したい気持ちで一杯だった。別に誰に責められているわけでもないんだが。

まず、地下を目指す俺たちの後ろから大玉が転がってきたのが事の始まりだった。このダンジョンは基本一本道の通路が中心だが、進路先が多岐に及ぶ交差点のような場所もある。幸い俺たちはすぐに交差点を形成しているポイントまで逃げ、その大玉をやり過ごそうとしたのだが、なんとその大玉は俺たちに狙いを付けてどこまでも追ってきた。これには参った。銃で撃ってもビクともしない巨大な大玉が、俺と伸二をペーストしに猛然と迫ってくる。なにより嫌だったのは、その大玉が黄金に輝く玉だったことだ。金の玉だ。金——やめとこう。

「おい、総、あれなんとかなんねえのか⁉　も、もうこれ以上走り続けるのも、げ、限界が」

「ふざけんな、伸二！　誰のせいでこうなったと思ってるんだ！　絶対に押すなよって言ったスイッチをお前が押したからだろうがあ！」

そう。なにを隠そうこの馬鹿、俺が罠だから絶対に押すなよと言ったスイッチを満面の笑みで押したのだ。なにをしてくれてんだ。

「いや、あれは押せよってフリだろ完全に！　あんなこと言われて俺が黙ってられるかよお！」

「知るかああ！　そんなことより走り続けろ、煎餅にされるぞ！」

後ろから猛然と迫る大玉から逃れようと、俺たちは必死に走り続けた。下りもしたし、上りもした。だが大玉は俺たちを追うことを一切やめようとしない。それどころか洞窟内の形状も大玉をすっぽりとはめ込むような円筒状になっており、避けることすらできない道になっている。なんだこの絶対殺すという意志に満ちあふれた罠は。これ作った奴、いい性格しすぎだろ。

「な、なんなんだ、あれは！　さ、坂道を、上って、来てるぞ」

「知るか、そんなこと！」

このどう考えても重力を無視して迫ってくる大玉に俺の余裕はゴリゴリと削られ、いまや伸二の疑問に答える気力すら尽き始めていた。

「お、おい、総！　ま、前！　前ええええ！」

「……行き止まりだな」

あー、これは詰んだな。

「そんな落ち着いてる場合かよ！　どうする⁉」

どうしようもない。これは無理だ。俺よりこのゲームに詳しい伸二にわからないならどうしようもない。いや、待てよ。

「ダンジョンから脱出する便利アイテムとかないのか？」

「あるらしいけど持ってない！」

詰んだ。とりあえず叫ぶか。

「あああああああああ！」

俺たちは壁と大玉に挟まれる形で完全に押し潰され——たと思った瞬間、大玉は俺たちごと壁を突き破り、その奥に広がっていた広大な空間へと俺たちを放り投げた。

「うわぁああ⁉　こ、今度はなんだぁあ⁉」

伸二の叫び声が巨大な空間に木霊する。見渡せば上は天井、横は壁、そして真下は広大な、

「水？　いや、地底湖⁉」

落下する際の独特な感覚に襲われ、半ばパニックになりかけている伸二はとりあえず放っておいて、俺は状況の把握に努めた。

あの行き止まりだと思った壁の向こうに、まさかこんなに広い空間が広がっていたなんてな。問題はこれが次の罠に繋がっているのかどうかだが……いまのところ弓矢とかが飛んでくる気配はないな。それ以外の罠が来たら……知らん。となると次の問題は、下の水か。この高さから落ちたら水とはいえ結構ダメージくるよな。とりあえず着水時の姿勢に気を付けるとして、問題は伸二だ。あの様子じゃ落ち着いて着水姿勢を取るのは難しいだろうな。

高飛び込みのポーズよろしく落下のダメージを最小限に抑えるべく姿勢を変える。伸二は……あ

まり運動が得意ではない伸二にこれをやれと言っても厳しいだろう。それにあれだけパニくっていては俺の言葉も耳に入るまい。伸二、成仏しろよ。だが次の瞬間、生温かい眼差しを送っていた俺の瞳に、とんでもない光景が飛び込んできた。

「なっ⁉　あれはM字開脚⁉」

あろうことか、伸二は両膝を脇に抱えるようなポーズを取り着水しようとしていた。そんな姿勢で飛び込んだら死ぬぞ、主に股間が。あいつはなにを考えているんだ。もともとおかしなところはあるとは思っていたが、ここまで馬鹿だったのか？　それとも俺には考えもつかないような策があるというのか⁉　わからない、あいつがなにを考えているのかサッパリ……。

「お、おい、伸――」

「あっはっはっはっは――」

あ、これは駄目なやつだ。

いや、だが待て。もしかしたらこれは伸二の生存本能が働いた故の自衛策なのかもしれない。だとしたら伸二の尻は鋼鉄の硬度を誇る黒鉄の尻となって、いかなる衝撃をも跳ね返――

「あぎゃばあああぁぁぁぁぁ……」

凄まじい水飛沫を上げ伸二、いや尻は地底湖に沈んでいった。俺は急速に冷えていく心を自覚しながら、審査員がいれば十の札を一斉に上げさせるであろう見事な着水を決めるのであった。

◇✚◇

「まったく、なにやってんだお前は……」

「いやスマン、もうわけわかんなくなってな。つい」

ついい、でお前はM字開脚を決めるのか。とんでもない才能の持ち主だな、こいつ。危なくて一緒に街を歩くのを躊躇うレベルだぞ。

「ＨＰゲージもかろうじてミリレベルで残っていてよかったな。あれで死んでたらお前は俺の中で伝説になったぞ」

伝説の馬鹿としてな。

「しっかし気絶した俺を担いで岸まで泳ぎ切るなんて、お前ホントすげえな」

「着ている鎧の重さはリアルほどじゃなかったからな。さすがにリアルと同じで何十キロもある鎧を着ていたら無理だったと思うよ」

「いや、お前はリアルでもやりかねん」

どんだけだよ、それ。

「それはいいとしてさ、ハイブ。あれ、なんだと思う？」

俺の指さす方向にあるのは、異様な雰囲気を放ち、そびえる重厚で巨大な扉。そしてもの凄く漂うボス臭。

「……ボス部屋、じゃねえかな」

「……やっぱり？」

これ、行く流れ？

（三）（貧弱装備＋盾）×根性－ボス＝死闘

扉を開けたら、そこはボス部屋でした。

燃え盛るように逆立ったたてがみ。隆々として引き締まった体躯とそれをがっしりと支える四肢。すべての獣の頂点に立つ風格を漂わせ、それはそこにいた。

「……ライオン？　いや獅子って言うべきなのか？」

「オキナワだからシーサーだと思うぜ」

敵情報の名前を見ると、伸二の言葉にほぼ近く、ジーザーと書いてあった。いや、そこはシーサーじゃイカンのか？　ハブやマングースはそのままなのに、ここに来てもじる意味があるのか？

疑問を抱えていると、その思考を終わらせる声が耳に入る。緊張の色を乗せた、張りつめた声が。

「総、気を付けろ。明らかにこれまでのとは次元が違うぞ」

「……だな」

その言葉にはまったく同意だ。もし目の前にいるのがただのライオンであれば、たとえリアルだろうがそこまで怖くはない。だが、いま俺たちの目の前にいるシーサー、もといジーザーはどう見ても生物の常識を超えている。確か沖縄ではシーサーは守り神だったから、まぁ常識は確かに超えてるんだろうが。

体高は三メートルぐらいか？　今日の昼見たあの水牛といい勝負だな。問題はこの見た目でどれだけの瞬発力があるかだが……肉食獣特有の筋肉の付き方をしてるし、これはヤバそうだ。戦う前からマジで勝てないかもしれないと思うのは、親父を除けばこれが初めてだな。

「GAOOOOOOOO！」

近くでビルが崩れたのかと思うような轟音が洞窟内に響き渡る。ビリビリと肌を突く、けしてリアルでは聞くことのないであろう声だ。早まったかな……メチャメチャ強そうだ。勝てるイメージが浮かばねえよ。いや、あれ人が戦うものじゃないだろ。ロボくれよ、ロボ。戦車でもいいぞ。

「すげぇ迫力だな。おまけにHP系の回復アイテムに使用制限がかけられてる。なんて鬼仕様だ」

てことは俺と伸二のふたりだけだと回復のしようがないってことか。やっちまったかなこれは。

「総！　とりあえず牽制を頼む。その間に一撃を入れてみる」

「お、おう」

意外だな。あんな化け物に対して伸二が懐に入ろうとするなんて。あの爪で引き裂かれたら胴どころか全身バラバラにされるぞ。伸二、度胸あるなぁ。

「行くぞ！」

伸二の決意の咆哮に応じ、俺は銃弾をジーザーの両目に放つ。スキル《極》を発動させようかと思ったが、あれは弱点部位にはダメージが上昇するが逆に非弱点部位にはダメージが減少する効果がある。まだどこが急所か判明していない時点では使えない。ここに来る前に戦ったヤシガニのときのように、生き物だから目が弱点とは限らないのだ。ここは、ファンタジーの世界なのだから。

その懸念が正しかったのを立証するように、俺が放った銃弾はジーザーの眼球に食い込む前に、見えない壁のようなものに阻まれた。やっぱり視界を潰す作戦は使えないか。だが、これはまだ予想の範囲内。生き物の動きを封じるのに目は非常に有効な手段だが、けしてそれだけではない。デカいがゆえに、普段は狙えないようなところにも攻撃の芽は出るんだ。

俺はどこが最も効果的なダメージを出せるのかを見極めるために、至るところに弾丸をぶち込む。前足、後ろ足、腰、肩、頭、耳、たてがみ、腹。リアルで過去にここまで生き物の体に弾を撃ち込んだことは皆無だろう。それほどまでに浴びせた。だが、この化け物にはそのどれもがほとんど効果を見せず、ＨＰをほとんど削れぬまま銃は弾切れを迎えた。

「マジか……俺の銃が初期装備品だからって、そりゃないだろ」

いや、舐めてるのは俺か？　初期装備品の銃でボスの装甲を突破できるという考えがそもそも舐めてたってのか？　くそっ、だが考えるのはあとだ。このままだと伸二が危ない。俺の攻撃はほとんど牽制の役割を果たしてないのだから。弾切れになった銃を仕舞い、ナイフを手にジーザーへと突っ込んでいく。これまでの長距離を見据えたダッシュではなく、短距離を一気に詰めるための超前傾姿勢で。あのまま座していれば確実に伸二とこのボスが一対一の構図になってしまう。まだボスの攻撃力は見てないが、とてつもなく嫌な予感がする。俺は考えるよりも先に体を動かしていた。

「伸二、銃がまるで効かない！　俺も懐に飛び込むから一撃だけ止めてくれ！」

「任せろ！」

伸二とジーザーの距離はほとんど離れていない。本来なら俺が注意を逸らし、その隙を伸二が突くはずが……この状況は明らかに俺が招いたものだ。そして俺はその尻拭いを伸二にさせている。絶対にこの機会は活かす。

ジーザーは猫パンチをする猫のような仕草で前足を上げ、

「《ディフェンスシール──うわああ⁉」

その一振り――いや、薙ぎと言うべきか――で、伸二を壁の向こうまで吹き飛ばした。

「伸二っ！」

煙が上がるほどに壁へ叩き付けられた伸二は、衝撃で床に伏せている。HPも三割以上削られてる。防御用のアーツを使って、あのダメージ。伸二よりも素の防御力が低い俺が受けたら最悪一撃でアウトかもしれない。だが、伸二は攻撃を止めることはできなくとも隙は作ってくれた。振り抜いた前足がまだ地面に着く前に、その脇にナイフを抉り込んでやる。

「これでっ！」

全身の力を一点に収束させる突きをジーザーのがら空きの脇腹へと放つ。だがこの体格差を埋めるには、その威力はあまりにも足りていなかった。

――ヤバい。

全身にゾクリとした悪寒が走るのと視界を巨大な肉球が覆うのは、ほぼ同時だった。一切の思考を放棄して、その攻撃を躱すことだけに全神経を集中させる。

「――っ！」

巨木のような前足を辛うじて躱した次の瞬間、髪と服を突風が弾く。踏み込んでいないと体ごと吹き飛ばされてしまいそうな衝撃が全身を襲う。

――引くな、絶対引くな、引いたら一瞬で喰われる！

目の前に迫る嵐は、その勢いをまるで鎮める様子がない。それどころか、これからが本番と言わんばかりの威容を誇っている。

「はは……」

振り上げられた前足が再び俺に向けて振るわれる。直撃すれば全身がバラバラにされそうな一撃だ。

「――っ！」

躱したはずなのに全身を打ち付けるような衝撃が響く。だがそれでやつの追撃は終わらず、逆の方向から巨大な爪が襲ってくる。

ふざけてる……こんなの……。

再び迫る剛腕をギリギリで回避すると、やつの前足にナイフを突き立て、勢いを利用して浅い傷跡を作る。

滅茶苦茶だ、こんなの、こんなの……

「楽しいに決まってるじゃないか！」

気付けば俺は無意識に口角をつり上げ、嵐の中で躍っていた。

「おおおお！」

一撃でも入れれば即死級の爪撃を躱し、ナイフで裂き、再び躱し、またナイフで裂く。もう敵のHPゲージを確認する暇すらない。途中からはリロードの終わった銃でゼロ距離からの射撃も織り交ぜ、ひたすらに撃ちまくる。だが――まだ浅い。絶対的に威力が不足している。銃の命中精度ならともかく、その威力はやはり性能に頼らざるを得ないか。

「GAAAA！」

耳を劈く轟音だ。これだけでも鼓膜にダメージが来そうなほどの。

「ガオガオうっせえ！」

近距離に敵がいるのにもかかわらず大口を開ける間抜けに、俺は躊躇いなく銃弾を咽頭にぶち込む。すると、

「GYAOOOOOOOOOOOOO⁉」

さっきまでとは明らかに違う、悲痛に満ちた声が洞窟内に響き渡る。目は駄目だけど開いた口はいいのか。基準がよくわからんが……ようやく見つけたぞ、弱点！

「さぁ、俺は美味いぞ。さっさと食いに来い、化け物」

「GOAAAAAAAAA！」

ここからが正念場だ。俺の攻撃は弱点部位以外にはほとんど効果がない。しかもあの化け物が口を開いたときしかそのタイミングは来ないときてる。どんだけマゾい設定だよ。どんだけ──燃える展開だよ！

「──《極》発動！」

口の中にとなるとナイフはほぼ使えない。攻撃手段は銃に限られる。残弾数に注意しつつも、いけるときには全弾撃ち込んでやる。ほとんど空いていない互いの距離を一足で詰め、再びゼロ距離での戦闘に身を置く。

「GAAAAAA！」

ほら、プレゼントだ。

「GYAAAAAAOOOOOO⁉」

学習能力が低くて助かった。口を閉じられたら、正直詰んでた。

「ほら、お代わりだ！」

さっきからやつの攻撃は前足で払うのみ。まぁ動きのモデルは肉食獣だろうから、噛み付いてくるぐらいのことはしてくるかもしれないが、それさえ注意すれば、相当ギリギリだがなんとかなる。俺はさっきまでの一連の攻防でそう結論付けた。

銃弾は威力こそ低いが、それでも弱点に放り込んだ弾丸は、確実にジーザーのＨＰを削っている。途中やつの爪が何度か掠りＨＰの三割が持っていかれたが、俺もやつの動きに徐々に慣れてきた。弾切れになる場面もあったが、慣れてきたお陰で回避に専念すればもうあの前足を躱すのは、さほど難しくはなくなっていた。俺は常にゼロ距離を保ちつつ、時折やつの体に飛び乗り、また時折舞い降りて口を狙う。そんなやり取りをずっと繰り返し、ミリ単位でやつのメートル級のＨＰを削っていった。

「ＧＵＵＵＵ……」

どれだけの時間そうしていただろうか。ついに俺との攻防に苛つきを見せたかのように、ジーザーは後方に引いて距離を取ろうとする。だがそうはさせない。こいつは強いが、ゼロレンジはちょっとだけ苦手だ。巨体ゆえに小回りが利かない。距離を離さずにやつに追随すると、息を漏らす際に開いた口の隙間――僅かな突破口に、銃弾を再び放り込む。ジーザーはそれを嫌がり、顔を銃の射線上から背けようとする。

「逃がすかよ」

ここで追撃をかけ――――なに⁉

「うおっ⁉」

視界の横から丸太のようなものが俺の胴を目がけフルスイングされる。辛うじて直撃は避けたが、掠っただけで数メートルも横に飛ばされてしまった。

「あれは……尻尾か！　あんなのもあるのか」

ただの尻尾だと思って舐めてた。前足の力に比べればマシだろうが、それでも俺からすればあの尻尾も十分な威力だ。ＨＰの一割がもっていかれた。むしろ鞭のようにしなる軌道の分、前足よりもやりにくい。

「しかも距離を取られた……最悪だな」

頬に一筋の冷たい感触が走る。さっきまでの弱点を突きまくる攻防のお陰で敵のＨＰの六割は削れた。だが逆に言えばまだ四割も残っている。安心の〝あ〟の字もない状況だ。

「すまん、総！　助太刀に入りたかったが、とてもそんな隙がなかった」

俺と同じくＨＰの三割ちょっとが削られている状態の伸二が駆け寄ってくる。手にしている盾は少しだけ拉(ひしゃ)げており、ジーザーの攻撃力の高さを物語っている。

「気にするなよ。俺も夢中でそれどころじゃなかったし」

実際、途中で忘れてたしな。

「しかしお前、ひとりでここまで削ったのか。感心していいやら、呆れていいやら」

そこは素直に感心で頼む。

「で、なにかいい手はあるか？　俺はサッパリだ」

自信満々に言うことか。まぁ、あれは仕方がないか。

「あいつと中距離戦は無理だ。渡り合うにはロケットランチャーか対戦車ライフルがいる。だが、超至近距離なら俺のほうに少しだけ分がある。もう一度ゼロ距離で仕かけたい。それと……」

俺の言葉に、伸二は迷いを見せずに応える。

「オッケー、了解だ。じゃあ俺がもう一度やつの攻撃を受ける。その隙に潜り込め」

できるのか？　そう聞こうとした口を急いで閉じる。男が任せろと言ったのだ。ならば俺にできることは、それを信じて動くだけだ。

「尻尾にもいちおう気を付けろ。視界の横から急に来るぞ」

「尻尾だな。了解だ」

俺たちは一瞬だけ視線を合わせると、次の瞬間ほぼ同時に駆け出した。

（四）初体験＋切り札＝土の味

全速力でボスに向かう伸二の後ろを俺が追走する。勿論この陣形には意味があるし、伸二もわかって走っている。伸二がスピード上昇系のスキルを持っていない以上、全力で走れば俺のほうが先にジーザーのもとに辿り着いてしまう。おまけに俺はヘイトを持っているはずだから、そんなことをすればこの作戦――というにはお粗末だが――は絶対に成功しない。成功の鍵はタイミングだ。俺は伸二の後ろに付き、そのときが来るのを待つ。ジーザーは走ってくる俺たちを迎え撃つつもりなのか、その場から動こうとはしない。あくまでミドルレンジからの迎撃のスタンスを取っている。

そして伸二がやつの射程圏内に入った瞬間――いや、やつが伸二の射程圏内に入った瞬間、俺たちの作戦は始動する。

「――《ハイ注目》！」

伸二の大音量の声に、ジーザーの意識は俺から伸二へと完全に移行した。

「《ディフェンスシールド》！」

なおも止まらず走り続ける伸二は、次に防御系アーツを発動。盾を両手でガッシリと構え、大木ですらへし折りそうな爪による一撃を、

「ぐぅうおらあああ！」

受け流す。

だがジーザーの攻撃は止まらない。前足で薙ぎにかかったことで流れた体の動きを利用し、尻尾による一撃を繰り出す。

「うおおおおお！」

しかし、今度はそれを真正面から伸二の盾が受け止める。鎧が軋みを上げ、盾が原形から遠ざかっていく中、それでも伸二はそこから一歩も下がらずに攻撃を止めた。

「……ここが限界みたいだ……あとは、頼んだ」

「あぁ、任せろ！」

その場で崩れ落ちる伸二を飛び越え、全速力でやつの懐へと飛び込む。

「GAOOOOOO」

それを嫌ったのか、ジーザーは振り抜いた前足を逆に払い俺を薙ぎ払いにかかる。だが――

「前足の攻撃だけなら」

回避はそう難しいことではない。これに鞭のようにしならせる尻尾を交ぜた連撃で来られると厳

しいが、いまの体勢でそれは難しいだろう。

「寂しかったぜ、もう離さないからな」

まさか人生初のこのセリフを、こんな化け物に言うことになるとは思わなかった。そういえば、親父が言っていたな。自分の認めた強敵に会うことは恋人に会いに行く感覚に近いって。あのときはまた親父の頭がおかしくなったかと思ったが、いまならその気持ちも——イヤイヤイヤイヤないない。この化け物にそれはないわ。危ねえ、踏み越えちゃいけないラインが一瞬垣間見えたぞ。

「GUU……GAAAAAAA！」

そう物欲しそうに口を開けるなよ。いまプレゼントしてやるからな。ほら、鉛弾だ。ふむ、この言い方ならセーフかな？

「GYAAAAA⁉」

銃弾をたっぷりと口に放り込まれたジーザーが再び悲痛の声を上げる。

ホント学習能力ないな。まぁ、この巨体と運動量で学習能力まであったら、完全に詰んでたけどさ。さて、だいぶHPを削れたぞ。もうすぐレッドゲージに入りそうだな。

しかし、ここでやつの挙動に若干の変化が現れる。ジーザーは俺を薙ぎ払う方針から叩き潰す方針へ変更したのか、俺の真上から巨大な肉球を振り下ろしにかかる。薙ぎのほうが避けにくかったからむしろ助かるがな。

降りかかる巨大な肉球を回避すると、土煙が舞う中で俺の前に顔面までの道ができ上がる。

「——よっと！」

前足を足場に一気にやつの顔面まで駆け上がると、腰のナイフを抜き、その先端を右の眼球に全力でぶち込む。

「ＧＹＡＵＵＵＵＵ⁉」

なるほど、中距離は駄目だけどゼロ距離での攻撃、あるいは近接武器なら弾かれないのか。荒ぶる足場から下りる際に、肉食獣特有の綺麗な歯並びを披露するジーザーに弾丸の置き土産をありったけぶちかます。それによって起きたのは、これまでと明らかに一線を画した苦痛に満ちた反応。ＨＰもついにレッドゲージ、二十五％以下へ突入した。おまけにやつはいま右の視界が塞がれている。ここが勝負どころだ。俺はここにきて最後のカードを切ることを決めた。痛みのあまり、俺から注意を逸らしたやつの隙を付き、再び鼻先まで跳躍する。

――喰らえ！

右手に握るのは、伸二から借り受けた長剣。全身を捩じり込み力を一点に集約した突きを、やつの鼻の穴に深く突き刺し、これまでほとんど出てこなかった赤いエフェクトを盛大に咲かす。

「――ＧＹＡＡＡＡＡＡＡＡＡＡＯＯＯＯＯＯＯＯＯＯＯＯ⁉」

これが一番効いた感じだな。よし、もう一回、ってあれ、ぬ、抜けん……なら！

突き刺さった剣にぶら下がったまま、至近距離での銃弾を傷口に放てるだけ放つ。

だがさすがにこの姿勢は長く続かず、纏わり付くハエを払うようにジーザーは首を振り、俺を引き剥がす。

「――っと」

距離は再び離されたが、やつはまだ痛みで混乱しているはずだ。ぶち込むのが剣から鉛弾に戻るだけ。削り切る。

「――《極》発動。もっと遊ぼうぜ、化け物ぉお！」

こういうのをなんと表現するのだろう。血が沸き立つ？　肉躍る？　まぁなんでもいい、楽しければそれで。俺は再び双銃を手にやつの懐に――なんだ？

さっきまで苦痛に満ちた声を上げ荒ぶっていたジーザーは急に静まりを見せ、コタツの中で丸まる猫のような仕草を取る。え、ナニコレ。俺の気合の咆哮返してくれます？

俺がポカンと呆けていると、ヨロヨロとした足取りで伸二が近付いてきた。

「総、あれはなんだ？」

「わからない。っていうか、無事だったのか伸二」

見事なまでの、あとは頼んだ的なフェードアウトだと思ったんだが。

「なんとかな。一時は体が痺れて動けなかったけど、ギリギリＨＰも残ってる」

「そうか、よかったよ。で、どうしたらいいと思う？　顔や首をあんな風に隠されたら俺の武器だとほとんどダメージが通らないんだ」

「ん～そうだな……はっ！」

なにか気付いたようだな。さすが伸二。頼れる相棒だ。

「あの姿勢、猫がコタツで丸くなるって感じだよな！」

畜生っ、こいつに期待した俺が馬鹿だった。なによりこいつが俺と同じ思考をしているというのが余計に腹立たしい。さらにあの言ってやったぜみたいな会心の笑み、殴りたい。

「おい、俺は真剣に――」

「せめて冬川がいれば、回復してもらったり妨害してもらったりを試せるんだけどな……俺たちふたり揃って脳筋プレーしかできないし」

最初からそれを話せよ。

「総、とりあえず攻撃してみるか？　もしあれがカウンター系のなにかだったら手を出すのは危険だが、あれが攻撃のチャージだったらこうしてなにもしないほうが危ない」

いまある情報ではなにもわからない、か。ならやることは……。俺はある決意を込めた視線を伸二に送ると、伸二も同じ色を宿した目で返してきた。決まりだな。

俺と伸二はタイミングを揃え、やつに突っ込んでいく。やらないで後悔するより、やって後悔するために。だがその判断は少し。そう、少し遅かった。

「な、なんだ⁉」

それは俺たちが踏み出した直後に発動した。ジーザーは丸まった姿勢のまま突如として光り輝き、そして――

「う、うわぁあああああああああ！」

俺たちの初めてのボス戦は――――終わった。

◆

気が付いたら暗闇の中にいた。どこかでここに似たような空間を見たような……そうだ、チュートリアルのときの空間だ。

「負けたのか……」

——あれだけやって駄目なのか。

「畜生……」

——なんなんだ、最後のアレ。

「冗談じゃない……」

——こんなの。

「面白すぎだろ」

なんなんだあの化け物。あんな完璧に負けたのなんて、いつ以来だろう。どうやったら倒せる？　なにがいけなかった？　なにが足りない？　これからどうする？　ヤバい……頭が上手く整理できない。でもこれだけはハッキリしてる。

——クソ楽しいぞ、この野郎、次は絶対倒してやる！

「……さて、これからどうするか……ん？」

『システムメッセージです。これはゲーム内で死亡したプレイヤー全員に自動的に開示されるメッセージです。あなたは本日二時四十八分、オキナワエリアボス、ジーザーとの戦闘により死亡いたしました。ゲームへの復帰はいまより四時間後となります。また、敵NPCによるデスペナルティとして、過去二十四時間以内に取得したアイテムのいずれかの喪失、及びこれより二十八時間のスキル・アーツ成長率減衰が発生いたします』

もうそんな時間だったのか。しかしデスペナ結構エグイな。PvPのデスペナだとログイン制限はなかったけど、敵NPCとのデスペナだとそれがあるのか。これは頭冷やして出直してこいっていう運営からのメッセージなのか？

『それでは、これより強制ログアウトいたします。またのご利用をお待ちしております。では……頭冷やして出直してきやがれ、この野郎』

……この運営。


意識が戻ると、いつもの天井が目に入る。寝ていたわけではないから普通に眠い。伸二に連絡を取ってもう寝よう。スマホを手に伸二へとメールを送る。

【よう、伸二。やられたな】

【ああ。最後のアレは参ったな。早速リベンジの作戦会議を……と言いたいとこだが】

【うん、超眠い。もう寝ようZｚｚ】

【だな。どっちにしろ昼過ぎに会う約束してるんだし、そのときにでも話そうぜ】

【了解。じゃ、オヤスミ】

【オヤスミー】

スマホを片手にそのまま眠気に身を任せ、意識を溶かしていった。

（五）反省＋反省＝買い物

初めてＩＥＯで死んで、それからすぐに寝て。目が覚めた俺の耳に最初に届いたのは、天使の声だった。

「お兄ちゃん、おはよー」

「……おはよう、瑠璃」

今日も素晴らしい朝だ。しかし、なぜに俺が起きるまでそこで待っていたのかな？　この天使は。

「珍しいな、瑠璃。俺が起きるのを待つなんて。普段は腹にジャンピングヘッドで起こすのに」

「うん。今日はお兄ちゃんの寝顔が見たかったから」

なんなんだこの天使は。一体俺をどうしたいんだ。これ以上俺を骨抜きにしてどうするつもりなんだ。もう骨抜きのチキンを通り越してクラゲだよ、俺は。

「そっか、しかし相変わらず瑠璃の隠形は見事だな。いくら寝ているとはいえ、俺に気付かれずにここへ侵入できるのは親父と瑠璃だけだよ」

さすが天使。まだ小学生だから護身術は最低限しか教えてないが、隠形においては俺を遥かに凌ぐ。下手したら親父より凄いかもしれん。これで武器の扱いを覚えたら、俺より強くなるだろうな。

「えへへ、お兄ちゃんをビックリさせるのが面白くって、隠れるのは得意になっちゃった」

そうか、原因は俺だったか。俺は天使のこれからの可能性に震えを感じつつ、マイスイートエンジェルリを伴って部屋をあとにした。


天使とのひとときをたっぷりと堪能した俺は、伸二たちと合流すべくＩＥＯへとダイブした。

ここは……ナゴの町か。そうか、ダンジョンで死んだからダンジョンに一番近いこの町に降りたのか。さて、ほかの皆はインしてるかな。フレンドリストを開いて確認しようと指を動かす。うん、皆インしてるな。

【お、来たか、総。早速合流しようぜ】

仲二か。相変わらず俺がインした瞬間にアクションを起こす奴だな。ログインコールってやつか。

俺も設定しようかな、冬川さんと若草さんに。

【オッケー、どこに行けばいい？】

【地図を送るから、その宿屋の二〇四号室に来てくれ。そこで昨日のことと、これからのことを話そう】

【了解】

さほど間を置かずに送られてきた地図に従い、俺は仲二の指定した宿へと向かった。

部屋に入ると、丸い木製の机を仲二と若草さん、冬川さんの三人がすでに囲んでいる。

「よっ、総」

「こんにちは、総君」

「こんにちは、です、総君」

あぁ、美女ふたりのダブル挨拶はこんなにも破壊力を秘めていたのか。世界はこんなにも鮮やかな色で満ちていたのか。こんにちは世界。ようこそ俺。これで仲二が視界から外れていたらどんなに輝いていたことか。

「おはよう、皆。仲二、邪魔」

「酷くね⁉」

おっと、つい本音が。これは誤解を解いて……誤解じゃないからいいか。

「仲二、昨日のことどこまで話した？」

「スルーかよ⁉」

　スルーだよ。

「まぁいい、まだなんにも言ってないぜ。さっき集まったばかりだしな」

「そっか」

　ならとりあえず昨夜のダンジョンでの一件を最初から話すか。

　それから俺と仲二で昨日のダンジョンのこと、そしてボスのことを話した。若草さんと冬川さんは最初は面白そうな顔で聞いていたが、途中からその目は徐々に変化を見せ、最後は点になっていた。面白い顔だねって言ったら殴られるだろうか。

「え～と……まずなにから言おうかしら」

「翠、総は自分がなにをしたのか自覚がないから教えてやってくれ」

　エライ言われようだな。まぁゲームに関する知識は俺が一番ないだろうから、その通りかもしれないが。

「俺になんの自覚が足りてないって？」

「えっとね、総君、まずオキナワのボスは何人で挑むボスかわかる？」

「いや、全然」

　いまさらだが俺そんな基本的なことも知らなかったのか。ちょっと仲二に頼りすぎていたかもしれん。

「一パーティの最大人数は四人。これはこの前一緒に組んだときに話したわね。で、オキナワのボスは二パーティまで同時に参加することができるの」

ほほう、じゃあのボスは最大八人で挑むことができるのか。それなのに俺たちはふたりで……アホだな。

「で、オキナワのボスは難易度が超高くて、情報サイトや掲示板なんかは鬼畜って言葉で埋め尽くされているわ」

確かにあの最後の攻撃は酷かった。あれなら鬼畜と言われても仕方がないな。

「攻略組の中でトップレベルに位置するギルドでも、ボスのＨＰは最高で六、七割しか減らせなかったそうよ。勿論フルパーティでね」

え？　そうなの？

「でも伸二と総君は、ふたりでボスのＨＰを八割は減らしたっていうじゃない。これは快挙、いえ暴挙？　まぁそんな感じよ」

そんな感じと言われましても……快挙と暴挙じゃ相当違う気がするが。

「情報を隠しているギルドも多いから絶対とは言えないけど、多分ボスのＨＰをレッドゲージにしたのは全プレイヤーの中でも伸二と総君が初めてだと思うわ」

いや、そんなわけないだろ。これはゲームなんだし、俺より強い奴だってゴロゴロいるだろ。若草さんも伸二と一緒でチョイチョイ冗談を挟んでくるな。ユニークな人だ。

「でも、負けたら一緒だよ。やっぱ勝たないとさ」

「それはそうだけど……うぅ、この凄さをどうやったら理解させられるかしら。なんだか負けた気分だわ」

負けた気分って……そんなに冗談に乗せたかったのか？

「ははっ、わかったよ」

「……絶対わかってない」

そんなことはない。これでも伸二の相方だぜ？　ジョークへの理解はそれなりさ。

「翠、これ以上は無駄そうだ、諦めよう。それよりもボス攻略についての話をしようぜ？　俺の見立てだと、総の装備を整えて、翠と冬川が加勢してくれたらイケると思うんだが」

俺の装備……そうだよな。ボス戦に初期装備はないよな。

「え、総君、あの装備のままボスに挑んだんですか⁉」

「ここまでだったなんて……」

おっと、冬川さんにも呆れられてしまったかな。いや、俺もまさかボス戦することになるとは思ってなかったというか。若草さん、そんな目で俺を見ないでくれ。反省する、反省するから。

「翠、冬川、どうだ？　一緒に行かないか？」

伸二からの問いに、ふたりはほとんど間を置かずに笑顔で答える。

「勿論よ」

「わ、私こそお願いします。一緒に行きたいです」

ふたりとも勇気あるなぁ、即答かよ。あのボス、女の子が立ち向かうには結構怖いと思うんだけど。

「じゃあ、まずは総の装備を整えるか。総、装備品はなにかロストしたか？」

「あぁ、親切なチンピラから頂戴したナイフがない。多分デスペナで落としたな」

あのナイフは結構気に入ってたんだけどな。

「じゃあ、とりあえず装備を揃えようぜ。これまでにゲットした素材を売れば、そこそこの資金にはなるだろ」

確かに俺のアイテムボックスにはこれまでに倒したモンスターの素材が山盛りに入っている。問題は換金率だが、そこは運を天に任せるしかないか。

「で、装備を整えたら作戦会議だ。ボス攻略自体は明日学校が終わってからにしたいんだが、それでもいいか？」

「俺はいいけど、今日行かないのか？　今日は結構時間あるぞ？」

「せっかくボスを攻略するんだったら、デスペナで成長率が落ちてるときじゃなくて、しっかりと恩恵を受けられる条件で行きたい。ふたりはそれでもいいか？」

「全然オッケーよ」

「私もそれでいいです」

「決まりだな」

おいおい、ボスを攻略する前提かよ。確かにＨＰ上はあともうちょっとだったけど、最後のあれは正直別格だったぞ。いや、こういう前向きさが伸二のいいところか。さすが伸二と言うべきか。俺も見習おう。

「へっへっへ、もし次のステージを開放したら英雄だぜ。どんだけモテるかな」

さすがだ、伸二。そこを口に出すところがたまらないぜ。見ろよ、冬川さんと若草さんのあの日。お前馬鹿だな。さすが俺の反面教師。

「あ、行きたい武器屋は決まってるんだ。少し距離はあるけどどいいかな？」

「いいけど、どこに行くんだ？」

「ちょっとウルマまでな」

◆

俺たちはいま、ナゴの町付近の駅舎を使ってウルマの町まで来ている。ウルマの町は、総合運動場という超巨大テーマパークばりの施設が売りの人気の町だ。さまざまなスポーツが行え、毎週なにかしら大きなイベントがある。日曜日の今日は、サッカースタジアムでスキルやアーツの使用が許可された試合が行われているらしい。スキルにより強化された体や、アーツによるプロを超えた美技が披露されることから、その人気はスポーツ関連のイベントの中でも屈指のものを誇るとか。

しかしサッカーに使えるアーツってなんだろうな。蹴り技とかかな。ときおり地響きを感じるほどの怒号がスタジアムから漏れる中、俺たちはそこを素通りし商店街のある通りまで来ていた。

「なぁ、総。店の名前はなんっていうんだ？」

「金物屋ＨＡＮＺＯっていうらしいぞ」

それが少し前に俺がある人からチャットで聞き出した店の名前。昨日、自分の店を訪ねてほしいと俺に言ってくれた人の名でもある。

「いま店の前で立って待ってくれているらしいから、こうして道を歩いていたらわかると思うんだけど……おっ」

「確かここら辺って言ってたけど……」

言い終わると、ちょうど目的の店の前で立つ主人の姿が俺の視界に入る。俺は手を振り、少しばかり声を張り上げる。

「半蔵さ〜ん！」

「おお、来たか、ソウ君」

そこには昨日会ったときと変わらぬ姿の、顎髭でマッチョな主人がいた。半蔵さんは俺たちに気付くと、彫りの深い顔にニンマリと笑みを浮かべ、近付いた俺にゴツくてマメだらけの手を差し出してくれた。

「ようこそ私の店へ。来てくれて嬉しいよ」

差し出された手を力強く握る。

「俺も来れて嬉しいです」

なくなったナイフの代わりといわず、あれを超える一品を得るために、俺は仮想世界で知り合ったフレンド、鍛冶師の半蔵さんを頼った。

（六）強化≒投資＋デート

「そうか、わかった。私にできることは協力しよう」

新しい武器を求めるに至っただいたいの経緯を説明すると、半蔵さんは筋骨隆々な腕を組み、俺の頼みを快諾してくれた。

「とりあえず店に入ってくれ。希望のものが見つかるといいんだが」

半蔵さんの誘導に従い店の中に入ると、棚だけでなく壁一面に長剣や短剣、槍が飾られていた。所々に刃物以外の武器、ハンマーや盾などの装備品も並んでいる。なかなか壮観な光景だな。

「ゆっくり見ていってくれ。ソウ君にならサービスさせてもらうよ」

「ありがとうございます」

とりあえずは代わりのナイフを探すとしよう。これまで得た素材を全部換金してそれなりに財布には余裕ができたけど、さすがに一番高いのは……うん、無理だな。

一通りのナイフを手にすると、俺は最も手に馴染んだナイフを半蔵さんに渡す。

「半蔵さん、俺これが欲しいです」

渡したのは刃渡り三十六センチ、厚さ七ミリとかなり大きめのナイフ。以前持っていたナイフよりもかなり大きく癖が強くなった感じだが、感触や重さが現実で使っているものに近く、持った瞬間にピンときた。

「それはナイフとしてはかなり大型だから扱いは難しいけど、その分威力は高い癖の強いナイフだ。攻撃力も十二。その価格帯のナイフでは一番の攻撃力を誇るよ」

攻撃力は前持ってたナイフの倍か。だからって与ダメージまで倍になるってわけじゃないだろうけど、戦力アップになるのは間違いなさそうだな。会計をしようと店のレジの前まで行こうとしたが、その行く手を半蔵さんの手が遮った。

「これは私からソウ君にプレゼントしよう。昨日サクラによくしてもらったお礼ということで」

「え、いやそれは悪いですよ。俺はサクラさんからちゃんと代金も頂きましたし、なによりいい体験もさせてもらったのはこっちです。お礼っていうならむしろ俺が――」

そこまで言うと、半蔵さんは俺の胸に拳を置く。

「これは私にとって投資でもあるんだ。君がボスを倒してくれれば、私も次のステージで鍛冶のためのいろいろな素材が手に入る。だからこれは自分のためでもあるんだ。受け取ってくれないかな」

いや、それでもさすがにこれをタダはイカンだろ。しかしこれは半蔵さんの男気というやつでもあるのか？　だとしたらここは受け取るのが礼儀か？　う～ん……。

短い時間を懸命に迷い、答えを出す。

「その、ありがとうございます。このナイフ、大事にします」

この恩は必ず返そう。きっと、絶対。

「それは嬉しいね。職人にとって大事に使ってもらえるのは一番嬉しいことだよ」

そう言う半蔵さんの顔は実に清々しく、ちょっとカッコよかった。

半蔵さんにたっぷりと感謝を伝えたあとは、次の装備更新のため射撃武器を専門に取り扱っている武具店を訪ねた。探すのに一苦労するかと思っていたが、次に銃を探していることを知った半蔵さんが、知り合いの店を紹介してくれたお陰で、ここまでスムーズに着いた。

本当になにからなにまで世話になった。この恩は絶対に返さないといけない。ボスを倒しただけじゃ、せいぜいが利子分だ。半蔵さんへの恩返しの気持ちを心の奥に刻み、店の扉を開く。

そこはかなり広く、大きなフロアの中に複数の店が入っている仕組みだった。よく見れば弓やボウガンを専門に置いている店や、銃、ライフルを専門に置いている店。中にはパチンコなどの変わり種を置いている店もある。

「これはなかなか壮観だな。どうする、総。しばらくここで集中するか？」

「そうだな。銃に関しては少し時間をかけたいから、そうしたいな。いいか？」

「全然いいぜ。その間ハローワークに行って、いくつかクエストを受注してくるわ」

え、ということは、こっちは俺ひとりに女の子ふたりか？　なに、そのハーレム。最高かよ。

「あ、なら私も付き合うわよ、ハイブ」

うん、知ってた。次は冬川さんもどこかへ行くんだろ？　俺、知ってるよ。

「じゃあふたりで行くか。俺とリーフでクエスト取ってくるから、総はブルーのガードを頼んだ。ほっとくと迷子になるから気を付けてやってくれ」

「なりませんよ！」

「ははっ、じゃあそういうことで頼んだぜ」

そう言うと、伸二と若草さんは意味深な笑みを浮かべて店をあとにした。

え、冬川さんとふたりっきり？　これってもしかしてデートか？　デートってやつじゃないか？

一定のコミュニケーション能力を身に付けた猛者にのみ許される、男と女の連続した時間と空間の共有である《デート》じゃないのか？

「もう……じゃあ、ソウ君、行きましょうか」

「あ、あぁ。行こうか」

冬川さん冷静だな。俺はこんなにドキドキしてるのに……ん？

「ブルー、そっちは出口だぞ」

「はぅあ!?」

まさか一歩目から迷子になりかけるとは。伸二の言う通り本当に迷子になりやすいようだな。これは気を付けないと。

「じゃ、じゃじゃじゃあ、ソウ君！　い、いき、いき、行きましょう！」

そんなに硬くならなくても……迷子になりかけたのがそんなに恥ずかしいのか。いや、これは触れずにいたほうがよさそうだな。ここは俺がさり気なくリードするべきだ。さり気なく。

「さ、さささ、さぁ、行くぞ！」

チクショー。俺たちは揃って顔を赤く染め、目的の店に入った。

「うわ～……ピストルがたくさん。ソウ君はどれを探しているんですか？」

「いま装備中のハンドガンを新調しようと思ってる。一番サイズの小さい銃だな」

冬川さんは俺の説明を聞くと、拳銃が陳列してある棚へと移動しそのうちのひとつを手に取る。

「わぁ……結構重いんですね」

「エアガンとは違うからね。撃ったあとの衝撃も大きいし、本当にリアルに作り込まれてるよ」

ここはプレイヤーの経営する店だから、並んでる商品も全部プレイヤーが作ったんだよな。銃ってどうやって作るんだろ。もしかして火薬とかも扱っていたりするのかな？　手榴弾レベルの武器でもあれば、戦術の幅がだいぶ広がるんだけど。

「ソウ君、この綺麗な銃はなんというんですか？」

その手に持たれていたのは、シルバーを基調としていながらも、デザインそのものはシンプルに作られた自動拳銃。

「これは……微妙に違う箇所があるけど……いやまさか……デザートイーグル？」

似ている。十三歳の誕生日にもらったデザートイーグルに。細部に微妙な違いはあるが、現実で一番近い銃を挙げろと言われれば、それはデザートイーグルだ。自動拳銃の中で最高峰の破壊力を持つといわれる、あのデザートイーグル。いや、だが似ているだけで威力まで一緒とは限らない。だいたいマグナム弾が撃てるのか……いや、そもそもマグナム弾っていう概念がこの世界にあるのか。撃ってみるしかないか。

「凄い銃なんですか？」

「現実と同じか、それ以上の性能だとしたらもの凄い銃だと思う。試し撃ちができるみたいだし、ちょっと撃ってくるよ」

他の銃も見繕い、店の横にある試射場で試し撃ちを行った。その中で最も俺の心を掴んだのは、冬川さんが手に取ったあの銃。正式名称をシルバーホーク。弾数は十五、攻撃力も八あり、いま使っているハンドガンよりすべての数字が高い。実際のデザートイーグルに比べれば、撃った際の衝撃がやや軽く威力も見劣りしているが、それでもなかなかの性能といえるだろう。それより問題は……。

「う〜ん……ギリギリ足りん」

性能がいい分、それなりの値段をしている。いま使っているハンドガンを売ればギリギリ二挺買うことができるラインだが、瞬間文なしにもなる。もうちょっと財布に余裕ができてからにするべきか……うん、そうだな。これまで苦楽をともにしてきた武器を易々と手放したりしたら駄目だよな。ゴメンよ、ハンドガン。俺とお前は一蓮托生だぜ。

「かっこいいピストルですよね。私もそれ、好きです」

いままでありがとう、ハンドガン。お前のことは忘れないよ。懐は寂しくなるが背に腹は替えられない。悲しきかな、男の強がりよ。
俺は全財産のほとんどを使い果たし、無事（？）装備を一新した。やっぱり装備の更新というのは興奮する。具体的になにがと言われれば答えられないが、とにかく気分が高揚する。自然と上がってくる口角を冬川さんに見られないように手で隠し、新装備のステータスを確認する。

【武器一覧】
・シルバーホーク（所持数：二）
攻撃力：八
弾速、貫通力を意識して製作された銃。その分重量が増しており、片手での扱いには熟練した技量と鍛えられた体を要する。弾数は十五。
・枝垂桜
攻撃力：十二
鍛冶師半蔵の作りし一品。ナイフとしては大型であり、高い威力を誇る分、扱いが難しい。

おぉ、なんだか強そうだ。いや、実際攻撃力はほぼ倍になっているし、強いだろう。本当は防具も揃えたかったのだが……いまの俺の財布の戦闘力はたったの五だ。ゴミ――ではないが無茶はできない。ここはコツコツと地力を上げていき、いずれ訪れるスーパーヤサイ人へのレベルアップに備えるべきだろう。オラ、ワクワクしてきたぞ。
「どうします、ソウ君。武器は決まったみたいですけど、もうちょっと見ていきますか？」

いかん。つい自分の世界に浸ってしまった。

「そうだな。本音を言えばほかの銃、特にライフルは見てみたい。でも冬川さん、退屈じゃない？」

女の子が銃を見て目を輝かせる光景は……ちょっと想像できないな。

「そんなことないです。ソウ君と一緒に見て回るの楽しいですよ。でもあまり詳しくないので、よかったら私にもその、教えてもらえると嬉しい、です」

くぁぁ……なんなんだ、この生き物は。俺を悶え死にさせるつもりか。もしこれが俺を倒すための策略なのだとしたら、効果は抜群だ。このうえなく効いているぞ。

「じゃあ、あっちの店を見に行こうか」

それから俺と冬川さんはしばらく店の中でいろいろな銃を手に取り、会話に華を咲かせていった。

なんだこの幸せな時間は。


ハローワークでボス攻略に関するクエストを受注してきた伸二たちと合流すると、俺たちは次にＰｖＰのできる施設へと向かった。だが目的はＰｖＰではなく、それぞれのできることを把握し、連携を取りやすくするための確認だ。

あのボスに対してバラバラに挑んでも勝ち目は薄いことは、昨日十分理解した。武器も更新したから前回よりもいい線はいけると思うが、それでも同じ轍を踏まないための対策はできるだけ講じて然るべきだろう。そうしていろいろなスキルやアーツ、魔法や歌を試すこと数時間。俺たちは全員の能力をおおむね把握し、取る戦術もだいたい決めた。

「基本は俺がいざというときの壁役で、総が攻撃役って感じだな」

仲二の魅力は、やはりその防御能力だ。ボスの攻撃を正面から受け止めても、一撃では沈まない体力もある。壁役として仲二以上の適任はいない。

「で、総がピンチのときにリーフの魔法で援護。ヘイトが移っちまったら俺がガードと」

若草さんは火力重視の魔術師と言うだけあって、瞬間的な火力は俺たちの中でもトップだ。だがその発動には隙も大きく、仲二と常に連携していないとキツイという結論に至った。もっとも、若草さんにヘイトがいかないぐらい、俺がボスを釘付けにすればいいだけの話だが。

「そんでブルーが歌で援護と。発動のタイミングは総にしっかりとヘイトが移ってからな」

「はい」

冬川さんの状態異常系の歌がボスに効くかは試してみないとわからない。効く見込みは薄いだろうが、もし効果があればそれを使わない手はない。ひとまず試してみて、駄目だったら回復系の歌で俺と仲二の補助をしてもらうことで意見は一致した。

「まぁ要約すると、総がひとりでボスのＨＰを削りまくって、俺たちは総がピンチのときに駆け付ける感じだな。正直頼りっぱなしですまないと思うが、あれと正面からまともにやり合えるのは総だけなんだ。情けないけど――」

頭を下げようとする仲二の肩に手をやり、動きと言葉を止める。

「俺たちはチームだろ？　それに一番成功率の高い戦術に文句はない。俺はお前の考えた戦術を信じるよ」

「そうか……サンキュな」

「気にするなよ」

あんな面白いポジションを譲るなんてもったいないないことできるかよ。あいつは——俺の獲物だ。

その後もいろいろと準備を整えてから、俺たち四人は昨日入ったダンジョンに向かった。回復アイテムの消費を抑えるために、道中モンスターに遭遇しなくなる特殊なアイテムを使ったことで、俺たち一行はモンスターと一戦も交えずにダンジョンまで辿り着いた。もともとは趣味や生産を優先したいプレイヤーのために用意されたアイテムだが、ダンジョンの攻略時にも有用なアイテムであることから、いまでは多くのプレイヤーに幅広く愛用されている。

時刻はすでに夕方に差しかかっている。ボス攻略は明日の予定だが、伸二たちは一旦夕食のためにログアウトしたあとにまた戻ってきて、少しダンジョンに潜るらしい。俺はどうしようか迷ったが、最近瑠璃と母さんをほったらかしにしていたので、今日はここで完全に落ちることにした。

明日ログインしたときにすぐにダンジョンアタックできるよう、ダンジョン前にある休憩所で登録を行ってから、俺たちは現実へ帰還した。

六章　一＋一＋一＋一＝四とは限らない

（一）再挑戦＝やる気＋勇気＋根性

週末のゲーム三昧の生活を終え、普段通りに登校した俺は、校門前で全身をガチガチに固めていた。別に装甲を厚くしているわけではない。ただただ緊張しているのだ。

だがそれも仕方のないことだと思う。なにせ、これから俺の人生において、かつてないほどのチャレンジをするのだから。この緊張に比べればジャングルの奥地でアナコンダを捕まえようとしたときのほうが全然マシというものだ。

かつてないほどのプレッシャーに押し潰されそうになりながらも、必死にそのときを待った。そして、ついにその瞬間は訪れる。震えそうになる唇に落ち着けと何度も念を送り、俺は口を動かす。

「お、おはよう、翠さん！　あ、葵さん！」

今日からふたりのことを名前で呼ぶ。事前にそう話していたとはいえ、やはり最初はどうしても緊張してしまう。もしこれでやっぱり無理とでも言われれば、もう立ち直れないかもしれない。

一世一代の勝負に硬直していると、若草さん――いや翠さんは柔らかい笑みで、葵さんは少し硬い笑みでそれぞれに答えをくれた。

「おはよう、総君」

「お、おはようございます、総君」

あぁ、名前で呼び合うというのはこんなにも心が躍るのか。なんて素晴らしい世界なんだ。この素晴らしい世界に――

「ふふっ、ガッチガチだけどひとまずは合格かな。次の目標は呼び捨てで呼ぶことね。あ、それかアオちゃんとかでもいいわね」

なんですか、その素敵な目標は。そんなの全力で取り組むに決まってるじゃないですか。あぁ、この素晴らしい世界に祝――

「おー早速やってんな、総」

いいタイミングで来たな伸二。これはあれか、言わせねえよ的なあれか。いや言ってないけども。

「おう、伸二。お陰様でな」

考えてみれば、こうして翠さんや葵さんと仲よくできるのも伸二のお陰か。

「今夜はリベンジだからな。気合入れていこうぜ」

「おう！」

勿論気合入りまくりだよ。この俺を止められるものはなにもないぜ。

「伸二、総君」

なんだい、翠さん。この俺の熱い炎はそうそう消えやしないぜ？

「今夜もいいけど、まずは今日の小テストに気合を入れるべきじゃない？」

「「Ｏｈ……」」

凄いよ、翠さん。見事な鎮火の腕だ。もう一瞬で消えたよ。

こうして俺と伸二は、絶望的な戦いへと身を投じた。

壮絶な死闘を終えた俺たちは、その日の夜にダンジョン前の休憩所で集合した。テストの結果は言うも無残、聞くも無残なものだったが、翠さんも葵さんも気を使っているのか、その話題を巧みに避けてくれる。いつか親父が『優しさが一番痛い』と言っていたが、いまならその意味が少しだけわかる気がする。視線の合わない笑顔の痛いこと痛いこと。

「うっし、じゃあ行こうぜ！」

俺と同じことを感じているのか、伸二も変に気合の入った声を出し、ダンジョンへと入っていく。気持ちは痛いほどわかるぞ、同志よ。


琉球の面影が多分に残る城の地下。俺たちは昨日同様にダンジョンを進んでいく。事前の打ち合わせ通り、前衛は俺と伸二が、後衛は翠さんと葵さんが担当する布陣だ。シンプルだが、それゆえにやることもハッキリしていてやり易い。地下を進むこと数分、昨日何度も狩ったオオコウモリの群れが視界に入る。数は五。まだこちらには気付いておらず、天井にぶら下がっている。ハンドサインで前方に敵がいることを知らせると、そのまま狙撃の体勢に入る。新しい銃の性能は知っているつもりだが、実戦で使うのはこれが初めてだ。とりあえず、ヘッドショット狙いで二発入れて様子を見よう。

バンッ――と短い爆発音を二回響かせると、額を撃ち抜かれたオオコウモリはドサリと音を立てて落下し、そのまま光の粒子となった。

おお、反撃なしに一方的にか。これはホントにいい銃だな……っと、感心してる場合じゃなかった。敵はあと四匹。先制攻撃を受けて動揺はしているようだが、それでもこっちに気付いて向かってきている。接近されるまでに減らせるだけ減らしておくか。

狙撃の姿勢を維持し、さらにもう一匹の頭を撃ち抜き光へと変える。これであと三匹と脳内でカウントダウンをしていると、直後に後ろから翠さんの声が響く。

「ソウ君にばっかりいい格好はさせないわよ——《風弾》！」

翠さんの周囲に圧縮された半透明の空気弾が三つ浮かび上がると、かざされた手に従うように敵へと飛来する。真っ直ぐの軌道で発射されたそれは、狭い洞窟の中で満足に動き回れない三匹のコウモリの胴体に直撃し、撃ち落とす。そこにすかさず伸二が追撃を仕かけ、撃ち落とされたコウモリのＨＰを削っていく。

一方の俺はコウモリを伸二に任せ、後ろから迫ってきていたもうひとつの気配に注意を払っていた。

「ソウ君、後ろからおっきな蟹さんが！」

葵さんも気付いたか。伸二と翠さんにコウモリの相手を任せると、葵さんとともに昨日も狩ったオオヤシガニの相手をすることにした。単体でしか襲ってこないって伸二は言ってたから、コウモリとの挟み撃ちになったのは偶然かな。

「こっちは俺たちで相手をしよう。あとブルー。ヤシガニはヤドカリの仲間だ。蟹じゃない」

「その豆知識、ここでいります⁉」

おぉ、割と余裕があるじゃないか。これなら大丈夫かな。

「あいつは腹が弱点だから、俺が突っ込むよ。ブルーは援護を頼む」

「は、はい！」

葵さんの返事が聞こえるのとほぼ同時に、ヤシガニに向かって全力で駆ける。

「――《幻惑の奏》！」

葵さんの奏でる鮮やかな笛の音が洞窟内に響き渡る。心を落ち着かせるような、優しい音色だ。

俺にとっては、だが。

「GYUIIIIIII⁉」

苦痛に満ちた声、と表現していいかどうかはわからないが、ヤシガニは声を上げ、さらに手足をバタつかせている。多分、混乱か動揺しているのだろう。表情がないからどっちなのかはわからないけども。だがお陰で楽に懐に潜り込める。前回伸二と挑んだときはあのハサミをハンマーのように振り回されて焦ったが、いまのヤシガニは近くに行っても反応していない。俺はバタつくハサミに気を付けながら、ヤシガニの体の下に潜り込もうと身を屈めようとする、が、

「GYOOOOOO！」

ヤシガニは急にその場から身を起こし、弱点である腹を俺の目の前に突き出してきた。

……え、ナニコレ。あれかな、犬とかがやる服従のポーズの起立版かな。いや、でもハサミはまだ振り回してるから、戦闘の意志はありそうだな。

「そ、ソウ君。攻撃を」

そうだな。よくわからないけど弱点の腹を曝け出してるんだし、チャンスだよな、これ。チャンスでいいんだよな。俺は釈然としない気持ちで、腹丸出しのヤシガニ目がけ銃を撃ちまくる。するとヤシガニは力のない声を上げ、光となって消えていった。

なんだこれ。

「ソウ君、怪我はありませんか？」

「あぁ、全然」

怪我する要素、なかったからな。

「よかった……私の笛とあのモンスターは相性がいいみたいです」

葵さんと相性がいいだと？　なんて羨まけしからんやつだ。おいそのポジション替われ。

「相性？」

「はい。さっきのモンスターは混乱すると弱点のお腹を出しちゃうみたいなので、私の笛と相性がいいなって」

そういうことか。じゃあ、あれは服従のポーズじゃなくて、葵さんの補助による効果ってことか。よかったよ、あれが服従のポーズだったら寝覚めが悪くて仕方のないところだった。

「じゃあ、次もあれが出てきたら、ブルーの笛に頼らせてもらってもいいかな」

「勿論です。私、頑張りますからね！」

葵さんは両手を腰に当て胸を張り、答える。だがその顔は得意そうというよりは、どこか恥ずかしさを押し殺しているような、そんな強がりにも見えた。スクリーンショット撮りたい。

「伸二たちのほうも終わったようだし、素材を回収して合流しよう」

「はい」

それから俺たちはピンチというピンチを迎えることなくダンジョンを進んでいった。コウモリに対しては襲ってくる前に俺と翠さんで先制攻撃を行い、向かってきた敵は俺と伸二が止め、たまに負うダメージは葵さんに癒やしてもらった。ヤシガニが出たときはもうボーナスゲームだ。葵さんの笛の音が響くと、やつは弱点を曝け出してアワアワする。そこを俺と伸二、翠さんが攻撃する単調な作業だ。正直、戦うというよりはただ倒すだけの作業となっているが、伸二たちは満足そうな顔をしている。多分これは俺と伸二たちの戦いに対する考え方の違いだ。俺は相手がなににしろ、戦う以上は緊張感を求めている。その緊張感が俺を研ぎ澄ますし、なにより勝ったときの喜びを沸き上がらせる。

対して伸二たちは、戦ったあとの素材や、各種スキルやアーツの成長を喜んでいるように感じる。その感覚が俺にないというわけではないが、俺からすれば素材は戦いのあとの副産物で、緊張感のある戦いにこそ意味がある。どっちが正解というわけでもないのだろうが、多分伸二たちの考え方が一般的なのであろう。ゲームとは、そういうものでもあると聞いているからな。

まぁ戦闘に関してはともかく、こうして皆で一緒に遊ぶっていうこと自体が俺は嬉しくて堪らないから、細かいことは気にしない。楽しければいいのだ。だってこれは、ゲームなのだから。

(二) ボケ×二+ツッコミ+天然=お約束

――どうしてこうなった。

頭の中をその文字が何度も何度も、何度も駆け巡る。

いや、こうなるんじゃないかという嫌な予感はあった。だがそれでも、まさか本当にこんなことになるなんて。

　俺の計算が甘かったのか。いや、こうなっている以上、甘いと言わざるを得ないだろう。俺が甘かったのだ。それは認めなければならない事実だ。

　だが、それでもどうかこれだけは言わせてほしい。俺には、この言葉を言う権利があるはずだ。

「リーフのアホおおおおおおお！」

　虚しい咆哮が洞窟内を木霊する中、こうなった経緯を沸騰する脳ミソで思い返す。

◆

　ダンジョンの地下へとどんどん進んでいった俺たちだったが、二時間ほど歩いたところで一旦休憩を取った。

「おっかしいな。前来たときは、もうちょっと早くにボスのもとまで辿り着けたんだけどな」

　そう言うと、伸二は出っ張った岩に腰かける。その顔には僅かながらに疲労の色も浮かんでいる。

「前は適当に進んでて、途中で伸二がやらかしたんだよな」

「それは言うなよ、反省してるんだから」

　いや、お前ノリノリでやったじゃねえか。もう騙されないぞ。

「反省は行動で示してくれ。だが俺たちがぶち抜いた壁どころか、罠のあった場所すら見つからないなんてなかなか上手くいかないな。もっと簡単に見つかるかと思っていたんだが」

　以前来たときはもう一度来るなんて思ってもいなかったので、道もそれらしい目印もなにも覚えていない。これは思ったよりも時間がかかるかもしれない。最悪、明日に持ち越しかもな。

「こんな洞窟の中じゃ現在位置も全然わからないものね。まぁ、わからないものを考えても仕方ないし、歩いて探すしかないわよ」

明るいし前向きだなぁ翠さんは。それでいて美人ときている。絶対モテるだろうな。

「だな。とりあえず下に向かって行けばなんとかなるだろ。あと地底湖があったから、洞窟内に水の流れがあればそれを辿ってみよう」

一休みした俺たちは、再び洞窟内を進んでいった。目指すは地底湖前のボス部屋。とりあえずの目印は、以前かかった罠か洞窟内を流れる水。一度来た道を再び通らないように気を付けて進んでいると、ここに来てこれまでに見たことのないモンスターを発見する。

「ハイブ、あれなんだ？」

「あれは……いや、マジか。ここに出現するなんて情報、聞いてねえぞ」

この反応から察するに強敵か。だったら、ボス前のウォーミングアップにちょうどいいな。

「あれは鬼ヒトデ。全身の針に毒を持つ強敵だ」

そうかオニヒトデか。しかし俺の記憶違いかな？　オニヒトデはサンゴ礁なんかを食い散らかす巨大なヒトデだと思っていたんだが。目の前のモンスターはどう見ても人型の……てか鬼だよね。鬼がメインのオニヒトデだよね、アレ。

「鬼ヒトデか。ブルーの笛の効かない嫌な敵ね」

「うん……」

伸二はともかく、翠さんも葵さんも、よくアレに違和感抱かずにそんな「まずい敵が来た」みたいな真剣な顔を浮かべられるな。俺だけ？　俺だけなのか、アレをおかしいと感じているのは。

「ボスを前にあんなやつが出るなんて。できれば被害を最小限に乗り切りたいが、最悪迂回してアレをやり過ごすのもアリだと思うぞ」

伸二が真剣な顔で俺に言う。だが俺は、目の前の強敵への好奇心を抑えきれなかった。

「すまん、ハイブ。ちょっとサシでやらせてくれ」

翠さんと葵さんが目を点にし口をポカンと開けているが、伸二は苦笑いを浮かべて、

「そう言うんじゃないかって気はしてた。いいぜ、行ってこい」

「悪いな、我儘言って」

「気にすんな、これはゲームだ。楽しくいこうぜ」

まったく、これだからお前は最高なんだよ。たまに馬鹿だが。

「じゃ、行ってくる」

その言葉を置き去りにするように、鬼ヒトデに向かって全力で駆ける。本来なら銃でＨＰを削るのが正しい選択なのだろうが、俺にとってこれはボス前の前哨戦。あのボスと再び接近戦をするときのためにも、ここで少し接近戦の感覚を慣らしておきたい。

俺の接近に合わせ、鬼ヒトデもこっちに駆けてくる。二メートルはあるボディビルダーのような体躯に、針だらけの化け物。正直、鬼というよりはヒトデ人間か針人間のような感じだが、その手に握られた鋼鉄の棍棒により、鬼っぽさが残っている。プロ野球選手のように鋭くスイングされた棍棒が俺の頭蓋骨を粉砕しようと猛然と迫る中、鬼ヒトデの動きを観察しつつ攻撃を躱す。

掠った髪の先が焦げ付きそうなほどの鋭いスイングだが、人型であることもあり、その動きは読

みやすい。どう見ても俺より攻撃力は高そうだが、この攻撃よりも多彩で速いモーションがない限り当たる気はしない。当たらなければどうということはないと、どこかの大佐も言っていたしな。

数回振るわれた棍棒をすべて回避すると、足裏で地面を全力で蹴り、一足で懐に飛び込む。

「――ふっ！」

全身の針に気を付けつつ、腰のナイフをやつの顎から頭頂へと斬り上げる。一瞬遅れて赤いエフェクトが飛び出すが、やつは怯まずに棍棒を上から叩き付けてくる。が、それよりも早く、やつの肉体で唯一針のない腹を思いっきり蹴り飛ばし下がらせる。

うん、これなら余裕だな。いまの攻防で彼我の戦力差はおおよそ把握した。

一旦空いた距離を埋めるべく、鬼ヒトデは再び俺に猛然と突進を仕かける。そしてもう何度も見た棍棒の一撃を回避し、すり抜けざまにやつの首、心臓、両脇に剣閃を描く。

「ＧＯＡＡＡ！」

喋るのか。だがもう終わりにしよう。振り向いた鬼ヒトデの繰り出す、ゴルフスイングのような軌道を描き迫ってくる棍棒に片足を乗せ、その力に乗り洞窟の天井まで跳躍する。

空中で姿勢を整え天井に着地すると、今度は重力に従うよりも早く天井を蹴り、一気にやつのもとまで舞い降りる。

「――喰らえ！」

落下と同時にやつの首に剣閃を描く。俺のスピードに反応できない鬼ヒトデは、俺が着地するのに少し遅れてその首を地面に落とし、やがて光へと消えた。

「ふぅ、結構タフだったたな」

だが、お陰でいいウォーミングアップになった。ナイフもいい感じだし、これならボス戦もいけそうだな。

「総、お前……ガンナーっていうより忍者みたいだな。いつか壁走りとか天井に張り付いたりとか分身とかしそうだ」

「それはないだろ」

いや、天井に張り付くならできるか。壁走りと分身は意味がわからんが。

「ふたりともそれぐらいにして先に進みましょ。このままだと夜遅くなっちゃうわよ。明日も学校があるんだから」

それもそうだな。

「リーフはさっきの総の動きに驚かないんだな。もう慣れたのか？」

「慣れとはちょっと違うわね。ソウ君のことを、雑技団のエースで戦場帰りの傭兵で世界を股にかける怪盗で、と思って見ればそこまで戸惑わずに済むと思ったのよ」

「なるほど、それはいい心がけだな」

よくないだろ、どんな心がけだ。葵さんもそんな「その手があったか〜」みたいな日で翠さんを見ないでくれます？　俺のＭＰゴリゴリ削られていってますよ？　いやこの世界にＭＰないけどさ。

「さて、それじゃあ休憩もここらにして、どんどん先に進みましょうか」

そう言い先を歩こうとする翠さんの手を、俺は勢いよく掴んで止める。

「――え？」

「お、おい、総、どうした？」

「……ソウ君？」

俺のいきなりの行動に戸惑う三人だが、いまの俺に伸二や葵さんの言葉を気に留めるほどの余裕はなかった。

「リーフ、ストップ。罠だ」

翠さんの一歩先の地面に、地雷が埋めてあるような痕跡を俺の目は捉えていた。それが本当に地雷かどうかはわからない。だが掘って、そしてなにかを埋めたような痕跡が僅かに見られるのだ。もし俺の勘違いならそれに越したことはないが、先日嵌ったこのダンジョンの罠で、運営の性格はわかったつもりだ。あの運営なら、こういう悪質なトラップのひとつやふたつは用意していてもなんら不思議はない。皆にそのことを説明すると、

「な〜んだ、てっきり口説かれるのかと思ってドキドキしちゃった」

悪戯な笑みを零し、俺の顔を覗き込むような絶妙な角度で翠さんから視線が注がれる。

「さすがにここじゃできないって」

「ふ〜ん、ここじゃなかったらできるの？」

「え、いや、それとこれとは」

コミュ力レベル一の俺に、このクエストは難易度が高すぎる。ニヤついている伸二の目と、上半分をなくした半月のような葵さんの目が痛い。ヤメロ、そんな目で俺を見ないでくれ。

「うふふ、ゴメンゴメン。止めてくれてありがとう」

そう言うと、翠さんは俺の頭に手をやり髪をクシャクシャと撫でる。その光景に伸二の目はさらにニヤつき、葵さんの目から光が消える。だからヤメテくれ！

「さて、なにが埋まってるか掘り返してみましょうか」

え、掘るの？　俺のキョトンとした反応に、翠さんは言葉を重ねる。

「なにか埋まってるんでしょ？　見てみたいじゃない」

なんとも直球でわかりやすい理由だ。危ないとは思うが……まぁゲームだし、いいか。だが、もし地雷だったときのためにここは俺が掘ろう。親父からこの手の罠解除のレクチャーは嫌というほど受けたからな。

皆を下がらせ、翠さんに代わりそのポイントを掘り出すと、予想通り踏むとスイッチが押される仕組みのなにかが出てきた。俺が知っている地雷ではなく、クイズ番組で回答者が押すような、いかにもスイッチという見た目だ。そしてそこにはなぜか『押すな』の文字が刻印されている。

……いや押さねえよ⁉

「どうしたの、ソウ君、面白い顔して。私にも見せて」

屈託のない、曇りひとつない笑顔で、翠さんは俺に手を差し出す。だがそれをそのまま渡していいものか、俺の脳裏に嫌な記憶が甦る。

この『押すな』の持つフリという魔力に、翠さんが耐えきれるのか。伸二同様に、ポチッと押してしまうのではないだろうか。いや、しかしここで渡さないというのもおかしな話だ。これでは俺にやましいことがあるようではないか。

俺は結局それを翠さんに渡した。フィニッシュブローは、屈託のない美女の微笑みだ。あれに逆らえる男はいない。

「ふ～ん、本当にただのスイッチね」

そう言うと翠さんは、軽く息をついてから俺へと視線を戻す。

「そんな心配そうな顔しなくても押さないわよ。どこかのハイブじゃあるまいし」

取り越し苦労だったか。さすが翠さんだ。伸二とは違う。

「あ、あぁゴメン。そうだよな、さすがにハイブと一緒にしちゃいけなかったな」

「ぐっ……あのときは悪かったって何度も謝ったろ」

バツの悪そうな顔で後ろ髪をかく伸二に、俺と翠さんは一瞬目を合わせたあとに笑いを零し合う。

「だが罠があったってことは、例のポイントに近付いてるんじゃないか？」

なるほど、確かにそう考えることもできる。浅い層にいるときには罠なんて見なかったからな。

伸二の言葉に俺だけでなく翠さんも同意を示す。

「なるほど！　そういう考え方もできるわね」

そう言うと翠さんは、左の掌に右拳をポチッと乗せる。ポンではない。ポチだ。

「……え？」

「「「え？」」」

翠さんの声に続いて、俺たちも皆同じ声をエコーのように返す。それはそうだろう。なるほどの動きでついた左手には、さっき俺が渡したスイッチが握られているのだから。

「……これ、私、やっちゃった？」

「「「…………」」」

無言の肯定に、翠さんの顔から色素が抜けていく。

だが俺たちにはもう、いまから反省会を開くだけの時間は残されていなかった。後ろから、なにか巨大な質量が転がってくる音がしてくるのだから。

「おい、総、これ」

皆まで言うな、仲二。わかってるさ。アレが転がってきていることくらい。

俺と仲二は心をひとつに、叫びを上げた。

「「大玉が転がってくるぞ、逃げろ！」」

その場から全力で立ち去った俺たちの足跡を辿るかのように、例のブツはその巨躯を露わにし、俺たちをペーストしようとやってきた。お前とはもう、会いたくなかったよ。

「ごめんなさああぁぁい！」

「いいから走れ、リーフ。アレに轢かれたらただでさえ平らな体がまたさらにごがはあっ⁉」

うん、翠さん。いまのはなかなか見事なリバーブローだ。仲二、いつか刺されるぞ。

「そ、ソウ君、私――」

夫婦漫才を披露するふたりの後ろで、葵さんが俺に声をかけてくる。その顔からは焦りもあるが、どこか諦めも見て取れる。そんな顔だ。

「リーフみたいに速く走れません、私のことはいいから――きゃっ⁉」

自分を見捨てて逃げろと言う美少女。それを見捨てられる男は、この地上にはいない。考えるよりも先に体を動かし、気付いたら葵さんを肩に担いで全力で走っていた。

「そ、ソウ君⁉」

「喋んないで、舌噛むよ」

本当はお姫様抱っこしてあげたいが、それをしたままアレから逃げ切るのはちょっと自信がない。

葵さんを担ぎ、伸二と翠さんがしっかりついてきてるのを確認しつつ、口を開く。

「リーフのアホおおおおおお！」

「ごめんなさあぁぁい！」

やっぱり翠さんも伸二と同類だ。

(三) 芸術＋失敗＝神

俺たちをペースト状にしようと、黄金に輝く大玉が後ろから唸りを上げて迫ってくる。これで見るのは二度目だが、何度見ても最悪な光景だ。走るのが苦手な葵さんを肩に担ぎ、俺と伸二、翠さんは精一杯走る。だが伸二は置いとくとして、意外だったのは翠さんだ。男の伸二に負けないスピードで走っている。特別運動が苦手というわけではない伸二に、女性で負けてないというのは凄い。運動神経がいいとは聞いていたが、これは本当によさそうだな。

「そ、総、どうする⁉」

どうするとはこの大玉をやり過ごすために二手に分かれるか、それとも前回行き着いたあの行き止まりを目指すかということだろうか。二手に分かれれば、一方は助かり、もう一方は煎餅になる。このまま皆で行き止まりを目指せば、皆で煎餅になるか、皆で助かるかのどちらか。なかなかに厳しい選択だな、ふーむ。

「あの行き止まりに行き着く可能性に賭けよう！　前回のパターンと同じほうがいい気がする！」

「だな！　俺も同じこと考えてた」

とは言ったものの、前回と同じあの行き止まりに辿り着く保証はない。というか、その可能性のほうがずっと低いだろう。だがそれでも、俺はこの選択のほうがいいような気がするんだ。要は勘だ。根拠などない。

「なんのことかよくわからないけど、私もそれで、いいわ！」

「わ、私も、です」

ふたりがすべてを理解したうえでの納得か疑問は残るが、それを話している余裕はない、か。

「わかった、とりあえずこのまま走り続けよう」

あとは行き止まりに着いたときにどうなるか、だが……これぱっかりはそのときにならないとわからないな。皆で仲よく煎餅になったら、あとで謝ろう。

そう決めて走る俺たちを、大玉は意思を持っているかのような動きでしっかり追尾してくる。するとやがて、俺たちの目の前に待望の壁が現れる。もしかしたら、絶望の壁かもしれないが。

「総！　壁が」

「あぁ、だな」

前回のパターンで行けば、あの壁は突き抜けることができる構造になっているはずだ。俺はそう判断すると、葵さんを下ろし、壁の一点に銃を全弾ぶっ放つ。

「――伸二、剣を！」

受け取った剣を、弾丸で穿（うが）った一点の歪みに向け、最大の一撃をブチかます。全身を捻りバネのように使った、最人の突きを。柄の最も下の部分を持ち、押し込むようにして放った突きは、弾丸によって亀裂の入った壁に深く突き刺さり、そして――

「抜けたあぁ！」

薄い壁を破壊した勢いそのままに、空中に投げ出される。あのときと同じ、地底湖の広がる巨大な空洞へ。

「皆、飛び込めぇえ！」

「行くわよ、ブルー」「――え？」

あまりの高さに崩れた壁の前で尻込みしていた葵さんだが、俺の声に反応した翠さんに押される形で地底湖へ飛び込んだ。

「きゃあああああああああ」

甲高い声が広大な空洞に響き渡る。これは葵さんの声だな。視線を移せば、青い顔で絶叫している葵さんと、その葵さんに抱きつかれながら笑っている翠さんが見える。いいなぁ、そのポジション。次こういう機会があれば、積極的に葵さんの隣に行こう。ん、待てよ、そういえば伸二は……。

そう思い伸二を捜したが、奴を見つけてそれをすぐに後悔した。あいつはあろうことか、再びM字開脚で地底湖へのダイブを決めていた。

――究極の馬鹿だ。

もうあいつがなにを考えているのか本当にわからない。いや、なにも考えていないが正解なのか？　だがなにも考えていなければ、あんな素っ頓狂な姿勢は取るまい。それともあれか、奴の深層心理にある理想のポーズがあれだとでもいうのか。数多のグラビア写真集に目を通し、悟りの境地に至った奴の終着点だとでもいうのか。だとしたら、なんて悲しい終着点なんだ。

悲しい思考が整理されるのを待たず、伸二は見事尻からのダイブを決め、俺も十点満点の着水を果たした。その後は皆を岸に辿り着かせるべく、何度か往復する。その際、真っ先に地底湖に沈んでいった伸二の回収が一番最後になってしまったが、それは仕方のないことと言えよう。

◆

「また戻ってきたな」

さっきの失態がまるでなかったかのような口調で、伸二がしみじみといった雰囲気を醸し出し呟く。そんな真面目な顔で言っても駄目だぞ伸二。俺の中で、あの光景は当分消えない。

「すっごいおっきな扉ね。まさにボス部屋って感じ」

「うん……凄い迫力」

うん、凄い迫力だ。ふたりとも衣服が濡れたせい、いや、お陰で素晴らしい曲線美を披露している。どうにかしてバレないようにスクリーンショットを撮れないものだろうか。いや、撮れなくともなんとかこの眼に焼き付けて――

そう考えた瞬間、あろうことかふたりの服が水に落ちる前の状態へと一瞬で戻ってしまった。

しまったぁあああああ！　このゲームは衣服が濡れても、一定時間が経過すると乾く仕組みになっていたんだった。こんなことを失念していたなんて、俺は……俺はなんてアホなんだ。

「どした、総。そんな絶望に落とされたような顔をして」

絶望に落とされたんだよ。男なら察してくれ。

「これからボス戦だぜ？　頼むぞ、エース」

そう言葉を吐きつつ、伸二が俺の肩に手を回して囁いてくる。

「ふたりの水着写真をあとで送ってやるから、いまはそれで我慢しろって」

な、なんだ、お前、神か。やはりお前はタカハ神だったのか。

「そんな顔すんなよ、俺たち仲間だろ」

タカハ神様……。

「なに男ふたりで話し込んでるのよ、さぁ、行きましょ」

「そうだな、行くぜ、総」

「おう！」

無限の感謝の念を伸二に送り、俺は再びあの巨大な扉の先へと足を踏み入れた。


扉を開けると、そこはボス部屋でした。もう何度目かな、このくだりは。

燃え盛るように逆立ったたてがみ。隆々として引き締まった体躯と、それをがっしりと支える四肢。すべての獣の頂点に立つ風格そのままに、やつは再び俺の眼前に立ちはだかった。

「これが……ジーザー」

「お、大きい……」

「ふたりとも、必要以上に前に出るなよ？　あくまでも総の援護を優先だ。俺たちが出すぎると、かえって総の邪魔になるからな」

なにもそこまで言わなくともと思ったが、どうやらジーザーはそれ以上喋らせる暇を与える気はなかったようだ。

「ＧＡＯＯＯＯＯＯ！」

大気を震わす咆哮が轟く。俺たちを倒そうという意志に満ち満ちた声だ。

「会いたかったぜ……ジーザー」

女の子に言いたいセリフ第七位のこれを、まさか獣に吐くことになるとは思わなかった。だがこれが俺の嘘偽りない本音だ。今日こそあのときの借りを返す。

かねてからの作戦通り、俺と伸二のふたりでジーザーに突貫する。やつの攻撃パターンはだいたい掴めている。中距離だと尻尾と前足の薙ぎ払いで応じ、より接近すると牙と前足の攻撃パターンへと変化する。その一撃は重いなんてものじゃなく、当たりどころが悪ければ最悪一撃なんてことすらあり得るレベルだ。一撃もまともにもらうことは許されない。なんとも……燃える展開だ。

俺たちの突進に合わせ、ジーザーの尻尾が横から迫ってくる。が、それには目も向けずに、構わず突っ込む。俺には、頼れる相棒がいるのだから。

「――《ディフェンスシールド》！」

車でも衝突したかのような衝撃音を轟かせつつも、伸二はやつの尻尾による薙ぎをその盾で真っ向から受け止める。

「ぐうぅぅ、重……」

だがその一撃は伸二のＨＰを確実に削っている。そのままではそう何度も受け止めることはできないだろう。そのままなら、な。

「――《癒やしの奏》！」

子守歌のような優しさを感じさせる笛の音が洞窟内に鳴り響く。すると先ほど削られた伸二のＨ

Ｐが徐々に回復していく。

「助かったぜ、ブルー」

葵さんの回復系の歌は対象のＨＰを三割回復させることができるが、リキャスト時間が九十秒もあるため連発はできない。レベルが上がっていけばリキャスト時間が短くなったり回復量が増えたりするそうだが、いまの時点ではこれが精一杯らしい。

伸二に合わせていたスピードから一気にトップスピードへと加速し、ジーザーの懐へと飛び込む。ジーザーはやはりというべきか、その巨大な前足を振り上げ、巨木をへし折りそうな一撃を俺に叩き込んでくるが、もうそのパターンは何度も見た。前足と牙だけの攻撃パターンならなんとかなる。あくまでもなんとかギリギリ、といったところだが。

「――っ」

前足の一撃を躱しても、体が弾かれそうな風が吹き荒れる。だがこれに足を止めれば、次の一撃をもらう。吹き荒れる風に逆らわずに、縦にも横にも体を回転させながらやつとの距離を縮める。

「懐に入ったぞ！」

半蔵さんから譲り受けたナイフ、枝垂桜をやつの脇腹に突き刺し、切り開く。その一撃は前のナイフよりも確実に威力を上げているはずだが、それでもＨＰゲージはほとんど動いていない。

さすがに硬いな。だがそれぐらいはこっちも想定済みなんだよ。

「ＧＡＡＡＡＡＡＡ！」

それを待ってた。大口を開ける学習能力皆無の獣の口を目がけ、新しい相棒、シルバーホークを連射する。

「ＧＹＡＯＯＯＯＯＯ！」

なんだ、お代わりか。再度やつの咽頭目がけ弾丸を入れ込む。さらにもう一度口を開けてくれないかと期待したが、返ってきたのは巨大な肉球だった。いや、それいらん。

躱しざまに鼻先に弾丸をぶち込んでみたが、やはり口の中ほどのダメージはない。が、それでも装備を更新したお陰で前回よりはだいぶＨＰの削り幅がいい。これならいけそうだ。

「さぁ、このまま行こうか、ジーザー」

迫りくる嵐の中、再びやつと躍った。

（四）（百−七十五）×二＝熱猫＋鬼

ジーザーの爪撃を躱し、弾丸を撃ち込み、躱し、切り刻み、躱し、撃ち込む。前回と同じ作業を、前回を上回るスピードで黙々とこなしていく。途中やつの爪が何度か掠ってＨＰゲージが半分ほどまでに減らされたが、それも葵さんの《癒やしの奏》による回復で持ち直し、俺の攻撃の合間を見て放たれる翠さんの遠距離魔法によってやつのＨＰは確実に削られていった。

「やっと黄色ゲージに……ソウ君、あと半分よ！　頑張って！」

「おう！」

継続して確実にやつのＨＰを削るべく、銃を持つ手に力を込め、やつの喉元に——なにっ⁉

俺の接近を嫌ったのか、ジーザーは真上に大きく跳躍した。

「おいおい……前はそんなことしなかっただろうが」

しかしこの距離はまずい、やつの得意なミドルレンジだ。喉元に弾丸を入れるのはそう難しくないが、アレを躱しながらやるのは骨が折れそうだ。あの……尻尾による薙ぎ払いを。

「――くっ」

体験したことのない角度から尻尾による薙ぎ払いが迫る。しかもまともに喰らえば、ＨＰの半分は食われるであろう威力の。それでも、あの体勢からでは連撃は難しいはず。あれさえ躱せば、また接近戦に持ち込めるはずだ。

だがジーザーの動きは予想を超えていた。初撃を回避した俺の目に飛び込んできたのは、空中を蹴りその巨体ごと真上から降りかかってくるジーザーの姿。

――空中を蹴るって……そんなのもできるのか！　ヤバい、躱しきれない。

「――《風車》！」

眼前に鋭利な風の刃が現れると高速でプロペラ回転を始め、ジーザーの突進を受け止める盾の役割を果たし、ジーザーの着地点を大きく逸らした。

「ソウ君、いまのうちよ！」

「助かる！」

翠さんの魔法で窮地を脱した直後、地響きを上げ着地したジーザーの懐に再び飛び込む。ここでモタモタしていては、大技を使った翠さんにヘイトが移るかもしれない。攻撃の手を休めるな。

「――《極》発動！」

着地した直後の硬直を逃す手はない。やつの顔面まで跳躍し、枝垂桜を右目に抉り込む。

「GYAOOOOOO⁉」

前回同様、目を攻撃されたやつは大顎を開き悲鳴を上げる。そこにお約束の弾丸の雨。やつのHPはようやく半分を下回り徐々に下降してきた――が、ジーザーの隙もそこまで。左目にしっかりと俺の姿を映し出し、左の前足が俺の胴目がけ振り抜かれる。

「させないわよ――《風弾》！」

三つの風の弾丸がやつの左前足を僅かに弾き、軌道を上に逸らす。そうしてできた低い通り道を駆け抜け、やつの喉元に潜り込み、腰の剣を抜く。伸二から拝借している予備の剣を。

「っらあ！」

昔、伸二の家で読ませてもらった剣術漫画の突き技を参考にした、最強の突き。それをやつの喉元にぶちかます。雰囲気作りもかねて本当は刀でやりたいのだが、贅沢は言ってられない。それでもその威力はここに来る前にぶち抜いた壁で実証済みだ。そして期待通り、その剣はジーザーの喉元に深く突き刺さり赤いエフェクトを盛大に咲かす。

「GYOAAAAAA⁉」

筋肉が収縮する前に剣を抜き一歩下がると、やつの眼前に躍り出る。狙いはもちろん咽頭。弾切れを気にせず撃てるだけの弾丸を放つ。全弾撃ち切ったところで再び爪撃が上から降ってくるが、それを躱し、そのまま前足を足場にやつの背中に駆け上がる。背中からだと俺も有効打は放てないが、ジーザーの攻撃もほとんど飛んでこない。振り落とされないようにロデオを楽しんで、リロードが終わったら再び躍る。

そうしてやつと躍ること数分。ジーザーのＨＰの七十五％を削り切り、その色を赤へと変えた。

「さぁ、ここからが本番だ」

ジーザーのＨＰゲージが赤に変わると、真っ先にやつとの距離を取る。やつからの追撃は来ず、前回同様にコタツで丸まるような姿勢で全身の急所を覆っている。問題はこれからだ。

「総、来るぞ！」

「あぁ。皆、頼む！」

俺が下がるタイミングに合わせ、全員が集合する。すると間もなく、ジーザーの周囲に巨大な円柱状の柱が顕現し、さらにその上に巨大で平たい板のようなものが現れる。だがやつから距離を取った俺たちからはその全景がハッキリと見える。それは――

「本当にコタツね。言われたときはまさかと思ったけど、こうやって見ると確かにその表現でいい気がするわ」

体高だけで三メートルはある巨大なジーザーの上に顕現したのは、やつよりもさらに巨大なコタツ。コタツ布団こそ見当たらないが、猫のようなポーズで机の下に潜り込まれれば、思わずそれを連想してしまう。そして肝心のヒーターこそが問題だ。

「来るぞ！」

ジーザーの体が光り輝き、熱を帯びてくる。そう、やつこそがヒーターなのだ。やがてジーザーの全身から放射状の熱波が放たれる。コタツのような生易しい温度ではなく、身を焦がし燃やし尽くす熱波が。前回の俺たちはこの全方位攻撃の前になす術なく倒れたが、今回はそうはいかない。

「任せて――《風車》！」

翠さんの使える魔法の中で最大の威力を誇る風車。それをジーザーではなく、俺たちの目の前に顕現させ、防御壁の役割を担わせる。だが、それで終わりではない。俺たちはこのときのために、丸一日準備に費やしたんだ。

「俺もとっておきでいくぞ――《ディフェンスシールド》！」

伸二はアイテムボックスから人の背丈ほどもある巨大な鋼鉄の盾を取り出し防御用アーツを使用する。騎士職のみが装備することのできる盾、大盾で。

そのあまりの重量から、いまの伸二の筋力では片手で扱うことができず、完全に防御専用にしか使えない代物だが、事ここに至っては、その防御こそが重要。その盾の陰に俺たちは身を潜める。

「私も……えいっ！」

葵さんが瓶に入っていた水を俺たちに振りかける。水の名前は《耐火の聖水》。文字通り、炎・熱属性攻撃のダメージを軽減するアイテムだ。これで、できうる対策は一通り済んだ。あとは敵の攻撃がこれで凌げるように祈るだけだ。

「うっ……ぐっ……おおおおお！」

凄まじい衝撃とともに襲い来る熱波に、伸二が大盾ごと吹き飛ばされそうになるが、これを四人がかりでなんとか抑える。直接の照射及び衝撃波はこれで防げているが、問題はこの熱量だ。これがリアルだったら、間違いなく皮膚がただれ肺が焼かれていただろう。だが葵さんのかけてくれた聖水のお陰か、その熱波が過ぎ去るまで全員なんとか耐えきることに成功する。

「よし、あとは任せろ！」

「待ってください、ソウ君。いま回復を」

「いや、それは伸二に頼む。俺は大丈夫だ」

全員が満身創痍な中、真っ先に俺を回復してくれようとした葵さんを制し、俺は伸二の回復を依頼する。俺の体力は残り二割ほどしかなくすでにレッドゲージに入っている。たとえそれが五割に回復したところで、やつの攻撃をまともにもらえば一撃で沈む恐れが強い。対して伸二の体力は四割はあり、葵さんの《癒やしの奏》を受ければ七割に回復できる。そうなればやつの攻撃を少なくとも一回、上手くいけば二回は受け止められるはずだ。

それに、体力をこのままにしておきたいのにはもうひとつ理由がある。

「ちょ、ソウ君、なにそれ⁉」

その異変に真っ先に声を上げたのは翠さん。次いで葵さんも俺の変化に気付き、顔に驚愕の表情を浮かべる。これこそが俺の切り札。その名も、

「――《赤鬼》。俺のパッシブスキルだよ」


体力が二十五％以下、すなわちレッドゲージへと移行すると自動発動するスキル《赤鬼》。その効果は与ダメージの一割上昇と移動速度の上昇。

「なるほど、それで見た目が変わったのね。主に角とか」

翠さんが納得したような感心したような声色で告げる。赤鬼が発動した俺は、額から二本の剃り上がる黒い角を生やし、その目を紅く燃え上がらせ、全身からも紅いオーラを発している。体格自体に変化こそないが、その見た目は、なるほど赤鬼と呼ぶに相応しいものだと我ながら思う。

「ま、話はあとでね」

そう言うや、ジーザーの懐目がけ全力で駆け抜ける。そのスピードは明らかに以前の俺を——というか、人間を超越しており、スキルの効果を実感させる。

そして瞬く間に懐に潜り込んだ俺は、ジーザーの顎を蹴り上げる。

「なあああああっ⁉」

声を聞くだけで伸二の眼球が飛び出ているのが想像できる。いきなりジーザーの顎を蹴り上げたのだ、それも仕方がないだろう。だが俺は、この劇的なパワーアップをある程度は予想していた。

前日。PvPの施設でスキル《赤鬼》の能力とその効果についていろいろと検証を行い、その結果あるひとつの事実に行き着いた。それは、赤鬼のスキル説明が明確には間違いであるということ。

赤鬼の効果は、与ダメージの一割上昇と移動速度の上昇。それ自体は間違いない。だが、正確にはこの説明文は少し言葉が足りていない。確かに移動速度はスキル発動により上昇している。が、これは単純にスピードが上がったというわけではない。移動速度、もといスピードとはなにから生み出されるものか。それは理想的な姿勢、及びボディバランス、イメージ、ほかにもいろいろあるかもしれないが、なにより絶対的な筋肉が必要だ。筋肉の働きこそが速度の形成に不可欠なものであり、そしてこのスキルの根幹を支えているものだった。

つまり俺が発動したスキル《赤鬼》とは、アバターの筋力の底上げを行い、且つそのうえで与ダメージを一・一倍するものであったのだ。底上げされた能力から放たれる攻撃は、以前の比ではない。なんだ、この鬼スキルはとも思ったが、名前は《赤鬼》。鬼スキルだった。

「うおらぁああ！」

顎を上げたジーザーの右の頬に今度は渾身のストレートを叩き込む。さすがにそれでジーザーを体ごとぶっ飛ばすほどのパワーアップはしていないが、それでもやつの顔を振り回すぐらいの威力は内在していた。

「覚悟しろよ、ジーザー。俺のリベンジはしつこいぞ」

文字通り鬼の形相で、俺はジーザーを睨みつける。

(五) 一＋一＋一＋一＝

互いのHPを赤に染め上げ、俺とジーザーは躍る。やつの爪撃を躱しざまに枝垂桜を突き刺し、前足に一筋の剣閃を描きながら顔まで駆け上がる。

「GURUAAAAAAA!」

ご丁寧に大顎を開き迎えてくれるジーザーに、お礼の弾丸をプレゼントする。俺の攻撃が少しでも遅れれば、逆に噛み砕かれるか食い千切られるだろうが、俺にとっては貴重な攻撃チャンス以外の何物でもない。それよりも、もう一度あの全体攻撃をされるほうが遥かに厄介だ。翠さんは大技を使ったばかりでリキャスト時間から回復していないし、伸二のHPも万全ではない。さらに葵さんの回復の歌が間に合う保証もない。ここがこの戦いの分水嶺になる。俺はそれを確信していた。

「ここで――削り切る！」

やつのHPは残り二割ほど。一気に勝負をかけるべくさらに肉薄する。が、ここに来てジーザーがこれまでにない動きを見せる。

俺との距離を離すべく、やつは再び上空へ大きく跳躍する。それだけなら先ほどまでの再現だったが、今度は空中に留まり続け、その姿勢を固定している。

「空中浮遊……いや、固定か？　だがなんにしろ、これはヤバいな」

あの姿勢、どう見てもこっちに突っ込んでくる構えだ。あの質量で全力で飛び込んでこられると、躱せるかどうか微妙なとこだな。だが、それでも、

「やるしかない、か」

やつの突進に備え身構えていると、ジーザーは突如全身を発光させ、その身を弾丸のように解き放った。

「――っ⁉」

巨大なダンプカーがありえない急加速で突っ込んでくるかのような現象、とでも言えばいいのだろうか。後方に下がり少しだけ小さく見えていたジーザーの姿は、一瞬で俺の視界を覆うほどの怪物に戻った。

「――っぉぉおおあああ！」

すべての思考を放棄して、この化け物の突進を躱すことにのみ集中する。あの巨体にあのスピード。たとえ掠っただけだとしても、おそらく一撃で沈んでしまうだろう。

「あぶなっ、うおあああ⁉」

ギリギリ回避することに成功したまではよかったが、直後ジーザーを受け止めた地面が爆散する。

――もうこれほとんどロケット砲じゃねえか！

その衝撃に十数メートルも吹き飛ばされつつ、濛々(もうもう)と立ち込める土煙へ目をやると、突如土煙が

弾け、中から再びジーザーが突進してきた。

——ちょっとは休ませろよ！

だが、二回目の突撃は先ほどのものよりも勢いがなく、体の発光も消えている。それでもあの巨体から繰り出される突進は、生物の常識を超越しているものだが、あのスピードならギリギリカウンターで合わせられる。振り上げた前足から爪撃を降らせつつ突っ込んでくるジーザーに合わせるように、やつに突っ込む。速度はやつに分があるが、反射速度は俺のほうが上。なら勝つのは、

「勝負だ、化け物ぉおお！」

「GUAAAAAAAA！」

それは一瞬。やつの爪が首筋に突き立とうかという瞬間、全身の筋肉の筋という筋に悲鳴を上げさせ体を捻り、回避する。そしてその捩じりを力に変え、正面から迫りくるやつの鼻先に渾身の突きを放つ。ナイフではなく、伸二から拝借していた剣で。

「GYAOOOOOOO⁉」

突っ込んでくるやつの勢いに加え、赤鬼の状態で放った渾身の突きは、剣の柄が埋まるほどやつの顔深くに突き刺さり、これまでにないほどの手応えを残した。

——まだだ！

深く突き刺さった剣はとても抜けそうにない。だが、追撃の手を緩めるのは絶対駄目だ。すぐに銃に持ち替え、傷口に撃てるだけ撃ち込む。

「GOGAAAAAA！」

だが悲鳴にも雄叫びにも聞こえる声を上げたジーザーがとったのは、これまでの銃弾を嫌がる動

作ではなく、浴びせられる弾丸に構わずに突っ込むことだった。

「――なにっ⁉」

これまでと違うパターンになんとか反応するも、やつの牙を躱すのが精一杯で、体当たりを躱すまでには至らなかった。それでも、鼻先に足を置き自ら後方に飛ぶことで、衝撃を最大限緩和する。

しかし。お陰で再び距離を離されてしまった。ここでまたあの光る突進をされたら今度こそまずい。それになにより、ジーザーと俺を結ぶ直線上に伸二たちがいるというのがまずい。これでは俺が躱したとしても、伸二たちにジーザーが飛び込んでしまう。

せめてもの対策としてジーザーに対し斜めに向かって走り、直線上のラインから伸二たちを外す。あとはやつの攻撃をどうにかして凌げばいいわけだが……頼むから光るなよ？

俺の祈りが通じた――とは思わないが、幸いジーザーは発光せずに俺を目がけて飛び込んできた。といっても、巨大な獣が向かってくることには変わりない。ここで気を緩ませて一撃をもらったら、俺はただの馬鹿だ。油断せずに突進様の爪撃を躱し、その顔面に銃弾を放つ。

「ＧＵＵＵＵＵ」

あと少し……あと少しで削り切れる。だがこれ以上長期戦は避けたい。こうなったら直接銃を眼球にぶち込んでそこから引き金を――

そこまで考えて、俺の思考は中断させられる。視界を覆う、巨大な火球によって。

大顎を開いたジーザーの口から出てきたのは、巨大な火球。それが俺目がけて真っ直ぐ飛来してくる。こんなのもできるのかよ！　もう本当にこれ以上の長期戦はまずいぞ。

火球の飛来速度はジーザーの突進と変わらないぐらいの速度だったため、なんとか横に跳び直撃を避けることができたが、僅かに降りかかる火の粉は俺の残り少ないＨＰをジリジリと削っていく。

──これ以上は本当にまずい。もう爪を掠ることすら許されないぞ。

俺はここで、最後の切り札を切ることを決めた。

「伸二！　ここでジョーカーを切る！」

「わ、わかった！」

声を張り上げた直後、俺は伸二に向かって真っ直ぐ走り出し、少し遅れて伸二も俺に向かって走りだした。

「ＧＵＵＵ……ＧＡＡＡＡＡＡＡＡＡ！」

背を向け走る俺を、ジーザーは獲物を狩る獅子の如く追いかける。そのスピードはいくら俺が赤鬼を発動している状態とはいえ比較にならないほど速い。このままでは間違いなく捕らえられるだろう。が、俺の目的はジーザーから逃げ切ることではない。そもそもこの状態こそが、俺の求めていた最高のシチュエーションだ。そしてこれが間違いなく、ジーザーを倒すラストチャンスだろう。

「行くぞ、伸二！」

「おう、来い！」

もう少しでジーザーが俺を捕らえようかというタイミング。だがそれよりも少し、俺と伸二のほうが早かった。俺は伸二に向かって飛び蹴りをかますかのように跳躍し、

「──《ディフェンスシールド》！」

伸二の構えた盾にほぼ垂直に着地する。そのままだと間違いなく重力に従って地面に落下するが、それよりも早く次の手を打つ。

「からの――《オフェンスシールド》ぉおお！」

直後、伸二が盾に乗る俺をジーザーに向けて弾き飛ばそうとし、俺もそのタイミングに合わせ全力で盾を蹴る。俺の脚力が強すぎて伸二を盾ごと吹き飛ばしてしまったが、お陰でこれまでにないほどのスピードでジーザーの顔前に躍り出ることができた。

「――ＧＡ⁉」

こいつはいろいろと規格外だが、動き自体は肉食獣のそれに近い。ならば、背を見せて逃げる俺に対しては普段よりも迎撃の反応が一歩遅れるはず。

案の定、一瞬で百八十度方向転換をし、スピードを上げて近付いてくる俺に対して、ジーザーはまともに反応できないでいる。そしてこの状態で、顔目がけて飛んでくる俺に唯一間に合う迎撃手段は、その牙で俺を噛み砕くこと。そのためには曝け出すはずだ。お前の――最大の弱点を。

「ＧＡＡＡＡＡＡＡＡ！」

俺を迎えようとする門が、凶悪な歯並びを見せて迫る。心配せずとも入ってやるさ。

ほとんど弾丸と化した俺がそのままジーザーの開く巨大な門に突貫する。俺の持つ武器はナイフと銃。そのまま突っ込めば間違いなく俺が餌だ。そのままなら、な。

ジーザーとの衝突より僅かに早く、ある武器をアイテムボックスから召喚する。それは伸二から拝借した、盾と同じぐらいに大事な武器。それは――

「ナイトランス！」

呼び声に応え、一本のランスが手に収まる。

もともと騎士は、盾による守りと剣やランスによる攻撃を得意とする攻防ともに優れた職業だ。伸二も騎士への憧れからランスを持ってはいたが、その扱いは難しく、実戦ではまだ使えず持て余していたのを、今回だけ俺が借り受けた。そしてこのランスは、円錐状の形状とその頑強さから、突きに関しては最強の武器ともいえる。本来は馬上で騎士が構え、その突進力を生かして相手を粉砕するための武器だが、いまの俺は馬の突進力を軽く超えている。

上半身のバネのみを最大限に使い、渾身の突きをやつの喉奥に——ぶちかませ！


「GYAGOAAAAAAAAAAAAAAAAAA⁉」

「うわっ⁉」

ランスがやつの喉元深くに突き刺さった瞬間、凄まじい衝撃が俺を襲い、ジーザーと衝突した場所から弾き飛ばされる。

「くっ」

飛ばされた先で慌てて受け身を取り、反撃に備える。あれで殺れたという保証はない。最悪、未知の攻撃をしてくる可能性だってまだある。絶対に油断はするな。

だが警戒する俺の目に映ったのは、後頭部からランスの尖端を突き出したまま硬直しているジーザーの姿だった。

「やった……か？」

思わずこういうときに言ってはいけない危険なフラグ建築ワードを口走ってしまう。すると案の

定、ジーザーの体がビクッと跳ね上がり、

「くっ、余計なこと言っちまった。来るなら来やがれ、この化け――」

光の粒子となって消えていった。

(六) 踏破+解放=旅

呆然と見つめる中、オキナワの王が光の粒子となって消えていく。それはどこか命の移り変わりを告げる蛍の灯火のような、幻想的な光景だった。

「勝った……のか? 俺たち」

呆然とした表情で伸二が呟く。その顔からは、自分たちがなにを成し遂げたのかまだ完全には理解していないような、そんな印象さえ受ける。

「勝った……のよね」

「うん……勝った、と思う」

勝った。そう言葉にしなければ自分でも信じられないとでもいうように、翠さんと葵さんも口々に確認し合う。だが、それがわかっていても敢えて言おう。俺たちは、

「勝ったぞぉおおお!」

喜びを爆発させる俺の声に、皆も勝利の実感を沸き上がらせ、声を上げる。

「――いやったぁあ、やったぞ、総! お前すげえ!」

「やったやったやったぁあ！　嘘ホント信じられない！」

「や、ちょっと翠どこ触ってるの⁉」

拳を掲げた俺の背中に伸二がダイビングを決めてくる。そのもう少し後ろでは、翠さんが葵さんに抱きつき、喜びをこれでもかと表現している。葵さん、どこ触ってるのか教えてください。

「いやー、お前ならやるかもとは思ってたけど、本当にやりやがったよ。お前もう人間辞めてるな」

「いやそれはさすがに……いや、でも鬼だから人間じゃないかもな」

「あっはっは、俺はお前が鬼でも宇宙人でも別にいいぜ。むしろそのほうがいろいろと納得かもな」

いや、そんな納得やめてくれ。せめて地球上に存在する生物で頼むよ。

「んんん～、総くーん！」

はーい？　そう返す暇はなかった。その声に振り返るや、緑のマントを羽織った魔女が俺の頭に飛びつき抱きついてきた。

「むわっ⁉　み、翠さん？」

「もーう、総君、凄い、凄いよ、君！」

そう言い翠さんが俺の頭をガシガシと撫でる。ガシガシと。だがそんな感触よりも、俺は翠さんに抱きかかえられている左の頬に全神経を集中させていた。こうほわっとはいかないまでも、かすかに感じる柔らかさというか慎ましさというか。とにかく素晴らしい感触が俺の頬に押し当てられているのだ。

「み、翠、ちょっと！」

慌てたような声を上げ、葵さんが翠さんを引き剥がす。あぁ……あぁ。

「もう翠、なにしてるの！」

もう葵さん、なにしてくれちゃってんの！

「あはは、ゴメンゴメン、つい興奮しちゃって。次、葵の番ね」

もう翠さん、なにその素晴らしい提案。

「し、ししし、しません、そんなこと！」

デスヨネー、シッテタ。

「総、アレアレ」

天国と地獄をこの一瞬で経験した俺の肩に、伸二の指がチョンチョンと触れる。振り向けば、伸二はジーザーの消えた地点を指さしていた。

「ボスドロップ。見てみようぜ」

そうか。すっかり忘れていたが、確か最初にボスを倒したパーティには特別なアイテムがドロップするんだっけか。

俺たちは伸二の声に応じ、ジーザーのいた場所まで足を運ぶ。

「これは……人数分の宝箱か。ご丁寧に名前まで書いてあるな」

それを聞いて少し安心する。もしドロップアイテムがひとつだけなんてことになれば、気まずいことこのうえなかった。俺たちはそれぞれが緊張した面持ちで、自分の名前が刻まれている宝箱を手に取り、開いた。

『システムメッセージ。オキナワエリアボス、ジーザーの討伐おめでとうございます。あなた方は全プレイヤー中で最初の討伐成功者です。よってそれぞれの貢献度、プレイ内容に応じ、報酬アイテムが授与されます。これらのアイテムはプレイヤー間での直接の受け渡しは不可となっており、またデスペナルティでのロストもありません。安心して死んでください』

……いつもいつも最後に一言多い運営だな。

胃に痞(つか)えるものを感じつつも、宝箱の中にあったものを手に取る。

「靴……いやブーツか」

名前は……疾風。効果は？

【取得アイテム】
・疾風
天を駆けるとされるブーツ。右足用。その装者は、連続して二回まで空中を跳躍することができる。着地するとカウントはリセットされる。

これは……ジーザーがやってた空中ジャンプか。よくはわからないけど、なんとなくいいアイテムのような気がするな。でもなんで右足の分しかないんだ？　普通こういうのって一足揃ってるもんじゃ――――ん。もうひとつあるな。

【取得アイテム】

・迅雷

地を翔るとされるブーツ。左足用。その装者は、普段の何倍もの力で地を踏むことができる。一度発動すれば次の発動までに十秒のリキャスト時間が発生する。

なるほど、この疾風と迅雷を合わせて一足のブーツということか。しかし疾風の能力はわかりやすいけど、迅雷の能力はイマイチ曖昧だな。文面を見るに、一度だけ凄いダッシュができるような感じの能力なんだろうが、どれぐらい凄いのかがこれだと全然わからん。まぁそこは追々検証していくとするか。

「総、どうだった？」

「空中を跳ぶブーツと、一回だけ凄く速く動けるブーツのセットだったよ」

「そ、そうか……やっぱお前、人間辞めるんだな」

「辞めんわ！」

確かにリアルではできないことができるようになるみたいだが、それでもまだ人間の領域にはいるだろ。え、いるよな？

「で？　伸二はなにがドロップしたんだ？」

「俺のは、獅子王の籠手っていう前腕に着ける防具だ。能力は――」

興奮した顔で語る伸二だが、俺にはそれが具体的にどう役立つのかイマイチイメージが浮かばなかった。まぁよくはわからなかったが、多分いい感じの能力なのだろう。伸二の顔を見る限り、そう感じる。

「よかったじゃないか」

「ああ。今後のスタイルの先が見えた気がするぜ」

そこまでか。こいつ意外と先を見る目があるのか。侮れん。

「さて、じゃあ行くか」

ん？　どこへ？

キョトンとした顔を浮かべていると、仲二がある箇所を指さす。そこにあったのは、いつの間にか現れていた普通の扉。それもなにもない場所にただポツンと立っているだけの、ただのドアだ。

……どこ○もドアかな？

「なんだ、あれ？」

「多分なにかのボーナスか、それか地上までの出口じゃねえかな。ゲームとかだと割とよくあるパターンだ」

なるほど、確かにあの激戦を終えたあとに、もう一度地上まで戻るのは骨だな。勝者にそのぐらいの労いがあっても罰は当たらないだろう。

俺たちと同じようにドロップ品を見せ合っている翠さんと葵さんにもそのことを伝え、そのドアの中へと入った。


「……わぁ。おっきい」

なにが？と聞いたら、俺はセクハラで捕まってしまうだろうか。イヤイヤイヤ、それはないはずだ。たとえ眼前にそびえるのが巨大な棒だったとしても、それはないはずだ。おっと仲二、やめとけ。それはマジでやめておけ。もうそれをしたら勇者じゃなくて、ただの変質者だ。俺は親友を違反者報告してBANさせたくなんかないぞ。

「これ……なにかを刻む石碑みたいですね。おっきな柱の横に入力コマンドが浮かんでます」

いろいろ調べてみて、それが葵さんの言った通りのものだということがわかった。もう少し詳しく説明すると、最初の踏破者のみが刻むことのできる記念碑ということらしい。文字数制限は特にないとのことだが、常識的に考えてこの柱の枠に収まる文字数だろう。

「どうする、翠？　ここはベタに俺たちの名前でも刻むか？」

「う～ん、私はそれでも構わないけど、総君や葵はそういうのはあまり好きじゃないんじゃない？」

さすが気遣いの人、翠さん。ここに来るまでのスイッチポチ事件を起こした人と同一人物とはとても思えない。

「私は名前はチョット……」

「俺もできれば遠慮したいな」

「そっか、スマン、そうだな」

「気にしないでください」

そう言う葵さんの顔は、本当にそう思っているのだということを確信させるような笑顔だった。優しいなぁ、この子。

「でもそうなるとなにを書こうかしら。『頑張りました』とか？　でもあまりにも味気ないか」

「う～ん……でもやっぱここに至るまでの苦労なんかを凝縮した言葉がいいよな」

その伸二の言葉を聞いて、俺の脳に一筋の衝撃がピロリロリンとニュータイプ的な音を立て走った。

「俺が書いてもいいかな、それ」

「俺はいいぜ。ってか総が一番の功労者だからな。お前に思いつくのがあるならそれが一番いい」

「私もそう思うわ」

「……ありがとう」

皆で話し合って決めたほうがいい気もしているが、伸二の言葉を聞いて俺はあるワードをどうしても盛り込みたくなった。あれこそが、俺たちのここに至るまでの苦労を凝縮した一言だと。

それを柱に入力すると三人とも困惑していたが、わけを話すと納得してくれた。まぁ少しだけ一悶着あったが。

「さて、じゃあ帰るか」

こうして、四人での初めてのボス攻略戦は、終わった。

『システムメッセージ。ただいま、オキナワエリアボスが撃破されました。現時刻をもちまして、次エリア解放のための条件がすべてクリアされましたことを発表いたします。これにより全プレイヤーの皆様に次エリアへの挑戦権が与えられます。次の選択肢から、行きたいエリアを選んでください。

尚、選ばなかったエリアについては、そのステージがクリアされるまで行くことはできませんが、一度クリアされたステージと選択したステージの往来は自由に行えます。

①カゴシマ　エリア
②ナガサキ　エリア

現時点で選択したくない場合はこのままウィンドウを閉じ、再度選択したくなったらシステムメニューから本文を表示してください。

この選択は一度きりとなります。フレンドやギルドメンバーとともに最新のエリアを冒険したい場合は、一度話し合われてから選択することをお勧めいたします。

以上で説明を終了します。ご不明な点は本運営サイトの質問コーナーにてお聞きください。今後ともイノセント・アース・オンラインをよろしくお願いいたします』

IEO 掲示板〜その参〜

【IEO】イノセント・アース・オンラインスレ

675　名前：名無しの冒険者
誰でもいい
俺はカゴシマに行くぞ！

680　名前：名無しの冒険者
俺はナガサキ。鉄砲伝来の地が俺を待ってるぜ

685　名前：名無しの冒険者
（おい誰か >>680 に鉄砲伝来の地はカゴシマだと教えてやれ）

687　名前：名無しの冒険者
（いやいや、あんなドヤ顔で言っておいてそれは悲惨すぎるだろ）

690　名前：名無しの冒険者
（だな、見て見ぬふりが優しさだぜ）

692　名前：名無しの冒険者
ヤメテ！　>>680 の HP はもうゼロよ！

694　名前：名無しの冒険者
やめようぜ
いまはオキナワ攻略の喜びを噛みしめよう

700　名前：名無しの冒険者
動画やスクショ付きの自己申告でない限り踏破者が誰なのか調べるのは難しいな
動画めっちゃ見たいんだが

705　名前：名無しの冒険者
どうやったらあのチートボスを倒せるんだろうな
是非８人の職構成と役割を分析したい

649　名前：名無しの冒険者
きたああああああああ

650　名前：名無しの冒険者
ああああああああああ

651　名前：名無しの冒険者
ぎゃあああああああああ

652　名前：名無しの冒険者
いやぁああああああああ

653　名前：名無しの冒険者
（´・ω・｀）うっ頭が……
（´・ω・｀）ぐわあああああ
（；ﾟДﾟ）ハッ!?
お、俺はいままでなにを

658　名前：名無しの冒険者
おかえり、待ってたよ

660　名前：名無しの冒険者
皆の衆、祝いじゃ！　酒をもて！

662　名前：名無しの冒険者
遂にオキナワが攻略されたああああ

663　名前：名無しの冒険者
いったいどこのギルドが攻略したんだ？
やっぱ『蒼天』か？
それとも『チェリーボーイズ』か？

668　名前：名無しの冒険者
いまんとこそのギルドのホームページにはなにも書かれてなかったぞ

少し前からその可能性は囁かれてはいたが、この文章によってその可能性が具体性を帯びてきたな

750　名前：名無しの冒険者
だがそれがなんなのかはまだ明言されていない
この運営がそれをゲロるとはちょっと思えないな

754　名前：名無しの冒険者
この運営にそれは期待できないな

760　名前：名無しの冒険者
そうなってくるとその条件とやらは自力で探し出すしかないか
しかしその仮定が正しいとして、一体どんな条件なんだろうな

765　名前：名無しの冒険者
全部の町の発見か開通とか？

770　名前：名無しの冒険者
ないとは言い切れんが、それだけだとちと緩いな
もっと鬼畜な条件が入ってそう

772　名前：名無しの冒険者
実は隠しクエストがあってそれをクリアしないといけない、とかな

774　名前：名無しの冒険者
>>772
ありそうで困るw

777　名前：名無しの冒険者
ほかのRPG系のゲームだとNPCとの絡みイベントが必須だったりもするしな

780　名前：名無しの冒険者
なんにしろボス撃破のハードルが高すぎるから結局鬼畜だよ

712　名前：名無しの冒険者
オキナワボスの最初のレアドロップはなくなったけど、それでもボスのドロップはあるんだよな？

俺はまだ挑戦するぜ

716　名前：名無しの冒険者
>>712
やられっぱなしは癪だからな、俺も同じ気持ちだ

722　名前：名無しの冒険者
だがボスの強さは変わらずなんだろ？
返り討ちじゃないのか？

724　名前：名無しの冒険者
新しいエリアで装備やスキルを強化して再挑戦ってことじゃないか？

726　名前：名無しの冒険者
それなら納得だが、この分だと俺たち一般プレイヤーにはボス攻略は常に高嶺の花になりそうだな

730　名前：名無しの冒険者
う～ん、だがどこかには運の要素もあるんじゃないかな？
運営からの文章にも気になるワードがあったし

736　名前：名無しの冒険者
これか
＞現時刻をもちまして、次エリア解放のための条件がすべてクリアされましたことを発表いたします。

740　名前：名無しの冒険者
普通に解釈すれば、解放のための条件が複数あるってことだよな？

746　名前：名無しの冒険者
そうなるな

798　名前：名無しの冒険者
そうなることを祈るよ、マジで

799　名前：名無しの冒険者
なぁ、ボス踏破者ってどこのギルドだと思う？
お前ら心当たりないか？

800　名前：名無しの冒険者
またその話か……まぁ乗るけども
もし有名どころのギルドでないとすると、凄腕プレイヤーの集まったパーティとかかも知れないな

802　名前：名無しの冒険者
なんだかそれ伝説っぽくていいな

804　名前：名無しの冒険者
だが攻略ギルドに参加していない凄腕プレイヤーはあまりいないって話じゃないのか？

809　名前：名無しの冒険者
たまにPvPの動画で鬼のように強い奴とかいるから、そういうのが徒党を組めばあり得るかもな

811　名前：名無しの冒険者
そういえばPKギルドとかもあるんだったな
そういうのが攻略に乗り出した可能性もあるか

815　名前：名無しの冒険者
もしくはギルドの垣根を越えて作られたパーティとかな

817　名前：名無しの冒険者
それだと確かに公表しにくい事情とかもありそう
そのパターンだったら納得できる

この分だとカゴシマとナガサキのボスも鬼畜なんだろうな……
難易度を下げるための何かがあるといいんだが

782　名前：名無しの冒険者
そんなんがあればいいんだけどな……待てよ、あるんじゃないか？

783　名前：名無しの冒険者
あのボスの攻略難易度は異常と言わざるを得なかった
その可能性もあるかもとは思うが……

786　名前：名無しの冒険者
ひとまず次のステージでいろいろ検証だな
俺はそれより、一度クリアされたボスの強さが一定なのかどうかが気になる

790　名前：名無しの冒険者
>>786
どういうことだってばよ

792　名前：名無しの冒険者
>>790
最初の討伐以降、ボスドロップのレアリティは下がるんだろ？
なら、ボス自体の強さも下がるかもって思ったんだ

793　名前：名無しの冒険者
それはかなり気になるな
これまで何度も挑戦した攻略組ならそこら辺の検証もできるだろうし、その情報には期待したい

794　名前：名無しの冒険者
もう少しすればこのゲームの攻略法もハッキリしてきそうだな

857　名前：名無しの冒険者
>>849
オイオイ、そんな寂しいことを言うなよ
そんなこと言うとこのスレの住人の９割はいなくなっちまうぞ

860　名前：名無しの冒険者
>>857 が世界の真理を説いてしまった

862　名前：名無しの冒険者
お前らもう幼女スレでも建ててそっちに行け
俺もあとで行くから

864　名前：名無しの冒険者
>>862
お前も来るんかいｗｗ

866　名前：名無しの冒険者
今日も俺たちは俺たちだなぁ……

867　名前：名無しの冒険者
この無駄な連携力である

870　名前：名無しの冒険者
ロリ姫ちゃん見たことないけど、可愛いの？

874　名前：名無しの冒険者
>>870
失血死するレベルで可愛い
なお素顔は誰も知らない模様

876　名前：名無しの冒険者
素顔知らないってそれ意味不明すぎる

880　名前：名無しの冒険者
その子、お面被ってんだよ
ただ、身長から小学校低学年並みと予想される

830　名前：名無しの冒険者
ほかに有名どころや話題になったのはないのか？

832　名前：名無しの冒険者
前にナハでPvPして話題になったチート疑惑のガンナーは結局あれから話を聞かないな
やっぱチートでBANだったか

836　名前：名無しの冒険者
>>832
そいつのことは知らないが、強さに特化して言えばほかにも双剣使いの●●や爆破テロリストの●●●、脳筋デストロイヤーの●●、ほかにも名前は割れていないがロリ姫クノイチや一刀両断侍とかもいる
それらのメンツのどれかが手を組んだりしたら凄いことにはなるだろうな

840　名前：名無しのおじさん
是非ロリ姫ちゃんとは組んでみたいなぁに、おじさんが優しく接してあげるよ

841　名前：名無しのロリコン
↑お巡りさん、コイツです

842　名前：名無しの変態
↑お巡りさん、コイツもです

843　名前：名無しの通報者
↑お巡りさん、こいつらです

845　名前：名無しの冒険者
明日から春のBAN祭りでも始まるのか？

849　名前：名無しの冒険者
変態が消える分には困らん

953　名前：名無しの冒険者
消されたんじゃね？www

955　名前：名無しの冒険者
はっはっは、まさか……まさかな

■□■□■

838　名前：名無しの冒険者
検証班からの報告来たぞ！
ボスの攻略難易度が下がってる！
繰り返す、ボスの攻略難易度が下がってる

841　名前：名無しの冒険者
神情報来たああ
てことはボスは誰かに倒されるたびに少しずつ弱体化していくってことか

845　名前：名無しの冒険者
多分な
勿論どこかで下限のラインはあるんだろうが、これは攻略に実力の足りていなかったプレイヤーへの救済になるな

848　名前：名無しの冒険者
肝心なのはドロップだ
そこら辺の報告はどうなってる？

852　名前：名無しの冒険者
>>848
最初のドロップがなんなのかがわからないからまだ完全な情報ではないが、それなりにいいドロップだったと聞いてる
多分ボスが弱くなるにつれレアリティが下がっていくと思われ

855　名前：名無しの冒険者
じゃあいいアイテムや武具が欲しければほかのプレイヤーよりも早く倒せってスタイルは変わらずだな

884　名前：名無しの冒険者
そんな子たまに見かけるだろ
そこまで騒ぐほどのことか？

888　名前：名無しの冒険者
なんて言うんだろうな……雰囲気？　あと声
俺一回だけ喋ったことあったけど、もう死ねるレベルで可愛い声だった

891　名前：名無しの冒険者
クノイチってことは忍者か？
そんな職業あるのか

896　名前：名無しの冒険者
隠しイベントをクリアすると手に入る職業だな
一部じゃレア職とか言われてるよ

897　名前：名無しの冒険者
レア職の幼女……これはレアですわ

902　名前：名無しの冒険者
ただし気をつけろよ、保護者と一緒だから

906　名前：名無しの冒険者
低年齢は保護者同伴でないとログインできないからな
そんなの常識だろ

908　名前：名無しの冒険者
その保護者が問題なんだよ……実は

946　名前：名無しの冒険者
実はなんだよ！　いい加減教えろよ！

947　名前：名無しの冒険者
ん？　>>908 どうした？

950　名前：名無しの冒険者
おーい、>>908 どこいったー？

あんなスピードで突っ込まれたら回避なんて無理だ
盾職と回復職の役割が相当デカいぞこれ

916　名前：名無しの冒険者
後半は魔法でごり押しがよさそうだな
これと接近戦なんて頭のイカれた奴しかせんだろ

919　名前：名無しの冒険者
だな、これは人間が殴り合う生き物ではない

923　名前：名無しの冒険者
このボスと接近戦は無理ゲーすぎだろ
命がいくつあっても足りん

927　名前：名無しの冒険者
しかしHP系回復アイテム使用不可はきついな
回復職必須じゃないか

931　名前：名無しの冒険者
そこら辺も討伐回数が重なってくると緩和されるのかもな

935　名前：名無しの冒険者
そうだといいな

940　名前：名無しの冒険者
そうであってくれ

943　名前：名無しの冒険者
動画の最後のほうにあった石碑が最初の踏破者の記録かね

947　名前：名無しの冒険者
じゃないかな

948　名前：名無しの冒険者
最初の踏破者のみが記すことを許される石碑か……いいな

860　名前：名無しの冒険者
それでいいだろ
そのぐらいの旨みがないとあんな地獄のようなクエスト挑む気が起こらん

862　名前：名無しの冒険者
まったりやりたい派は攻略組が走り回ったあとの整備された道を歩けばいいってことだな
棲み分けができていいじゃないか

865　名前：名無しの冒険者
まぁここにいる奴らはガチ勢が多いから結局走ることになるんだろうけどな

870　名前：名無しの冒険者
ボスの攻略動画上がったぞ
上げたのは攻略組の蒼天だった
↓
http:// [redacted]

894　名前：名無しの冒険者
ボスえげつねえええええw
これで弱体されてるなんて嘘だろww

898　名前：名無しの冒険者
最初にボス倒した奴らどんだけだよw

900　名前：名無しの冒険者
赤ゲージになると出てくる新しい攻撃パターン多彩だな
特にコタツがえげつない
なんだあの初見殺しは

904　名前：名無しの冒険者
動画を見る限り、防御と魔法とアイテムでガッチガチに固めてやり過ごすしか方法がないっぽいな

910　名前：名無しの冒険者
あの空中ジャンプや光る突進もえげつないぞ

950　名前：名無しの冒険者
これに自分のギルドの名を刻めるとか胸熱すぎんだろ

953　名前：名無しの冒険者
でもあれは……

955　名前：名無しの冒険者
うん……なんで……『M字開脚』？

958　名前：名無しの冒険者
知るかw
そんなふざけたギルドあるのかと検索してみたがなかった
つまり……どういうことだってばよ!?

960　名前：名無しの冒険者
だから知らねえよww

963　名前：名無しの冒険者
よくわからんがふざけた踏破者だなw
だがそいつとはいい酒が飲めそうだ

965　名前：名無しの冒険者
まぁ次エリア解放のお礼に俺のM字開脚ぐらいなら見せてやってもいいけどな

968　名前：名無しの冒険者
性転換して美容整形のうえ、ダイエットしてから出直してこい

969　名前：名無しの冒険者
異世界転生して出直してこい

970　名前：名無しの冒険者
幼女になってから出直してこい

977　名前：名無しの冒険者
あースレ終わる

978　名前：名無しの冒険者
続きは次スレで

980　名前：名無しの冒険者
次スレはテンプレに攻略法をどう載せるか考えないとなー

984　名前：名無しの冒険者
攻略wikiでよくねとも思うが、それは次スレだな

988　名前：名無しの冒険者
だなー

992　名前：名無しの冒険者
ロリ姫クノイチちゃんｐｒｐｒ

993　名前：名無しの冒険者
次どっちいくか迷うわー

994　名前：名無しの冒険者
皆次の家で会おうノシ

995　名前：名無しの冒険者
ポテトチップス食べたい

996　名前：名無しの冒険者
>>1000とれたら俺、結婚するんだ

997　名前：名無しの冒険者
>>1000なら俺に彼氏ができる

998　名前：名無しの冒険者
>>1000ならデスゲーム化

999　名前：名無しの冒険者
>>1000ならゲームの世界に転生

1000　名前：名無しの盾
(´・ω・`)たわわ

番外編　俺の右手が真っ赤に燃える件

　ジーザーを倒してから数日。俺たちは新しいエリアへ旅立つ前に、このオキナワエリアを楽しもうと各地を回っていた。海で釣りをしたり、水族館へ行ったり……ちょっとだけ別ゲーに手を出してえらい目にもあったり……うん、よそう、あのことを考えるのは。それより、いまこの瞬間を楽しもう。でなければ、もったいない。うん、もったいないぞ、これは。

「楽しみですね、総君。ヒーローショーなんて、私、小学生のとき以来です」

　人々の行き交うナゴの町の通りで、葵さんはその笑顔を可憐に咲かせる。このオアシスがあれば、我が軍はあと十年は戦える。

　事の始まりは伸二の昨日の言葉。いきなり「ヒーローショーを見に行くぞ」と言ったときは、また頭がおかしくなったかと思ったが、こうして葵さんと町を歩けるのだから結果オーライだな。

「俺は初めてかな。でも意外だったよ。葵さんがそういうのが好きってのは」

「えへへ、その、ヒーローって響きが、好きで」

　いつか俺が葵さんのヒーローに……っと、それはさすがに望みすぎか。せっかく友達という宝石を得たのだ。余計な欲は身を亡ぼす。というか、葵さんに嫌われたら普通に死ねる自信がある。

「俺も大好きだぜ。いいよな、ヒーローショー！」

「あんたは昔っからそうだったわね。おばさんが部屋の掃除をするときに、よくエッチな本と一緒にヒーロー関係の雑誌が出てくるって言ってたわ」

「なに言ってんだあのババァアアア⁉」

仲二と翠さんによる仲睦まじいコント。もはや様式美だな。

「それはいいから、早く行こうぜ。いい席を取らないと」

話題を切り上げたいと顔に書いてある仲二に急かされ、俺たちは早足で会場へと向かう。

その途中で何組もの子供と保護者のセットを目にする。このゲームは子供でも大人の同伴があればインできるから、これまで何度か小さい子の姿は目にしてきたが、こんなにいたとは。今日が休日だということも関係しているのだろうが、さすがヒーローショーだな。

そんなことを考えていると、イベント会場の入り口が見えてくる。ヒーローショーと大きく書かれた看板の端には、これから悪の軍団と死闘を繰り広げるであろう戦隊ヒーローたちの姿がプリントされている。

「あれがヒーローか。にしても……特徴的な見た目だな」

戦隊ヒーローだが、その数は三人。リーダーのレッドは、頭に沖縄の名産である赤い豆腐ようを載せており、グリーンは両肩にゴーヤーが載っている。そして紅一点のイエローは胸がパイナップルでできている。一体誰だ、こんなヒーローを考えた奴は。

「沖縄は地元のヒーローがとっても人気なんですよ」

地元のヒーロー？　あれか、ご当地ヒーローというやつか。すげぇな沖縄。

「特に、リーダーのレッドさんは人気が高いんです。普段は朝の六時から夜の二十二時まで働くサラリーマンなんですが、悪の怪人が現れると寝る間も惜しんで現場に急行するんです。怪人は就業時間には現れないので、レッドさんは仕事とヒーローを両立できるんです」

凄いヒーローだ。労働環境が酷すぎて言葉が出ない。しかも悪の怪人が空気を読んで、仕事時間以外にしか出ないというところがまた凄い。もうレッドのＨＰ、戦う前から限りなく消耗してるだろ。てかもうレッドじゃなくてブラックだよ。そんなダークな環境に浸かってたら闇堕ちするって。

「ちなみに、主人公最大のライバルは、サー・ビスザン・ギョーで。もうその戦いは、涙なしには語れないほど凄いんです」

いつになく熱く語るなぁ、葵さん。しかし、確かに涙なしには語れなさそうだ。ヒーローとかには全然興味なかったけど、初めてレッドに興味が持てたよ。主に同情的な意味で。

「これから会えるヒーローは、沖縄県公認の本物のヒーローなんです。この世界ではアーツや魔法が使えるので、現実よりもより迫力のあるショーができるから、とっても人気があるんですよ」

「それはいいアクションが期待できそうだ。できれば戦ってみたいけど……それはさすがに無理か」

それから幸運にも前の席をゲットできた俺たちは、そこでしばらくの間、雑談をしながらショーの開始を待っていた。が、途中で飲み物を買おうかという話になり、じゃんけんで負けた俺はひとり、屋台の並ぶ一角を歩く。

さて、なにを買おうか。そう思いながら軽やかに露店を物色する。マンゴーのジュースにシークヮーサーのジュース。ふーむ、パイナップルのジュースもいいな。

「兄ぃちゃん、寄ってきな。サービスするぜ！」

日に焼けたオッチャンが裏表のなさそうなスマイルで声をかけてくる。その右手には、赤い果肉の果実が、左手にはバナナが握られている。商魂たくましいＮＰＣだな。

よし、せっかくだし、ここで――

「あのぉ……ちょっといいですか？」

背後から少し自信のなさそうな男の声が聞こえる。それにNPCのオッチャンは商売の邪魔をされたためか、顔をしかめ、俺もやや乗り切れない気持ちで振り返る。これまでの経験上、こういうときはなんらかのトラブルに巻き込まれてきたからな。

「突然すいません。ちょっとお話があって……クエストと思って話だけでも聞いてくれませんか？」

やせ型の男性が、忘れ物を先生に報告するような顔でこちらを見ている。どうやら難癖をつけて絡みに来たわけではないようだ。しかし、クエストみたいなってどういうことだ？

「見たところ射撃職の人ですよね？　実は今日のヒーローショーで急な欠員が出てしまって、射撃スキルのある人を求めているんです。よければ、あちらで話をさせていただけませんか？」

ふむ。これはもう少し話を聞いてもよさそうだ。ここで協力しなければ最悪の場合ヒーローショーが中止になるかもしれない。そうなっては、葵さんが悲しむ。ついでに伸二も。なら、

「わかりました。では話を聞かせてください」

それからテントに通された俺は、彼の依頼を受けることを正式に決めた。話によれば、今回のショーに出てくる敵の中に、射撃スキルが必要な役があるらしいのだが、その人がトラブルでインできなくなったらしく、急遽代役を捜していたようだ。まったく、狙ったようなタイミングだな。

真っ黒なタイツを肌に張り付け、一つ目の仮面を着ける。その姿は、どこからどう見ても、敵サイドのやられキャラ。ヒーローを数と策略で追い詰め、最後は派手に散る脇役。

「おお、似合っていますよ、ソウさん」

衣装合わせや段取りの説明をしてくれた女性スタッフさんからお褒めの言葉をもらう。嬉しいか

と言われれば微妙だけど。

「では出だしからお願いします。細かい箇所やセリフは私からチャットで指示を出しますので、とりあえずはほかの敵役の人と一緒にヒーローと適当に戦ってください」

「わかりました。そういえば、ヒーローの人らはどの程度戦えるんですか？」

「ん？　そうですねぇ。現実でも体を動かすことを仕事にしている人たちですし、ゲームでもしっかりと練習している。普通の人よりかは強いと思いますよ」

ほほう。それはそれは、

「楽しみですね」

それから、急用が入ったから少しの間連絡が取れない旨を伸二たちに伝え、自分の出番を待つ。すでにショーは開幕し、ステージでは剣戟音や爆発音が響き、歓声が沸いている。さすが仮想世界でのショー。本物よりも本物っぽい。

「ソウさん、出番です。頑張ってくださいね」

「はい！　頑張って殺ってきます！」

悪の怪人パワハーラ係長が、ヒーロー三人に追い詰められている場面で、俺をはじめとした手下役の五人がステージへと上る。えっと、確か最初に俺が喋るんだったな。

「パワハーラ様、ここは我らにお任せを！　喰らえ、ツインショット！」

パワハーラ係長を庇うように前に立ち、ヒーローたちに弾丸を放つ。ちなみにツインショットと言ってはいるが、アーツは発動していない。普通に自分でやったほうが正確だし、発動したが最後、観客席に被害が出て大惨事になるのは目に見えているからな。

「ぐっ、パワハーラめ。手下を呼んだか！」

弾幕に押しやられヒーローの三人が後退し、客席から子供たちの悲愴な声が聞こえる。つい癖で追撃しようと心が逸るが、それをぐっと堪えて次の演技に入る。

「よくやった、シモベたちよ。さぁヒーローども、俺の技に慄くがいい！　流星岩！」

突如としてヒーローたちの周囲に影ができる。そして上に視線を移したヒーローの瞳には、直径三メートルはあるであろう大岩が映り、その耳には事態を把握した子供たちの悲鳴が入る。

「上だぁあ！」

レッドの声で、グリーンとイエローが横に飛ぶ。その動きは正しく、アクションスターのそれ。

「秘儀――昇龍斬！」

直後、レッドは下段から巨大化した剣を振り抜き、重力に逆らわずに降り注ぐ大岩を真っ二つにする。その姿に、会場の小さなお友達も大きなお友達も大騒ぎだ。

「ぐぅ、やるな、レッド」

「貴様の思い通りにはさせんぞ、パワハーラ係長！」

ふむ、ここまでは覚えている台本の通りだ。次は……えっと……

【ソウさん、次は手下たちが一斉にヒーローへ飛びかかります。軽く接近戦をこなしたあとに、一撃をもらってください】

了解だ。軽く接近戦を、ね。よく親父から、軽く近接戦闘をこなしてから実践だと言われてやっていたから、その辺はよくわかる。要するに、親父と殺るときのような感じでいいのだろう。

「ええい。シモベたちよ、やれ！」

よし、ボスの指示も来た。命令通り、殺ってやるぜ！

「くっ、グリーン、イエロー、反撃だ！」

レッドの声にふたりのヒーローは応の声を上げ、魔力を解放する。

「ライトニング！」「風弾！」

水平に走る雷が手下Aを貫き、風の弾が手下BとCを吹き飛ばす。これで残ったのは、手下Dと俺のふたり。手下Dはそのままレッドへと突っ込んでいく。

「イー」という奇怪な声を上げながら、手下Dの飛び蹴りが炸裂する。が、レッドには全く掠りもせずに、そのまま一刀のもとに屠られた。これで残りは俺だけか。えっと、軽く近接戦だったよな。

その場を強く踏み込み、刀を振り抜いた直後のレッドの懐に入る。

「――っ⁉」

まずは挨拶の掌底を腹部に。これにレッドがどう反応するかでこのあとやる組手の内容が変わるな。躱してすぐに斬りかかってくるかもしれないが、そのときは大人しく斬られよ――あれ。

「がはっ⁉」

おかしいな。軽く接近戦、じゃなかったのか？　普通にクリーンヒットしたぞ。

「レッド⁉　この――風手裏剣！」

手をこすり合わせるような動作をしたグリーンから、半透明の手裏剣が射出される。なるほど、レッドだけじゃなく、ほかのメンバーとも軽く殺れってことだな。よし、そうとわかれば、

「なっ⁉　すべて躱し――あべっ⁉」

うん？　この人も手応えがないな。軽く接近戦をするんじゃなかったのか？　まさか後ろ回し蹴

りの一発で吹き飛ぶとは思わなかったぞ。あ、客席もざわつきだした。

「お、おい、あの下ぁ端できるぞ」「あれは堅気の動きじゃねえ」「負けないで、ヒーロー！」

「いいぞ、やれ、下っ端ぁあ！」「あの動き……まさか……」「冷たいコーラはいかがっすかぁあ？」

いかん。客席を違う方向で盛り上げてしまった。てかコーラ売りの人、声でけえよ！

ステージを飛び交うさまざまな声に戸惑っていると、指示役の女性からチャットが飛んでくる。

【ソウさん、なにやってるんですか⁉　ちゃんとやられてください！】

いや、やられるつもりだって。ただ、さすがにこっちが一度も手を出さないで軽く接近戦という
わけにはいかないだろうからと思ってたんだが……仕方ない。無抵抗にやられよう。

「なんなんだ、この怪人……くそっ、ライトニングアロー！」

困惑の色が声に滲みつつも、イエローはその義務感からか渾身の矢を放つ。その雷の矢は、棒立
ちで全く躱す素振りも叩き落す素振りも掴み取る素振りも見せない俺の腹に、深々と突き刺さった。

「グワー、ヤーラーレーター」

ハリウッドからスカウトが殺到するんじゃないかと心配になるような見事なやられっぷりで、そ
のまま舞台裏まで吹き飛ぶ。次は確か別の怪人として、また舞台に出ないといけなかったはずだ。

格好は一緒だけど、銃の名手という設定の手下だったな。

そんなことを考えていると、指示役の女性がこちらに小走りで近付いてくる。

「ちょっとソウさん。困りますよ、あんなアクションされたら」

「えっと……軽く接近戦をしようとしただけなんですけど」

「あれのどこが軽くですか⁉　思いっきりぶっ飛ばしてたじゃないですか！」

「いや、まさかあんなに脆いとは思ってもいなくて」

その言葉に、女性は増々困惑の色を強くする。

「とにかく、ソウさんは怪人の手下なんですから、ヒーローには大人しくやられてください！」

大人しくやられる。かなりの高難易度ミッションだが、一度受けた依頼はしっかりやり切らなければ。そう思っていた矢先のことだった。

「いや、このままやらせてみよう。面白そうだ」

「なにいい加減なことを、一体誰が――って監督⁉」

後ろを振り向いた女性は飛び上がって驚愕で表情を固める。それをスルーして、監督と呼ばれた中年の男性は俺の前へとやってきて、肩にポンと手を乗せる。

「いいアクションだった。せっかくだから、後半も戦ってみてくれ。シナリオに沿うように誘導はさせてもらうが、戦闘に関しては舞台のキャストにある程度は任せるから」

よくわからないが、さっきよりも自由に戦っていいってことだよな。シナリオから外れないように指示も出してくれるらしいし、これはありがたいな。

「ただ、ヒーローたちも本気で君を倒しに行くから、その辺もよろしくね」

鋭い笑みだ。だが、最高の笑みでもある。いいな、燃えてきた。


客席の盛り上がりが最高潮となったタイミングで、五人の手下軍団は再び舞台へと上がる。

「来たな、我がシモベたちよ。ヒーローどもを血祭りにあげるぞ。例の作戦を決行せよ！」

上司にあたるパワハーラ係長から指示が飛ぶ。確か、観客席から人質を数人連れてくるんだったよな。よし、俺も行くか。えっと、泣かない程度に脅かしてステージに連れてくるんだったな。

ステージから客席へと飛び降りると、周囲の子供たちから歓声と悲鳴が半々で返ってくる。あまり興奮しすぎてる子や怯えてる子は連れてきちゃ駄目で、わくわくな目で見ている子を狙えって指示だったな。さて、どこにいるかな？

「おわぁあ！　怪人だぁあ！　たーすーけーてー」

伸二に似た大きな子供がこちらに熱い視線をぶつけてくる。あれは無視。代わりに隣の好奇の眼差しで見つめる少年を連れ去る。思っていた通り、少年は大きな抵抗もなく誘導に従ってくれた。

「はっはっはっは、よくやった我がシモべよ。ふむ、あとひとりか」

最後に客席に残っていた手下Aが、周囲を物色する。その様子に子供たちは怯えと歓喜の反応を返していたが、突如、怪人の目が一点を捉えて止まった。そこにいたのは――

「……え？」

あ、葵さん⁉　おいちょっと待て怪人。それは――いや、よく見れば隣にいる翠さんにも目をやっている。ふたりのうちのどっちかを攫う気か⁉

しかし怪人はふたりの首から下を交互に見比べるように左右に数回スライドさせると、迷いが晴れたようにその手をスッと葵さんへと伸ばした。

「ちょっと待てゴラァアア！」

なにかを察した翠さんの罵声を背に受け、怪人はステージへ戻る。その手で葵さんを引きながら。

「くっ、卑怯だぞ、パワハーラ係長！」

「はっはっは、なにを甘いことを言う、レッド！　戦いは勝たねば意味がないのだ！」

負ける戦いに意味がまったくないとまでは思わないが、係長の言い分もわからなくはない。だが、さすがにこの状況は……ちょっとな。葵さんまで巻き込むことになるとは思わなかった。まさか俺の真の敵は、このパワハーラ係長だったのか？

「くっ、なんとしても人質は助け出す！　子供たち、そして可憐な女性よ、いましばらくの辛抱だ！」

苦悶から導き出されたであろう答えを高々と宣言するレッド。その様子に、子供たちはうっとりしている。ん、え？　葵さん、どうして頬を紅く染めるんだ？　ま、まさか、葵さんもこのレッドに⁉　……訂正だ。俺の真の敵は、やはりレッドだった。こいつだけは、相打ってでも倒す。

「喰らうがいい、怪人ども！　秘儀、エクスプロ――ボベラァアア⁉」

両手を上げた隙だらけのレッドの顔に、弾丸を四つ叩き込む。

「ちょっ、おまっ、一体なにを⁉」

困惑の声を上げるパワハーラ係長。だがまだ監督から細かい指示は来ない。なら、さっきのはセーフということなのだろう。

「ライトニング！」「風爆！」

左から雷が、下からは暴風が吹き荒れる。それらをギリギリで回避しようとしたが、その直前に指示役の女性から【避けるな！】とのチャットが来たため、仕方なくそれらにぶっ飛ばされる。

「よし、敵は弱っている！　レッド、いまなら奴を倒せるぞ！」

俺を吹き飛ばしたことがそんなに嬉しいのか、歓喜の声でグリーンがレッドに声をかける。だが、俺のほうが一手早い。

「な、なんだ……こいつ」

ヒーローたちの目に映るのは、仮面の内側から突き破る形で生えた二本の角と、全身から紅いオーラを醸し出す怪人の手下。しかし、かえって一つ目の仮面を被っていることでその姿はより恐怖を煽る姿となっている。

「ば、化け物だぁあああ⁉」「うわぁああああああん」「おがぁさぁああああああん」「……え、総君？」

子供たちの悲鳴が会場中に響き渡る。いいね、ヒーローショーっぽくなってきたぞ。そう思っていたタイミングで、監督からのチャットが飛んでくる。

【面白いからそのままやってみてくれ。ヒーローも怪人も敵だと思って】

ヒーローはわかるけど、どうして怪人？　その疑問は、パワハーラ係長の声によって消える。

「ヒーローたちよ、どうやらシモベにとんでもない鬼が紛れ込んでいたようだ。奴は伝説の悪鬼、サイヤーク。放っておけば世界のすべてが破壊される。ここは協力して奴を倒そう！」

なるほど、そういうことか。つまり、かつての敵と共同戦線を張る胸熱な展開というやつだな。

「頑張れぇええ、ヒーロー！」「頑張れ、パワハーラ！」「負けないで、ヒーローたち！」

子供たちもノリノリだ。さすが監督。しかし、客席で伸二と翠さんが爆笑してるのが気になるな。

「覚悟しろ、悪鬼サイヤーク！」

っと、余所見してる場合じゃないな。しかし、これは勝ってもいいのか？

気になりつつ、舞台袖にいる監督へ視線を移すと、彼はグッと親指を立て熱い視線で応えた。

「監督からの許可は出た……覚悟しろ、レッド――じゃない、ヒーローども！」

その後、このヒーローショーは過去類を見ない残虐かつバッドエンドなヒーローショーとして語り継がれることになるのだが、それはまた、別の話。

Special キャラデザ大公開①

『リアルチートオンライン』の
メインキャラクターのデザイン画を大公開！

Illustration：裕

とう どう そう いち ろう
藤堂総一郎

IEO

キャラクターネーム：ソウ
職業：ガンナー

特殊部隊出身の父親から教育を受け、戦闘能力が特化した高校２年生。父親譲りの金髪碧眼＋母親譲りの整った容貌を持つが、恋愛方面ではヘタレまくる残念なイケメン。さまざまな理由で周囲から浮いており、“普通”の青春に憧れている。

冬川葵

IEO
キャラクターネーム：ブルー
職業：吟遊詩人

総一郎の同級生。恥ずかしがり屋な女の子。外国人の母親譲りのアッシュグレーの髪と青い瞳を隠して生活している。中学生の頃に不良に絡まれていたところを総一郎に助けられたことがあり、総一郎にほのかな想いを寄せている。

藤堂瑠璃

総一郎の最愛の妹。小学３年生。金髪碧眼の美少女で、藤堂家の掌中の珠。誘拐されかけたことがあり、学校の登下校など出かけるときは総一郎が送り迎えをしている。

若草翠

IEO

キャラクターネーム：リーフ

職業：魔術師

総一郎の同級生。明るく凛とした美人で、伸二の幼馴染であり、葵の親友。葵の恋を応援している。IEOでは伸二、葵と同じギルドに所属し、リーダー的な存在。

高橋伸二

IEO

キャラクターネーム：ハイブ

職業：騎士

中学時代からの総一郎の親友。以前に総一郎に窮地を救ってもらったことをきっかけに仲よくなった、総一郎の一番の理解者といえる存在。総一郎をIEOに誘う。

藤堂由紀子

近所でも評判の藤堂家の美人母で、総一郎＆瑠璃の外見は、髪や目の色以外は母親譲り。夫に過剰なまでの愛情をいまだに持っており、夫が仕事で不在が長びくと、寂しさのあまり暴走してしまう。怒らせたらダメな人。

藤堂（父）

元外国特殊部隊隊長で戦闘の達人。持てる技のすべてを息子である総一郎に幼少の頃から叩き込んだことで、息子が一風変わった青春を送る羽目になっているとは、まったく気付いていない。家族をこよなく愛する藤堂家の大黒柱。

IEO
キャラクターネーム：サクラ
職業：料理人

総たちがIEOの世界で知り合ったプレイヤーで、現実世界でもプロの料理人だという大人の女性。夫である半蔵とともにIEOを楽しんでいる。

IEO
キャラクターネーム：半蔵
職業：鍛冶師

妻のサクラ同様に、現実でも刃物に携わる仕事をしている。IEOの世界で鍛冶の練習や試行ができるのではないかとプレイを始める。

あとがき

初めて本作に目を通していただだいた皆さま。はじめまして。
Ｗｅｂ版から見てくださっている皆さま。私だ（ごめんなさいごめんなさい！　一度やってみたかったんです。あ、待って、閉じないで！　そっと閉じないで！）。

二〇一六年十一月。《小説家になろう》という小説投稿サイトにて連載を始めたのが、本作の始まりでした。当初はここまでの反響がいただけるとは考えてもおらず、あとがきを書いているいまこのときも、これは某局の素人ドッキリではないかと周囲に隠されているカメラを探しております。

実は本作は、当初はまったく違う真面目でシリアスな展開が続く小説となる予定でした。しかし、下書きを書いているうちに、徐々に作者の《ふざけないと死んでしまう病》が体を蝕んでいき、気が付いたときにはこのようなコメディ全開の作品へと変貌を遂げていました。

本作の主人公であるソウこと総一郎は、プラスとマイナスを持たせることを強く意識したキャラクターです。プラス面は恵まれた容姿に戦闘技能。マイナス面はボッチな過去と、かなりなおバカ。面白おかしく、そして楽しい行動を起こしてくれそうなキャラクターとなるように設定しました。

一言で表すと脳筋なキャラクターですが、その脳筋な考えを現実のものとして実行できるだけのスペックをこれでもかと持たせてみた結果、このような物語となってしまいました。

また本作の舞台である仮想世界は、現実の日本の特徴を一部反映させたものとなっております。今回のオキナワ編ではボスであるジーザーをはじめ、さまざまな生き物や文化に触れてみました。もしかしたら、皆さんのお住まいの地域にも、いつかお邪魔するかもしれません。

Ｗｅｂ版から応援いただいている皆さま。皆さまのお陰で、本作『リアルチートオンライン』は書籍化することができました。更新の度に目を通してくださる方。感想にて、矛盾や語弊を指摘してくださった方、面白いと言ってくださった方、続きを読みたいと言ってくださった方。そのすべてに、感謝いたします。

また、出版するにあたり、多大なるご協力をいただいた編集のYさま。私に業界のいろいろ（笑）を秋葉原で教えてくださったAさま。ご協力をいただいたすべての方々に、感謝を申し上げます。

そしてなにより、この本を購入していただいた方々、ありがとうございます！

すてふ

リアルチートオンライン
2
Real Cheat Online
ついに
キュウシュウ上陸！
新たなエリアボスも登場。
スーパーヘタレチートは普通の青春を送れるのか！?
第2巻は2018年春発売予定！
著者：すてふ／イラスト：裕／発行：新紀元社／定価：本体1,200円+税

リアルチートオンライン 1

2018年1月5日 初版発行

【著　　者】すてふ

【イラスト】裕
【編集】株式会社 桜雲社／新紀元社編集部
【デザイン・DTP】株式会社明昌堂

【発行者】宮田一登志
【発行所】株式会社新紀元社
〒101-0054　東京都千代田区神田錦町 1-7　錦町一丁目ビル 2F
TEL 03-3219-0921 ／ FAX 03-3219-0922
http://www.shinkigensha.co.jp/
郵便振替　00110-4-27618

【印刷・製本】株式会社リーブルテック

ISBN978-4-7753-1540-8

※本書は、「小説家になろう」（http://syosetu.com/）に掲載されていたものを、
改稿のうえ書籍化したものです。